Une nounou
pas comme les autres

Novélisation de

Catherine Chouchan

Une nounou pas comme les autres

d'après une idée originale de

Mimie Mathy

sur un scénario de

Laurent Chouchan

Éditions J'ai lu

Une nounou pas comme les autres, un film réalisé
par Eric CYVANIAN
et produit par LE SABRE/FRANCE 2/SFP

1

Encore une journée pour rien.

Julie rentrait chez elle, crevée et de très mauvaise humeur. Il n'était pas loin de sept heures du soir.

Une journée de foutue, encore une, à faire les petites annonces et les offres d'emploi à l'heure du café croissant, quand les autres s'en vont travailler. Eux.

Les petites annonces... Elle en avait connu plein, Julie, des petites annonces. En six ans, on a le temps de faire connaissance. Elle en avait rencontré des charmantes, des avenantes, des alléchantes, des désagréables aussi, des arrogantes et des prétentieuses, des intouchables, des qui vous promettent la lune et d'autres qui vous mentent... Julie avait de quoi écrire une thèse sur les petites annonces. Mais c'est pas avec ça qu'on paye un loyer.

Les petites annonces... Cherche comptable motivée et compétente.

Je SUIS comptable, motivée, et compétente.

Et alors ? Rien.

Résultat nul. Bac+5, six ans de recherches. Et toujours à la case départ. Il y a quelque chose qui cloche...

Je m'appelle Julie Toronto, j'ai bientôt trente-deux ans. Je suis comptable et je suis chômeuse. Depuis six ans.

Et je mesure un mètre trente-deux.

C'est peut-être ça qui cloche...

Je suis une virtualité, une potentialité, une promesse de comptable, qui se lasse de pointer aux Assedic et de comptabiliser les emplois qui lui passent régulièrement sous le nez.

Une journée entière, encore une, à répondre à des annonces, pour expliquer à quel point je suis comptable, vous pouvez pas savoir... Des heures d'ennui dans des salles d'attente, pour dire en cinq minutes à des chefs de bureau qui s'en foutent que, quand je veux, j'aligne les chiffres plus vite que mon ombre.

La comptabilité et moi, je sens qu'on va être obligées de divorcer. Pour incompatibilité d'humeur. Et c'est pas moi qui ai commencé. J'étais une promise exemplaire. Mais on m'a trompée. On m'a promis la lune, et je n'ai récolté que des herbes amères. Alors, je m'en vais, sans me retourner...

Bercée par le doux ronron de l'autobus qui la ramenait chez elle, Julie eut une révélation. Elle comprit qu'il était temps de larguer les amarres. Qu'il fallait changer de cap. Il ne faut jamais s'obstiner dans l'erreur. Les mêmes causes produisant les mêmes effets, il faut changer les causes. Et attendre les effets. Plus jamais elle ne regarderait les annonces comprenant le mot comptable.

Elle se sentit tout d'un coup étrangement détendue. L'urgence inquiète qui la poursuivait depuis des mois venait comme par miracle de la laisser enfin tranquille. Comme ça, dans l'autobus, sur le chemin du retour

A Charles-de-Gaulle-Etoile, l'autobus déversa des flots de touristes hilares, aussitôt remplacés par des employés de bureau prêts à mordre pour une place assise. Julie remarqua qu'ils n'avaient pas très bonne mine. On était pourtant au mois d'avril. Elle resta prudemment debout, calée dans un angle, face à la porte de sortie.

Elle jeta un coup d'œil à sa montre. Sept heures dix. Trop tard pour faire les courses. Je mangerai des pâtes, pour changer un peu. A Villiers, l'autobus se vida. On pouvait enfin s'asseoir. Il faisait presque nuit.

Rue de Lévis, Julie se leva et appuya sur le bouton « arrêt demandé ». Une main se posa sur sa tête.

— Pousse-toi, mon petit bonhomme.

— Je suis pas un petit bonhomme et je descends aussi.

— Oh, pardon, Mademoiselle, bafouilla le gaffeur.

Un monsieur propre sur lui à qui cette bourde allait gâcher quelques minutes d'une vie sans histoire.

— C'est pas grave, dit Julie en souriant.

C'était pas de sa faute, le pauvre...

Au coin de la rue, le marchand de journaux fermait son kiosque. Les invendus s'empilaient en attendant le ramassage.

— Vous pouvez me passer *Le Monde* ? demanda Julie poliment.

Le kiosquier grimpa sur son escabeau et lui donna le journal en faisant la gueule.

— Vous pouvez pas venir plus tôt, non ? C'est toujours comme ça, j'en ai marre à la fin ! Je ferme au quart, pas à vingt-deux.

— Désolée, sincèrement désolée, compatit Julie. Je ferai attention à l'avenir. Merci beaucoup.

Elle ouvrit le journal à la page des petites annonces, des fois que...

En remontant la rue, elle s'arrêta devant le supermarché. Il y avait la queue à toutes les caisses. Elle regarda les files de clients pour voir si Gilou n'était pas en train de faire son marché du soir. C'était son heure, en général. Elle en aurait profité pour lui filer discrètement ses commissions. Pas de Gilou. Tant pis.

Rue de Lévis, les boutiques fermaient et le marché finissait de remballer ses cageots. Il n'y avait plus grand monde dehors. Au tabac, Johnny sortit du juke-box pour un dernier *Retiens la nuit* avant la fermeture.

Elle était contente de rentrer à la maison et de penser à autre chose. C'est vrai qu'elle commençait à fatiguer, Julie, avec le temps. Le temps, le pire ennemi du chômeur...

Pendant six ans, inlassablement, elle était remontée à l'assaut du boulot, comme un brave petit soldat que rien n'arrête. Au début, elle avait même eu foi en ses diplômes. Un diplôme de comptable et une licence d'économie. Et puis maintenant, un peu moins, bien sûr, la confiance est périssable. Le diplôme de comptable s'était un peu rabougri. Il avait même quitté le mur du salon...

Julie monta ses cinq étages sans ascenseur. Le palier du cinquième lui semblait de plus en plus haut. C'est là qu'on sent la fatigue. Empêtrée dans ses affaires, elle ne trouvait pas ses clefs. Et c'était comme ça chaque soir. Elle plongea dans son sac pour tenter de localiser le trousseau.

Merde, le téléphone !

Les clefs faisaient de la résistance, et le téléphone s'obstinait. Aux grands maux les grands remèdes. Elle renversa son sac sur le palier et les clefs vaincues se rendirent dans un râle métallique.

Julie fondit sur le téléphone, mais le répondeur l'avait prise de vitesse. Bip, bip... De toute façon, c'était sûrement sa mère, Cynthia, ou Gilou. Alors...

Elle se débarrassa de son uniforme de demandeuse d'emploi, toujours en proie aux réflexions qui lui étaient tombées dessus dans l'autobus. Et si je suis pas comptable, je ferai quoi? Sûrement pas pire que maintenant.

Elle contempla un instant son appartement. Le fruit de toutes ses années de chômage et de petits boulots. Un coquet deux pièces tout confort. Pas mal pour quelqu'un qui n'a jamais trois sous de côté. Il était joli, bien rangé, bien arrangé. Mais il lui restait un je-ne-sais-quoi, un presque-rien d'appartement d'étudiante, financé par des parents encore confiants dans l'avenir de leurs enfants. Il devait être provisoire, ce petit appartement, juste le temps des études. Mais les études étaient terminées depuis six ans et le provisoire s'était installé à demeure. Il était même prêt à renouveler le bail. Julie s'en était accommodée, en améliorant l'ordinaire. Mais là, pour la première fois, elle en eut assez du provisoire qui dure.

Elle enfila un grand tee-shirt et se servit une goutte de Martini, avant d'aller farfouiller dans sa collection d'intégrales d'opéras — son seul vrai luxe. Elle faisait souvent ça le soir en rentrant, un petit coup de Verdi, ça lui nettoyait la tête. Elle opta pour *La Forza del Destino*, sans hésitation. Julie aimait bien Verdi en général et *La Force du Destin* en particulier.

Elle se laissa tomber dans le canapé avec délices, libérée d'un grand poids, sans angoisse pour les petites annonces du lendemain, et savoura l'instant de quiétude silencieuse qui précède les ouvertures d'opéra. Loin du bruit et de la fureur du marché du travail, elle sentit ses membres fatigués se détendre, sa tête un peu lourde s'enfonça dans les coussins du canapé, pendant que l'orchestre attaquait.

Elle somnolait doucement quand la musique brutalement traversée par un bruit de crécelle lui vrilla la tête. Le téléphone.

— Tout de même ! Tu en mets un temps pour répondre. C'est Cynthia.

— Ah, salut, articula mollement Julie.

Le verre de Martini était renversé sur la moquette.

— Tu as une drôle de voix. Me dis pas que tu dormais, il est à peine huit heures !

— Je sais pas, marmonna Julie. Enfin, si, je crois que je me suis endormie, je suis un peu crevée en ce moment. Bouge pas, il y a Verdi qui gueule.

Elle coupa le CD au beau milieu de l'acte 1, alors que le destin tragique de Leonora et Alvaro n'était pas encore scellé.

— Moui, je t'écoute, Cynthia, tu vas bien ?

— Oui, je vais bien et je te rappelle que je t'attends pour dîner.

— Merde ! J'avais oublié, mais alors complètement oublié.

— Sympa, fit Cynthia d'un air faussement pincé. D'autant plus que je t'ai laissé un message sur le répondeur, alors tu n'as aucune excuse.

— Tu as raison, bâilla Julie à court d'argument, mais je suis vraiment crevée. Ça t'ennuie si on remet ?

Le Martini allait sûrement laisser des taches sur la moquette.

— Primo, ça fait deux fois que tu me dis que tu es crevée, alors j'ai compris, deuxio, je le suis aussi, mais ça n'empêche pas de manger, et troisio, j'ai quelque chose d'important à te dire. Alors, grouille-toi, je t'attends dans une demi-heure.

Julie voulut tenter une dernière manœuvre, mais Cynthia avait déjà raccroché. Elle n'eut même pas le temps de lui demander avec quoi on enlève les taches de Martini sur la moquette.

J'ai pas envie de sortir, maugréait Julie en se remettant du blush sur les joues. Mais elle n'avait pas le choix, Cynthia était sa meilleure amie. Et en plus elle cuisinait bien. Ça changerait des boîtes de raviolis ou des plats de pâtes.

Prise d'un regret avant de partir, elle appuya sur la touche messages du répondeur. Après tout, on ne sait jamais.

Bip... Julie, bonjour c'est maman, je voulais juste de tes nouvelles. Tu as trouvé du travail ? Je t'embrasse. Bip...

Non, j'ai rien trouvé, merci maman, je t'embrasse aussi.

Bip... Julie, salut c'est Cynthia. Je te rappelle que je t'attends pour dîner. A tout à l'heure. Bip...

Elle aurait dû l'écouter plus tôt, son répondeur. Ça lui aurait laissé le temps de trouver une explication plausible pour ne pas ressortir.

Bip... Mademoiselle Toronto, c'est madame Caglione. Merci de vous être présentée, mais ça y est, j'ai engagé une femme de ménage. Je suis désolée. J'espère que vous trouverez rapidement du travail. Au revoir. Bip...

C'est ça, au revoir. D'ailleurs, je m'en fous, le quartier me plaisait pas.

Bip... Allô, Julie, c'est Gilou. Euh, ben voilà, je voulais te dire... je crois que... vaut peut-être mieux plus qu'on se voit... Je t'embrasse... Tchao. Bip...

C'est ça. Vaut mieux plus qu'on se voit, répéta Julie d'une voix lugubre. Elle accusa le coup, immobile au milieu du salon. Elle s'attendait à tout sauf à ça.

On fait quoi, dans ces cas-là ?

Dans ces cas-là, il y a deux écoles, la bonne et la mauvaise. La mauvaise consiste à se mettre à pleurer comme une Madeleine parce que personne ne m'aime, qu'est-ce que je suis malheureuse, je vais ouvrir le gaz et en finir tout de suite, c'est mieux comme ça.

C'est idiot. Complètement idiot. Et en plus, c'est même pas vrai.

La bonne école, c'est de foncer chez ce salopard de Gilou et lui dire ma façon de penser.

Julie bondit dans l'escalier, sans éteindre la lumière ni même fermer la maison à clef. Cynthia attendrait un peu, Gilou habite à deux pas.

Elle avait déjà tourné le coin de la rue de Lévis. Le patron du tabac mettait les chaises sur les tables, le garçon passait le balai, et Johnny miaulait son dernier *Retiens la nuit* de la journée.

Jamais, il change de disque, pensa Julie dans sa course vengeresse. Elle avait devant les yeux le visage angélique de Gilou, le visage de la trahison. Grossier personnage ! Me plaquer au téléphone, et sur répondeur encore ! Même pas le courage de me dire les choses en face. Mais je vais l'obliger, moi, il va voir, que si vaut mieux plus qu'on se voit, je saurai peut-être pourquoi, mais lui aussi ! Non mais il est complètement fou !

Julie était hors d'elle. Plus elle courait, plus sa colère enflait. Envolée, la déprimette de la chômeuse, disparus les qu'est-ce que je peux faire, chais pas quoi faire existentiels qui lui gâchaient la vie. Elle allait lui casser la figure, et se sentait de taille à battre toutes les montagnes et tous les Gilou du monde.

Elle grimpa ventre à terre les quatre étages de l'immeuble un peu mité où habitait Gilou-le-traître.

A bout de souffle, elle écrasa la sonnette jusqu'à ce qu'il vienne ouvrir.

— Oh! Oh! Du calme, je suis pas sourd! s'énerva-t-il en ouvrant la porte.

Il resta en arrêt, un peu gêné devant Julie qui le fusillait du regard.

— Ha! c'est toi Julie... ?

— Non, non c'est pas moi. C'est Marilyn Monroe.

Ils se regardèrent un instant et Gilou baissa les yeux, le nez dans ses baskets.

— Et pourquoi s'il te plaît, vaut mieux plus qu'on se voit?

— Hein?

Gilou n'en menait pas large. Il lui aurait bien claqué la porte au nez, juste pour ne pas avoir à affronter une explication désagréable. Ce genre de situation, il n'y a rien de plus détestable. Dans les journaux féminins, il est écrit que les hommes ne savent pas rompre. L'homme en question en était l'illustration vivante.

— Tu veux que j'augmente encore le son? cria Julie, la voix forte et digne.

Gilou avait l'air tellement misérable qu'il faisait peine à voir. A croire que l'être blessé, trahi, abandonné, c'était lui. Facile de draguer une fille. Mais après, il n'y a plus beaucoup de héros.

— Ecoute, Julie... On s'est rencontrés, on a bien rigolé, basta, tenta timidement le héros, recroquevillé.

— On a bien rigolé, basta... ?

La surprise indignée décomposa le visage de Julie en un masque livide. Cette phrase idiote l'avait blessée au plus profond d'elle-même, et cet imbécile de Gilou qui ne s'en apercevait même pas...

— Ben oui, quoi, souligna-t-il finement.

La colère de Julie se dégonfla comme un pauvre ballon abandonné. Que répondre à ça? On a bien rigolé, basta, on a bien rigolé, basta... Que dire face à cette insolente et naïve franchise ? Rien, probablement.

Gilou comprit que Julie faiblissait. Il en profita pour reprendre l'avantage sur l'adversaire, s'engouffra dans la brèche de silence qu'elle lui offrait et donna l'assaut final.

— Ecoute, Julie, on s'est jamais promis qu'on allait attendre la Carte Vermeille ensemble, que je sache ? Alors encore une fois, on s'est bien marrés, restons bons amis... Non ?

La voix était ferme. Il venait de marquer un point. La digne révolte de la femme outragée venait de s'évanouir sur le palier. Il ne restait qu'une pauvre Julie sans armes, sans voix, sans larmes. Sans rien.

— On aurait pu rigoler encore un peu, non ? essaya-t-elle dans un murmure.

— Ecoute, tu veux pas qu'on en reparle une autre fois, parce que je suis en plein déménagement, là.

Voilà. L'audience était terminée. Basta. Julie remarqua en effet que Gilou était encore plus mal habillé que d'habitude. Son tee-shirt lui collait à la peau, il était trempé de sueur, et son jean fatigué pendouillait sur ses baskets préhistoriques. Il y avait du bruit dans l'appartement.

— Où tu vas ?

— Je retourne chez ma mère, je suis viré de mon appart'.

Julie rigola intérieurement. Indécrottable, le Gilou. Un môme, sous ses trente ans, un gamin incapable de mettre un pied devant l'autre. C'était peut-être ça qui l'avait séduite. Elle se prit en flagrant délit d'attendrissement.

— C'est bien fait !

— Julie, sois pas mesquine, ça ne te ressemble pas.

C'est tout ce qu'il trouve à dire. Les phrases convenues qui ne veulent rien dire. Il était temps de briser là.

— Salut ! dit Julie fermement en tournant les talons.

Elle était déjà dans l'escalier. Tout était dit. Elle savait Gilou planté sur le palier, à la regarder partir. Elle ne se retournerait pas.

— Julie, lui lança-t-il, comme pris d'un regret.

Un sursaut d'espoir la fit tressaillir.

Elle remonta lentement quelques marches en s'agrippant à la rampe et l'interrogea du regard.

— Tu connais pas quelqu'un qui loue un appartement, plutôt très grand et pas cher, des fois...

Connard. Elle ne répondit pas et descendit lentement l'escalier de cet immeuble qu'elle voyait sans doute pour la dernière fois.

Il commençait à faire bon dans les rues de Paris au mois d'avril. Julie remarqua les premiers bourgeons, éclatés depuis peu. Il y aurait bientôt les hirondelles. Julie aimait bien les hirondelles.

C'est en marchant en direction de chez Cynthia qu'elle comprit à quel point elle était triste. Elle l'aimait bien, Gilou. Elle ne l'aimait pas tout court, mais elle l'aimait bien. C'est vrai, après tout qu'ils avaient bien rigolé. C'est vrai aussi qu'ils auraient pu continuer... En six mois, elle n'avait pas eu le temps de se lasser.

Elle l'avait rencontré à l'heure des commissions au supermarché, au rayon pâtes, celui des célibataires. Un joli petit mec avec une bonne bouille sympa, au charme ravageur de grand gamin sexy. Vraiment craquant. Chaque fois qu'ils se voyaient, il l'aidait à attraper les marchandises rangées trop haut, et lui changeait les yaourts périmés. Dans les allées, en poussant leurs caddies, ils discutaient, se racontaient des trucs idiots. Ils faisaient la queue ensemble à la caisse. C'est comme ça qu'on crée des liens. Et puis voilà, c'était arrivé. Les pâtes, plutôt que de les manger chacun chez soi, ils les avaient mises dans le même plat.

Julie était bien avec Gilou. Il était compréhensif, tendre et gentil. Il l'avait acceptée telle qu'elle était. Lui, au moins, jamais il ne lui avait dit qu'elle n'avait pas le profil, qu'elle était pas assez ceci, ou qu'elle était trop cela. Ou trop petite.

Trop petite.

C'est vrai que c'est petit, un mètre trente-deux pour une fille de presque trente-deux ans. Ça porte un nom. On peut dire personne de petite taille. Ou naine. Au choix.

Julie préférait naine. C'est net et franc, et c'est la vérité.

Ses cent trente-deux centimètres, Julie vivait très bien avec. Elle s'y était habituée, ils étaient à elle. Elle avait rarement mal aux centimètres manquants. Le mal, il était ailleurs, dans le regard des autres. C'était toujours dans le regard des autres qu'elle les voyait, les centimètres en moins. Mais jamais elle ne les avait vus dans les yeux de Gilou. Pour lui, et avec lui, elle était comme tout le monde...

Et comme à tout le monde, il m'arrive aujourd'hui ce qui est déjà arrivé à tout le monde au moins une fois : je me fais plaquer par mon jules. On va pas en faire une maladie. Vaut mieux plus qu'on se voit...

— Ah, tout de même ! Tu en mets du temps pour faire trois pâtés de maisons ! Allez, entre.

Ce qu'il y avait de bien avec Cynthia, c'est qu'elle était un peu rugueuse. Toujours de bonne humeur, mais un peu rugueuse. Dotée d'un moral en béton armé, elle avait toujours raison des coups de blues de Julie. En voyant la tête de sa copine, elle comprit tout de suite qu'elle avait du pain sur la planche.

— Ça n'a pas l'air d'aller très fort, aujourd'hui.

— Non. Ça va mal. Il y a des jours comme ça où tout me nuit et conspire à me nuire.

— Qu'est-ce qui te prend ?

— Laisse tomber. C'est du Racine. Phèdre... Gilou m'a plaquée. On a bien rigolé, basta, qu'il m'a dit. Tu te rends compte ?

Oui, elle se rendait compte.

— Ce sont des choses qui arrivent, dit-elle fataliste. De toute façon, vous ne vous étiez pas promis d'attendre la Carte Vermeille ensemble, que je sache ?

— Ah, non ! Pas toi ! explosa Julie. Vous vous êtes donné le mot, ma parole !

Cynthia n'insista pas. Elle avait sûrement fait une gaffe, mais elle ne savait pas laquelle.

— Tiens, bois un coup de rouge, je vais en cuisine. On passe à table dans cinq minutes.

Une bonne odeur de poulet au bouillon se répandait dans le salon. Elle avait de ces attentions charmantes, Cynthia, quand elle voulait. Le poulet au bouillon, c'était l'un des plats préférés de Julie. Pas la poule au pot, non, la poule au pot c'est dur, et puis ça donne un goût trop fort au bouillon. Juste un bon poulet, cuit dans l'eau avec des légumes et servi avec du riz, il n'y a rien de meilleur...

— Il est où, Martin ?

— Il regarde le foot chez un copain, cria Cynthia du fond de la cuisine. PSG-Nantes, tu vois ce que je veux dire ?

Julie voyait parfaitement bien. Gilou devait être devant son poste, à cette heure. Dans les cartons peut-être, mais sûrement devant son poste de télé...

— Allez, on passe à table. Je t'ai fait une poule bouillon.

— Ah bon ? Ça c'est une surprise !

Un sourire éclaira enfin le visage de Julie.

— Tu es une mère pour moi, Cynthia. Vraiment. Cette poule me va droit au cœur.

— Je sais bien que je suis une mère pour toi, répondit Cynthia en servant les carottes et les poireaux. Et tu ne sais pas à quel point. Si ça se trouve, je t'ai trouvé du boulot. Qu'est-ce que tu dis de ça ?

Rien. Julie n'en disait rien. Elle souleva les sourcils d'un air dubitatif.

— Oui. Figure-toi que dans ma boîte, il y a une fille qui part pour cause de grossesse. Elle part pouponner à Toulouse. Tu aurais vu la tête de Crémieux ! Tu prononces le mot enfant, il sort sa calculette. Pas le temps de faire ouf, il te file tes indemnités de départ. Trois francs six sous, évidemment. Bref, il y a une occasion à saisir chez Génétris. Comment il est, mon bouillon ?

— Très bon, fit Julie d'une voix sinistre. Tu sais, j'ai compris un truc. Pour être comptable, il faut mesurer un mètre soixante-quinze. Moi, c'est un mètre trente-deux. Fais le compte, toi qui es comptable.

Un ange passa au-dessus de la soupière. Julie se plongea dans ses pensées qui à l'évidence n'étaient pas d'une gaieté folle et Cynthia se demanda ce qu'elle pourrait bien inventer pour dérider sa copine.

— Tu reprends un bout de poulet ? Bon écoute, la délectation morose, ça va comme ça. Bats-toi, Julie, il faut que tu te battes.

— Les clichés, les lieux communs, bats-toi, Julie. Ça fait six ans, Cynthia, six ans... Jamais je n'ai vécu de mon métier. Je n'ai fait que des petits boulots, des remplacements, des intérims, des merdes. En six ans, j'ai été standardiste, j'ai fait des photocopies dans une boîte de photocopies, j'ai fait l'aide-cuisinière dans une cantine scolaire, secrétaire dans une boîte d'équipement hôtelier, que sais-je encore. Et chaque fois, qu'est-ce que c'est dur pour y arriver! Et quand je crois que c'est bon, hop! je me fais virer. Tiens, cette semaine j'ai été voir à la Mairie de Paris, pour faire le standard aux archives. Eh bien, tu sais quoi? Ils m'ont trouvé la voix trop rauque. La voix trop rauque! Même comme femme de ménage, je n'ai rien trouvé. Et pourtant, j'ai cherché, même à trente-cinq francs de l'heure. Rien. Que dalle!

Si elle s'énerve, c'est bon signe, pensa Cynthia. La révolte, ça terrasse l'abattement. Ça redonne du tonus. Elle avait dû voir ça dans *Marie-Claire*.

— Tout ce que j'ai fait, c'est des trucs qui font bien dans une biographie quand on est quelqu'un d'arrivé. Moi, je suis pas encore partie, et j'en ai marre. J'ai un bac+5 et j'y arrive pas. Pourquoi ça changerait maintenant... Il faudrait un miracle. Tu te rends pas compte, Cynthia. D'ailleurs tu peux pas. Pour toi, tout s'est passé tellement simplement, tellement naturellement. Tu as un métier, un mari, un PEL, un PEP, des économies, des certitudes...

— C'est vrai, lui accorda Cynthia. Mais savoir qu'on en prend comme ça pour quarante ans...

— C'est mieux que rien prendre du tout. Tu sais quoi? Je vais finir par quitter Paris. Partir en province, ou à l'étranger.

Cynthia leva les yeux au ciel, désolée d'entendre sa meilleure amie lui débiter des absurdités pareilles.

— C'est ça. Je te sens mûre pour les ONG.

— Justement, s'étonna Julie de tant de perspicacité. J'y songe, parfois. Au moins là, je servirais à quelque chose.

— Ah, je te vois en sauveur de l'Afrique, rigola Cynthia, tu serais bien, là-bas. En plus, ça serait malhonnête. Aider les gens pour se faire du bien à soi, je ne trouve pas ça bien. Tu ferais mieux de t'occuper de toi. Et de suivre mon conseil. Va voir Crémieux. Je lui ai parlé de toi. Tu ne seras pas toute seule sur le coup, mais tu bénéficies d'un préjugé favorable. Alors bats-toi, Julie, bats-toi !

— Tu me l'as déjà dit.

Julie s'énervait. Elle comprend rien, Cynthia. On parle pas de la même chose.

— Je ne suis même plus certaine d'avoir envie de faire ce métier. Passer une vie entière à aligner des chiffres...

— C'est intéressant si on s'y intéresse, c'est comme tout, protesta Cynthia vaguement vexée.

— Ça c'est sûr, y a pas à dire, lança Julie sur un ton rigolard qui blessa Cynthia. Excuse-moi, Cynthia. Mais tu vois, même toi tu ne sais plus quoi me dire, tu es à court d'arguments.

Elles finirent leur poulet en silence. Il était tard et Julie était fatiguée, son moral allait *decrescendo*. Ça faisait beaucoup, pour une seule journée. Cynthia pourtant coriace avait des doutes elle aussi, Crémieux, Martin, le PEP, le foot, toute une vie comme ça...

Les assiettes et les plats envahissaient la cuisine.

— Je t'aide à faire la vaisselle et je rentre me coucher.

— D'accord. J'ai des framboises, les premières de la saison. On les mange dans la cuisine ?

Julie sourit. Elle aimait bien grignoter dans la cuisine avec Cynthia. C'est souvent là qu'elles avaient pris les grandes décisions de leur existence. Déjà, quand elles étaient étudiantes, elles finissaient leurs journées de travail dans la cuisine, chez l'une ou chez l'autre, à manger des pâtes en s'inventant un avenir. Leur amitié était née là, en première année de licence.

— Je vais tenter ma chance chez Génétris, dit doucement Julie. C'est promis. Mais c'est vraiment pour te faire plaisir.

— Ça me fait plaisir, tu sais. Ça me ferait vraiment plaisir qu'on travaille ensemble. Si tu ne le fais pas pour toi, fais-le pour moi. Je m'emmerde, toute seule chez Génétris.

— Si on peut s'emmerder à deux chez Génétris, tant mieux. Mais ne rêve pas trop. Ton Crémieux, il va sûrement me trouver quelque chose, les yeux trop bleus, la voix trop rauque, il va dire que j'habite trop loin... S'il m'engage, on fêtera ça. Sinon, je fais ma valise. Et en avant pour la nouvelle vie !

Elles avaient encore plein de choses à se dire quand Julie donna le signal du départ. Elles échangèrent un sourire un peu coincé sur le pas de la porte. Les mots ne sortaient pas.

— Merci Cynthia. Fais une bise à Martin. J'espère pour lui que Nantes a gagné.

— Pas moi. Il est supporter du PSG.

Julie rentra chez elle à pied. Elle leva le nez vers les étoiles et essaya de mettre un nom sur celles qu'elle connaissait. Elle lisait parfois des livres qui parlaient des étoiles et elle voyageait à la vitesse de la lumière à l'autre bout du monde. Dans le secret des laboratoires, on cherchait à réunir l'infiniment grand et l'infiniment petit, dans une équation idéale et définitive. Un rêve de savant fou ou de poète mégalomane...

Elle se sentait légère, libérée, délivrée. Cynthia et sa poule bouillon lui avaient fait du bien. Elle irait tenter sa chance chez Génétris. Et tant pis pour Gilou.

2

A six heures du soir, Antoine Desliles était bien loin d'avoir terminé sa journée.

Il était submergé de boulot et les dossiers s'accumulaient sur son bureau d'avocat brillant. Ses fenêtres restaient souvent allumées jusque tard dans la nuit.

Antoine Desliles et Maxime Rouvre avaient en cinq ans fondé un cabinet d'avocats d'affaires très prospère, l'un des plus réputés de la région. Reconnus comme des pointures du barreau de Tours, les deux hommes cumulaient et accumulaient les affaires importantes, les beaux procès qui faisaient leur fortune, et les choux gras des journaux régionaux. Les clients huppés n'imaginaient pas qu'il fût possible d'avoir recours à d'autres avocats que Desliles et Rouvre, surtout dans les affaires délicates. Pour les notables de la région, ils étaient devenus un signe extérieur de richesse, une marque de bon goût, un symbole de réussite. On confiait ses affaires à Desliles, comme on confiait ses dents à Barthélemy ou sa santé au docteur Comète.

Les deux Maîtres mettaient la dernière main au procès qu'Antoine Desliles devait plaider le lendemain. Une ténébreuse affaire de diffamation, qui mettait en cause l'un des gros industriels de la région, conseiller général de surcroît, et probable député aux prochaines législatives. Le type même de client qu'il faut savoir soigner.

Albert Vaudoyer, pour ne pas le nommer, installé comme chez lui dans le bureau de ses avocats, écoutait avec une attention soutenue l'argumentaire que Desliles confiait à son dictaphone. Maxime Rouvre approuvait, hochant la tête d'un air convaincu. Chaque mot qui tombait de la bouche de l'avocat sonnait aux oreilles de Vaudoyer comme une promesse de victoire dans un procès gagné par qui se dit dans son bon droit.

Sauf que l'affaire n'était pas du tout cuit. La partie adverse, qui voulait la peau de Vaudoyer, n'y était pas allée sans biscuits. Desliles aurait le lendemain à batailler ferme. Il lui faudrait déployer tout son talent pour éviter à son client d'être convaincu d'escroquerie et d'abus de biens sociaux.

Desliles et son associé avaient déconseillé ce procès en diffamation. Mais Vaudoyer était un bulldozer qui fonçait et écrasait tout sur son passage. La meilleure défense, c'est l'attaque, disait-il. Le seul moyen de mettre fin aux rumeurs et aux insinuations. Jouez la carte de l'honnêteté outragée, avait-il demandé à ses avocats.

C'est peu dire qu'Antoine Desliles fut infiniment contrarié lorsque Isabelle, sa secrétaire, modèle de compétence et de dévouement, pénétra discrètement dans le bureau, bien qu'il lui eût signifié qu'en aucun cas il ne voulait être dérangé.

— Excusez-moi, messieurs, dit-elle de sa voix douce et très professionnelle.

Elle murmura à l'oreille de Desliles.

— C'est la directrice de l'école, Maître. Je crois que c'est urgent. Il semblerait que mademoiselle Deschemaeker ne soit pas allée chercher les enfants à l'école. Ils y sont encore et Madame la Directrice ne peut pas les garder après six heures.

Maître Desliles, qui savait se tenir, ravala le merde alors ! qui menaçait de surgir, tonitruant, de ses lèvres bien élevées.

L'intrusion des soucis domestiques dans la vie huilée et pleine à craquer d'Antoine Desliles prenait rapidement des allures de cataclysme, d'ingérence inacceptable et surtout d'incommensurable source d'emmerdements, dont il s'arrangeait en général pour faire l'économie. Il préférait en confier la gestion à ses successives et dévouées fiancées. Ou encore à sa mère, quand la passation de pouvoirs entre une ex et une nouvelle s'avérait mal synchronisée.

Il fallait bien se résoudre à aller les chercher à l'école, les chères têtes blondes, puisque Jocelyne leur avait posé un lapin.

D'ailleurs, où elle est Jocelyne ? Qu'est-ce qu'elle fout, elle a que ça à faire, de s'occuper des enfants, s'énerva silencieusement Desliles avant de prendre sa voix la plus suave.

— Excusez-moi, Monsieur Vaudoyer, je vous supplie de bien vouloir m'excuser. Il faut que je parte. J'ai un fâcheux contretemps. Une urgence, pour tout vous dire.

— Rien de grave, au moins, interrogea Vaudoyer machinalement.

— Non, rien de très grave, un petit souci personnel. De toute façon, nous avons fait le tour du dossier. Maître Rouvre a tous les éléments en main. Nous sommes parés. Fins prêts pour demain. J'ai confiance. Pardonnez-moi, il faut vraiment que je parte.

— Je vous en prie, Maître, je comprends, rétorqua Vaudoyer, visiblement agacé.

Il acceptait mal qu'un incident extérieur vînt

interrompre une discussion capitale pour la bonne marche de ses affaires et de son avenir électoral.

— Bien, mon cher Rouvre, reprenons. J'espère que cet incident n'aura pas de conséquences fâcheuses. Ce serait dommage pour moi. Pour vous aussi, vous en conviendrez...

Sale con, pensa Desliles en quittant son bureau.

Il déboula à l'école peu avant dix-huit heures trente, pour se faire vertement tancer par la directrice.

— Monsieur Desliles, je comprends que vous ayez une vie compliquée, mais la moindre des choses quand vous avez un problème, c'est de me prévenir. A-t-on idée de laisser les enfants comme ça ?

Le brillant avocat se crispa, honteux comme un petit garçon qui vient de casser un carreau avec son ballon. Il ne supportait pas de se faire engueuler par une femme. Ça lui coupait tous ses moyens. Alors, une directrice d'école...

Il bafouilla quelques excuses embarrassées... beaucoup de travail... Je croyais que Mademoiselle Deschemaeker... Enfin je ne comprends pas...

— Oh ! bien sûr, vous ne comprenez jamais rien quand il s'agit de vos enfants ! Je ne veux pas m'immiscer dans votre vie privée, mais tout de même, les dames qui viennent chercher vos enfants à l'école changent encore plus vite que les réformes scolaires. C'est tout dire !

Desliles fulminait, mais prit sur lui pour n'en rien laisser paraître. La directrice lui fichait un peu la trouille.

Elle m'emmerde, à la fin. Et de quoi elle se mêle, d'abord ? A la rentrée, je les change d'école.

Il prit son courage à deux mains pour dire ce qu'il avait à dire.

— Madame la Directrice, je ne vous permets pas ! Mademoiselle Deschemaeker est une mère pour mes enfants, elle s'en occupe avec un dévouement admirable. D'ailleurs, à l'heure qu'il est, c'est plutôt pour elle que je m'inquiète. Si elle n'est pas venue chercher les petits à l'école, c'est qu'il s'est passé quelque chose. Quelque chose de grave, peut-être.

Il n'y avait pas pensé. D'ailleurs, c'était tout à fait improbable. Mais quand même, qu'est-ce qu'elle fout ? Et avec qui ?

— Si vous le permettez, Madame, je vais chercher mes enfants et m'inquiéter de Mademoiselle Deschemaeker.

— C'est ça, rétorqua la directrice d'un air pincé. Vous feriez bien, pendant que vous y êtes, de vous inquiéter *aussi* des devoirs de mathématiques de votre fils.

— Qu'est-ce qu'ils ont ses devoirs de maths ?

— Si vous regardiez ses livrets, ne serait-ce qu'une fois par trimestre, vous le sauriez, Monsieur l'Avocat ! persifla la directrice sur un ton de Protectrice de l'Enfance en Danger.

Elle m'emmerde. Vraiment, elle m'emmerde. Je les change d'école dès la semaine prochaine. Mais il ne dit rien, attendant que l'orage passe. Le petit chignon bas tiré sur la nuque de la directrice lui rappelait les collèges de son enfance. Et ce n'étaient pas forcément ses meilleurs souvenirs.

— Ce pauvre enfant est nul en maths, reprit la directrice. Nul, nul, nul. Ce n'est pas de sa faute, le pauvre. Un tout petit peu d'attention et il ne demanderait qu'à redémarrer. Mais il faut qu'il sente que cela ferait plaisir à son papa. A cet âge-là, ils ne travaillent pas pour eux, mais pour faire plaisir, et être aimés de leurs parents. Pauvre petit Sébastien...

Non seulement je suis à la bourre, et en plus

il faut qu'elle me culpabilise avec sa psychologie d'arrière-boutique. S'il est nul en maths, ce petit con, ce n'est tout de même pas de ma faute !

— Je vous remercie d'avoir attiré mon attention sur cette question des mathématiques, nous allons y remédier. Des cours particuliers, par exemple ? Si vous le permettez, Madame la directrice, je vais chercher mes enfants, je suis très pressé.

— Comme d'habitude ! Allez-y. Ils sont en salle d'étude.

La directrice renonça. Puisque c'était sans espoir... L'essentiel était de veiller à ce que ce pauvre petit ne sombre pas dans la délinquance précoce.

En salle d'étude, Sébastien gagnait une cinquième vie sur son Game Boy et Ludivine suçait rêveusement son pouce.

Son petit visage de six ans s'illumina lorsqu'elle vit son père derrière la porte vitrée. L'arrivée du Père Noël dans la salle de classe en plein mois d'avril ne lui aurait pas fait plus d'effet. Antoine Desliles à la sortie de l'école, c'était un événement unique, exceptionnel et qui ne se renouvellerait pas de sitôt.

— Papa, c'est papa, regarde, Sébastien !

— Ta gueule, Ludivine ! sursauta Sébastien. (A cause d'elle, Super Mario venait de reperdre une vie.) Tu m'as tout fait rater, j'allais passer dans un nouveau pays !

Cet accident de Game Boy conforta Sébastien dans sa conviction que les filles étaient toutes des emmerdeuses. Et particulièrement sa sœur.

Le papa super à la bourre surgit dans la salle d'étude et rugit un grouillez-vous-les-enfants-je-suis-pressé, qui ne réussit pas à entamer l'enthousiasme de Ludivine, ni la mauvaise humeur de Sébastien, accroché à sa console pour réparer les dégâts causés par sa sœur.

— Jocelyne n'est pas venue ?

Tout en pianotant sur sa machine infernale, Sébastien fut tenté de demander à son père s'il avait d'autres questions aussi bêtes que celle-ci. Vu l'humeur dudit père, il préféra s'abstenir. Antoine n'avait pas beaucoup le sens de l'humour. C'est vrai qu'il promettait toujours des baffes qu'il ne donnait jamais, mais après tout, on n'est jamais à l'abri d'un accident.

— Personne n'est venu nous chercher, on est des enfants abandonnés, rigola Ludivine de sa petite voix flûtée.

Elle tenait très fort la main de son père.

La cour était déserte. La gardienne attendait toute la petite famille à la grille pour fermer son école jusqu'au lendemain matin.

— Tu sais, papa, on est drôlement contents que tu sois venu nous chercher, hein Sébastien ?

Sébastien ne répondit pas, trop absorbé par sa partie.

— Hé, Sébastien, tu réponds ?

— Ta gueule !

Ta gueule peut-être, mais c'est vrai qu'ils étaient contents. Et fiers. Dommage qu'il soit venu si tard, ils auraient bien aimé qu'il vienne les chercher à quatre heures et demie, devant tout le monde, les copains, les maîtresses, la directrice, la gardienne. Avec sa belle voiture et son beau costume. Mais c'était déjà bien. En s'appliquant un peu, il arriverait peut-être à l'heure, la prochaine fois.

D'habitude, c'étaient les baby-sitters qui venaient les chercher, ou bien leur grand-mère. La plupart du temps, c'étaient les fiancées de papa. Pour accrocher le père, il faut séduire les enfants. Parfois, ça marchait presque. Et puis, patatras ! Les fiancées foutaient le camp. Ou alors c'était papa qui se lassait. Il promettait que la nouvelle était vraiment mieux que les autres, que cette fois, c'était la bonne, ils avaient enfin une nouvelle maman. Ils le connaissaient par cœur, le numéro de papa. Le pire, c'est qu'il était sincère. Les enfants ne cherchaient pas à le contrarier, ils le laissaient dire.

La dernière en date, Jocelyne, les enfants sentaient bien qu'elle ne resterait pas longtemps. Ils faisaient des pronostics sur sa durée de vie à la maison. Ils la voyaient mal passer l'été. Ludivine pensait que ce serait elle qui partirait la première. Sébastien avait choisi l'option virile, son père brisant le cœur de la fiancée délaissée au profit d'une nouvelle. De toute façon, ça n'avait aucune importance. Jocelyne n'était pas au top de leur box-office familial. Ils l'aimaient bien, mais pas plus que ça. Ils attendaient la prochaine. Ça mettait toujours de l'animation dans la maison, une nouvelle fiancée de papa.

— Bon, Sébastien, tu te dépêches !

L'agacement d'Antoine croissait au rythme de la petite musique aigrelette de la console. Une idée de sa mère, ça. Bravo, Mamie. Il ne faut pas s'étonner après ça si le petit est nul en maths.

Sébastien ne se dépêchait pas, absorbé qu'il était par les vies patiemment regagnées par Super Mario. Antoine se promit d'attaquer les fabricants de consoles japonais s'il perdait le procès Vaudoyer.

— Dépêchez-vous, bon Dieu, j'ai pas que ça à faire ! explosa Antoine, en secouant Ludivine qui n'y était pour rien.

Antoine n'avait pas beaucoup de temps à consacrer à sa progéniture. Il n'avait pas étudié le mode d'emploi et ne savait pas l'immense difficulté qui consiste à faire monter des enfants de six et neuf ans dans une voiture. C'est un travail qui demande du doigté, de l'expérience et une longue patience. Sur ce terrain, l'avocat était aussi nul que pouvait l'être Sébastien en maths.

Dans la belle voiture grise de papa qui filait direction la maison, Ludivine n'arrêtait pas de parler et Sébastien était muet comme une carpe. La musique électronique de sa console créait un bruit de fond exaspérant. Antoine découvrait avec stupeur la diabolique capacité des enfants à produire des décibels au-delà du supportable. Il avait les nerfs en pelote. Le procès Vaudoyer, son voyage du lendemain à Paris, l'absence de Jocelyne, les enfants qui faisaient trop de bruit... Il était survolté et surmené. L'infarctus pointait à l'horizon. Faut que je fasse gaffe, pensa-t-il en arrivant devant le portail.

La maison d'Antoine Desliles était une belle et vaste demeure tourangelle, au-dessus des coteaux, entre Vouvray et Rochecorbon. De grandes baies vitrées qui laissaient entrer le soleil, deux étages confortables meublés avec goût, un beau jardin fleuri. Tous les signes de la réussite cossue et de bon ton.

Il l'avait achetée dès son arrivée dans la région, six ans auparavant. C'était sa mère qui l'avait trouvée. Une maison délabrée au milieu d'un grand jardin à l'abandon. Il n'en n'avait pas voulu, au début. Ajouter à sa dépression une maison en ruine, c'était de la provocation. A croire que sa mère voulait le pousser au suicide.

Il n'était pas brillant, Antoine, à son arrivée en Touraine. Qui l'eût vu à ce moment-là n'eût pas misé un sou sur son avenir. Son histoire était triste et banale.

Des études brillantes à Paris, Sciences Po, fac de droit à Assas. Bientôt l'as du barreau avait pointé sous le jeune avocat débutant. La fierté de sa maman. Des épousailles modèles avec une jeune et jolie confrère, récompensées par la naissance d'un beau garçon de trois kilos cinq cents. Trois ans plus tard était née Ludivine. Un parcours édifiant et sans fautes. Antoine Desliles commençait à se faire un nom au barreau de la capitale. Il gagnait de l'argent, faisait le bourgeois. Un jour, je serai peut-être un notable. Cette pensée le faisait rigoler. En 68, il avait fait les barricades. Toutes les contradictions d'Antoine résidaient là, dans le mariage improbable entre la fac d'Assas et les rêves de Nanterre. Ça laisse des traces indélébiles et des nostalgies tenaces. La vie d'Antoine était toujours un peu décalée, il la jouait distanciée. Certains diront le cœur à gauche, le portefeuille à droite. C'était autre chose. De la lucidité, peut-être, ou l'intime conviction que sa vie ne pouvait se résumer aux signes extérieurs de réussite patiemment accumulés au cours des années. Le cher Maître restait un potache idéaliste, secrètement fidèle à ses idéaux de jeune homme.

C'est alors que sa vie bascula.

Sa femme se tua en voiture. Trois mois après la naissance de Ludivine. Veuf. Antoine se retrouva veuf. Ce mot lui faisait horreur. Il était seul. Et atrocement malheureux. Sa vie jusqu'alors avait suivi une route idéalement tracée, des boulevards de bien-être et de bonheur s'ouvraient devant lui jusqu'à l'infini. Antoine ne se savait pas programmé pour la tragédie.

Tout lui faisait peur, il avait perdu confiance en lui, dans les autres, dans la vie. Dans tout. Il avait tout largué. Il connut les tourments d'une terrible dépression nerveuse, de celles qui vous laissent au fond du bocal sans espoir de revoir jamais le jour.

Dans son malheur, il avait la chance d'avoir une mère aussi forte que lui était faible. Une emmerdeuse, une vraie, mais une femme de tête et de cœur. Elle colla le fils en clinique et prit les petits avec elle, en Touraine où elle s'était retirée depuis son veuvage. Pendant qu'on essayait de réparer Antoine, elle lui prépara une nouvelle vie en province. C'est elle qui débusqua la maison où il vivait aujourd'hui. Ce ne fut pas facile. Il refusait tout, n'avait envie de rien. Il se savait démoli, aussi en ruine que la maison où sa mère prétendait le faire vivre.

Elle sut patiemment lui redonner le goût de vivre, pour lui-même et pour ses enfants surtout. Antoine signa l'achat de la maison et sa mère dirigea les travaux. Elle en fit rapidement un lieu accueillant, chaleureux, qui fut pour beaucoup dans la guérison d'Antoine. Les enfants s'y sentirent bien tout de suite, ils avaient de la place, un jardin, des recoins. Ils étaient chez eux. Le souvenir de la mère disparue ne pesa pas sur Ludivine qui était trop petite. On s'employa à faire oublier à Sébastien la plus horrible des blessures qui peut frapper un petit garçon de trois ans.

Antoine remonta lentement la pente. Il s'inscrivit au barreau de Tours et rencontra Maxime Rouvre. Le contact fut immédiat. Ils avaient le même âge et se découvrirent un parcours identique. Comme Antoine, Maxime était un avocat parisien en exil volontaire, installé à Tours après son divorce. Il avait ouvert un cabinet qui dut vaincre la méfiance des gens du pays à l'égard du Parisien. Deux ans plus tard, Maxime Rouvre était considéré comme l'un des meilleurs avocats de la région. Sa notoriété naissante lui ouvrit les portes de la ville.

Les deux hommes eurent la bonne surprise de se découvrir des souvenirs communs, un prof de droit admiré, les night-clubs de potaches, les soirs de barricades et les nuits conquises sur les belles étudiantes. Jusqu'aux vacances en Bretagne qui dégageaient le même parfum. Quant aux premières blessures de l'âge adulte...

A l'évocation de ces souvenirs, tout un passé volontairement enfoui remonta à la surface. Grâce à Maxime, Antoine sut regarder derrière lui sans amertume et surmonter ses douleurs.

Maxime se révéla un excellent thérapeute, et gratuit, contrairement à celui qui suivait Antoine et lui prenait des fortunes. Ami exemplaire doublé d'un parfait chargé de relations publiques, il introduisit Antoine dans la société tourangelle et lui permit de traiter ses premières affaires importantes dans la région.

Un soir de fête chez des amis châtelains des hauteurs de Moncontour, Maxime proposa à Antoine, sans même y réfléchir : si on s'associait ?

— Chiche ! répondit Antoine.

Plus qu'un associé, il avait trouvé un frère.

Il comprit alors qu'il avait à nouveau envie de vivre.

Maxime l'aida à reprendre goût aux joies simples de l'existence, à savoir remplir ses loisirs autrement qu'en pensant au passé. Golfeur de choc, il initia Antoine, qui devint rapidement accro. Ça fait un bien fou à la tête, disait Maxime. On ne pense plus qu'à ça et on oublie tout le reste.

Discrètement, sans en avoir l'air, il plaça quelques jolies dames sur le chemin de son ami, qui ne s'en trouva pas mécontent. Antoine eut de brèves rencontres, des liaisons, des aventures. Mais sa vie amoureuse resta longtemps hantée par le souvenir de l'épouse disparue.

Avec le temps, Antoine et ses enfants tirèrent un trait définitif sur le malheur. Ils oublièrent. On ne prononça plus jamais le nom de Nathalie.

3

Cynthia avait dit à Julie : quatorze heures chez Génétris. Tu seras pas toute seule, mais je t'appuie auprès de Crémieux. C'est le chef du personnel.

A treize heures trente, Julie était dans le bus, direction Levallois. Elle n'y croyait pas beaucoup, mais un miracle, ça peut exister, un miracle...

Décrocher un job. Avoir un emploi, un métier, un vrai. Julie devait bien admettre que c'était devenu obsessionnel. En six ans, une relation passionnelle, quasi névrotique, s'était insidieusement nouée entre le Travail, qui se refusait avec une obstination de maniaque, et Julie, avec sa quête éperdue d'un idéal en forme de fiche de paye. Elle finissait par se demander si elle n'entretenait pas avec le métier de comptable un lien pervers, tant elle le désirait et tant il se refusait.

De remplacements en petits boulots, de déprimes noires en avenirs radieux, Julie connaissait par cœur le parcours du combattant-demandeur-d'emploi. Elle savait les ruses à employer pour noyer l'angoisse qui parfois lui sautait à la gorge, chasser la déprime qui surgissait sans préavis, faire l'économie des accès de colère inutiles, parce que sans objet.

Julie avait bien essayé de mettre tout ses ennuis sur le dos de la crise, la faute à la crise. C'était presque rassurant de pouvoir se dire qu'il y en avait trois millions à ramer comme elle. Après tout, on se sent moins seul. Et puis ça présentait au moins l'avantage d'une explication objective. Je n'ai pas de boulot parce qu'il n'y en a pas. Sauf que Julie savait que ce petit arrangement avec la vérité vraie reviendrait lui sauter à la figure comme un boomerang. Elle ramait comme les autres, mais un tout petit peu plus que les autres…

Dans le bus qui l'emmenait vers Levallois à la rencontre de Michel Crémieux, chef du personnel chez Génétris, Julie sentait que quelque chose d'important était en train de se produire : quel que fût le résultat de son entrevue avec le chef de Cynthia, ce serait le bon. Elle comprit qu'elle venait de refuser définitivement de continuer à subir sa vie. Désormais, elle la prenait en main. Si Crémieux la choisissait elle, Julie Toronto et son mètre trente-deux, parmi tous les candidats comptables, elle en éprouverait une grande joie et le sentiment d'une grande victoire. Si elle essuyait un refus, comme si souvent déjà, elle en tirerait les conclusions qui aujourd'hui lui paraissaient évidentes : elle changerait de vie, de ville, de métier. Elle saurait se fabriquer d'autres rêves et d'autres désirs, de nouveaux buts et des espoirs inédits.

On arrivait à la porte Maillot, Julie était prête et se sentait parfaitement calme.

D'habitude, pourtant rompue de longue date à l'exercice fastidieux, humiliant, inévitable de l'entretien d'embauche, Julie avait à chaque fois le trac. Ces entretiens, elle les connaissait bien. Elle avait dans ce domaine un entraînement de championne du monde. Sauf que le podium, il était toujours pour les autres.

Ces tête-à-tête barbares la mettaient toujours dans un état redoutable. Parce qu'à chaque fois, c'est une épreuve terrible, un véritable examen de passage. Parce qu'à chaque fois, au bout du compte, il y a un monsieur derrière un grand bureau, assis sur son fauteuil et ses certitudes, et que son boulot consiste précisément à vous en faire baver le plus possible pour atteindre votre seuil de résistance. Il juge, il jauge, il vous met tout nu. La partie n'est jamais égale. A plus forte raison quand on s'appelle Julie Toronto.

Mais là, aujourd'hui, c'était différent.

Julie surveillait le trac, tapi en embuscade, prêt à fondre sur elle comme une bête fauve. Les tempes un peu moites et le pouls qui s'accélère, ça ne trompe pas. Signes avant-coureurs d'une bataille trop souvent perdue. Mais, comme les vieux chasseurs aguerris, elle l'avait senti venir, elle l'avait déjà repéré et reniflé. Elle connaissait l'ennemi et saurait le combattre. Elle lui ferait la peau. Cette fois, il avait trouvé plus fort que lui.

Levallois. Terminus, tout le monde descend.

Julie avançait dans une large avenue silencieuse, bordée d'arbres trop jeunes. L'impeccable alignement des immeubles de bureaux flambant neufs, décorés ici et là de grands panneaux « à louer », semblait dissimuler des mystères insondables. Derrière le silence de verre des tours impénétrables, il y avait tout ce pour quoi Julie s'était inlassablement battue depuis six ans. Elle n'était pas sûre aujourd'hui d'avoir fait le bon choix.

Encore deux cents mètres, j'y suis presque.

Elle marchait avec une détermination tranquille. Une vague inquiétude la tenaillait, mais pas plus que ça. Elle s'était donné toutes les chances d'affronter dans les meilleures conditions ce jeu si cruel. Habillée sobrement, comme une aspirante comptable irréprochable, les cheveux propres et bien coiffés, le maquillage léger qui donne bonne mine sans agressivité, Julie se savait inattaquable. Elle avait la tête de l'emploi et le costume qui va avec.

Génétris, troisième étage. C'est tout blanc, très vaste et sans âme. Une plante verte anonyme s'ennuie dans l'entrée. Des photos de machines bizarres fabriquées par Génétris habillent les murs. Derrière un bureau de trois mètres de long, une hôtesse, dite d'accueil, tente de finir ses mots fléchés, planquée entre son standard et son ordinateur.

— Vous venez pour le poste ? demanda-t-elle machinalement.

Non, je viens pour faire une belote, pensa Julie.

— Euh, oui, voilà ma convocation. Je suis Julie Toronto.

L'hôtesse lâcha ses mots croisés à regret. Elle marqua un temps d'arrêt et regarda Julie avec une insistance déplacée.

Déplacée, c'est le mot qui convient. Bon ça y est, tu m'as vue, alors on fait quoi, maintenant ?

— La salle d'attente est par là, à droite. On vous appellera.

— Merci, mademoiselle, répondit Julie avec un large sourire.

Elle sentit les yeux de la fille plantés dans son dos.

Le long des couloirs blancs de Génétris, le téléphone sonnait dans tous les coins, couvert par des éclats de voix, des rires, le cliquetis frénétique des claviers d'ordinateurs, le bruit entêtant des imprimantes déchaînées, la sonnerie des fax, les coursiers qui entrent et sortent, qui est-ce qui a demandé un coursier ? Je peux passer un coup de fil ? etc.

Le long couloir qui tenait lieu de salle d'attente contrastait étrangement avec le reste de la société Génétris par son silence impressionnant. C'était une sorte de station de métro high-tech, blanche comme tout le reste, avec des sièges blancs et une vingtaine de candidats posés dessus.

Julie repéra un siège libre et traversa bravement le couloir qu'elle sentit immédiatement hostile. Vingt paires d'yeux braquées sur elle, la nouvelle.

Heureux celui qui est arrivé le premier! Il échappe à l'Inquisition. Les derniers arrivés, eux, auront moins de chance. C'est le bûcher assuré. Les premiers, légitimés par leurs quelques minutes d'avance, ne leur feront pas de cadeaux. Ils les mettront tout nus avant qu'ils aient eu le temps de s'asseoir.

La bande des vingt jauge, juge, évalue la vingt et unième, l'ennemie. Julie put lire le soulagement dans leur regard... Elle alla s'asseoir entre une binoclarde à tailleur gris et une binoclarde à tailleur blanc.

Le rituel était toujours le même. Vingt candidats pour le poste. Un concentré d'humanité, un panel Sofres plus vrai que nature: plus de femmes que d'hommes, quelques jeunes qui croient encore à leur avenir, une bonne moitié de 30-40 ans, un quart de 40-50 ans et puis la tranche d'âge des 50 ans et plus, les presque vieux mais pas encore, le réservoir tragique des chômeurs de longue durée... On trouve de tout, des timides et des anxieux, des conquérants et des fiers-à-bras, des optimistes et des désespérés, des qui s'en foutent et des qui en veulent. Dans quelques heures, il n'en restera qu'un.

Les candidats s'observaient avec des regards de tueurs. Ils la voulaient tous, cette place à huit mille cinq cents francs bruts. Tous. Avec chacun de bonnes raisons pour ça. Ils ne feraient pas de cadeau. Pas la peine d'essayer d'attendrir le voisin avec ses états d'âme et ses problèmes de fric. Il a les mêmes, le voisin. Il vous laissera crever la gueule ouverte, si ça peut lui garantir ses huit mille cinq cents francs. Parce que c'est la crise et que faire le généreux, c'est un luxe rare par les temps qui courent.

C'est comme ça qu'on transforme des milliers d'honnêtes gens en salauds de pauvres.

Le bon sens populaire dit que l'âme se révèle par les yeux. C'est aussi dans les mains et dans les genoux. Il n'y a qu'à les regarder, les aspirants comptables dans la salle d'attente. Les uns avaient les ongles rongés jusqu'au sang, les autres secouaient nerveusement les jambes, comme s'ils avaient des électrodes plantées dans les pieds. Un cadre qui fut autrefois supérieur prenait l'air dégagé pour lire son *Herald Tribune*. Il croisait et décroisait les jambes à une cadence infernale qui exaspérait ses voisins. En face de Julie, une femme entre deux âges, qui voulait tellement avoir l'air d'une employée modèle qu'elle en était pathétique. Un petit monsieur discret au visage torturé se tortillait sur son siège. Il avait sûrement envie de faire pipi. Mais n'osait pas y aller. Sa vessie était bien partie pour lui bousiller son entretien avec le chef Crémieux. A l'autre bout du couloir, deux copines papotaient en rigolant. Pas besoin d'être expert sociologue pour comprendre qu'elles étaient là uniquement pour faire preuve de bonne volonté auprès des ASSEDIC. Je cherche vraiment du boulot, Monsieur, mais je ne trouve rien. C'est pas ma faute.

Nerveux. Ils sont tous nerveux. Ils s'ennuient et ils ont le trac. Ils sont comme des enfants pris la main dans le pot de confiture. Ils ont peur de se faire engueuler, peur de déplaire, peur de tout. Tous, sauf une.

Une qui doit tout juste avoir trente ans. Plutôt jolie, mais jolie-discrète. Pas la jolie-conquérante qui donne des envies de meurtre à toutes les moches. Il n'y a rien à lui reprocher. Elle est habillée joli et convenable, attirant mais pas sexe. Son visage régulier affiche une sérénité de madone. Un regard intelligent juste ce qu'il faut pour rassurer les chefs, sans les mettre en danger d'être à terme mangés tout crus. Cette fille a la grâce sur elle. C'est ça l'injustice fondamentale. Crémieux ne le sait pas encore, mais c'est elle qu'il va engager. Si ça se trouve, il en tombera amoureux.

Les autres, tous les autres, ils perdent leur temps et leur énergie pour rien du tout.

Le temps n'en finit pas dans les salles d'attente. A raison d'un quart d'heure par candidat, ils risquent de souffrir longtemps dans ce couloir à désillusions.

C'est ainsi que Julie tuait le temps, à observer les gens et faire des pronostics. Elle balançait ses jambes dans le vide pour chasser la nervosité qui montait insidieusement. Voilà qu'elle se prenait à espérer, à la vouloir cette place de comptable chez Génétris. Etait-ce bien raisonnable ?

La porte d'un bureau s'ouvrit. Un homme sortit, serrant contre lui un maigre porte-documents, suivi de celui qui devait être Michel Crémieux, le chef du personnel.

Exactement ce que m'avait dit Cynthia. Mais en pire.

Un vrai portrait-robot de chef de bureau et du personnel. Sa double casquette de chef enivrait Crémieux. La cinquantaine grisonnante, les lèvres minces et le sourire pincé, il dissimulait ses yeux derrière des lunettes cerclées de métal gris. Il jouissait visiblement de sa terrible puissance.

— Candidate suivante, Mademoiselle Garnier.

Mademoiselle Garnier déplia de longues et belles jambes, que Crémieux étudia avec soin. Ses petits yeux s'allumèrent derrière ses petites lunettes.

— Entrez, je vous en prie, roucoula-t-il.

La candidate aux belles jambes entra dans le bureau de Crémieux en roulant des hanches. Il referma la porte.

« Salope », murmura une petite dame rondouillarde. L'assemblée parut acquiescer à cette remarque.

Pace, pace, mio Dio! Cruda sventura...

Julie rêvassait en chantonnant Verdi. Les malheurs de Leonora lui tenaient compagnie.

Elle sentit le poids d'un regard fixé sur elle. C'était la voisine au tailleur beige, qui la décortiquait derrière ses lunettes papillon.

Julie répondit par un large sourire qui cloua net le papillon.

Au bout du couloir, elle aperçut Cynthia, qui arrivait, un café en plastique à la main. C'était gentil de venir l'assister dans cette douloureuse épreuve. A cause des autres, elles ne pouvaient décemment pas tenir salon dans le couloir. Cynthia alla à l'essentiel.

— Tu veux un café ?

— Surtout pas ! Tu as vu mes mains ? J'ai la tremblote.

Cynthia s'était agenouillée près de Julie, pour pouvoir parler à l'abri des oreilles indiscrètes sans trop se faire remarquer.

Pour le coup, c'était complètement raté. Tous les regards convergeaient vers elles. Les plus proches tendaient l'oreille pour tenter de saisir des bribes de ce qui devait être un plan machiavélique pour piquer le poste aux autres. De la concurrence déloyale prise la main dans le sac.

— Décontracte-toi, Julie, murmura Cynthia, ça va bien se passer.

Julie n'avait pas l'air très convaincue.

— Franchement, je le sens pas, là.

Et, franchement, ça se voyait.

— A chaque fois tu dis ça, répondit Cynthia l'air désolé.

— Justement. Je ne me suis encore jamais trompée.

Fataliste et perspicace, Julie attendait la fin du supplice.

La pause-café de Cynthia se terminait. Elle se releva en pressant la main de Julie. Le pouls battait un peu trop fort.

— Allez, haut les cœurs! La place est chaude!

Cynthia et ses phrases à quatre sous! Elle n'en ratait jamais une. A croire qu'elle prenait des cours du soir pour sortir le bon cliché au bon moment. Jamais prise au dépourvu. Hop! Haut les cœurs! Mais c'était sympa de sa part. En plus, elle avait peut-être raison.

Papillon obliqua d'un coup d'œil franchement réprobateur en direction de Julie, qui répondit par un sourire contrit. Elles n'étaient pas parties pour devenir franchement copines.

Belles-jambes sortit du bureau de Crémieux au bout des quinze minutes réglementaires. Le chef la regarda partir comme à regret. Mais les gazelles ne font pas forcément les bonnes comptables. Et puis, une trop belle fille dans une entreprise sérieuse, c'est une source d'emmerdements sans fin. Crémieux consulta sa liste.

— Mademoiselle Toronto! lança-t-il tout sourire.

Julie sentit comme un pincement au creux de

l'estomac. Elle inspira un grand coup d'air conditionné et sauta de son siège.

Elle marchait vers son destin.

Le sourire de Crémieux se figea, partagé entre la gêne et la panique. Il regarda les autres postulants comme pour les appeler au secours. Il n'était guère préparé à cette situation, inédite et inattendue en trente ans de carrière.

Dans le couloir, tout le monde tendait le cou et l'oreille pour ne rien rater. Jusque-là, ils s'étaient bien tenus. Ils avaient observé une discrétion de bon aloi. Maintenant, les bas instincts reprenaient le dessus. On avait le droit de faire les curieux et de manifester pour Crémieux une solidarité qu'il saurait récompenser, s'il n'était pas ingrat.

Souriante, Julie tendit la main à Crémieux qui s'était ressaisi.

— Enchantée. Julie Toronto.

— Entrez, je vous en prie.

Julie disparut dans le bureau.

La voix de Crémieux s'était faite aussi neutre que possible. D'un haussement de sourcils, il prit les autres à témoin. De son embarras, de ses efforts, de sa maîtrise de chef qui sait garder son sang-froid en toutes circonstances. Papillon lui lança un sourire de complicité admirative auquel il répondit favorablement.

Cette mise à mort d'une Julie pas dupe avait détendu les postulants crispés. Le sacrifice humain, rien de tel pour vous requinquer une communauté qui doute. Dans le couloir, on se tortillait un peu moins. Les genoux étaient au repos, les ongles rongés avaient gagné un sursis. Le cadre sup au *Herald Tribune* reprenait du poil de la bête. Le petit monsieur discret avait même osé demander où étaient les toilettes. La petite dame pathétique souffrait un peu moins. Les deux copines chômeuses professionnelles continuaient à rigoler. Elles n'avaient rien vu, rien entendu, et d'ailleurs elles s'en foutaient. Seule la jolie-discrète, toujours jolie et discrète, n'avait pas bronché. Elle restait égale à elle-même dans cette cage de fauves à la petite semaine.

Papillon d'un air entendu avait conclu qu'à son avis, avec la petite, ça faisait déjà une concurrente de moins…

4

On arrivait enfin à la maison.

— C'est pas trop tôt, grogna Antoine, faut que je bosse, moi.

Crissements de pneus et bruits de freins sur les petits cailloux du jardin. Antoine joue rarement les as du volant, il fallait vraiment qu'il fût d'une humeur de chien. Sébastien consentit à lever le nez une seconde de sa console. La seconde écoulée, il repartit dans ses conquêtes électroniques. Ludivine avait toujours le pouce vissé dans la bouche, les yeux dans le vague.

Antoine s'éjecta de la voiture et ouvrit brutalement la portière arrière. Les enfants semblaient ne pas avoir compris le message.

— Vous sortez de cette voiture, oui ou merde!

— T'as dit un gros mot, accusa Ludivine avec gourmandise, tout en s'exécutant.

Sébastien l'imita en traînant des pieds. Il n'allait tout de même pas bousiller une aussi belle partie uniquement parce que son père était de mauvais poil.

Dans la maison, pas un bruit. Rien. Tout était silencieux. Parfaitement en ordre, chaque chose à sa place. Ludivine courut dans le salon pour allumer la télé. Ah non, pas de télé maintenant, aboya Antoine. Profil bas, Ludivine monta dans sa chambre. Sébastien avait déjà abandonné son cartable dans l'entrée pour continuer sa partie.

— T'as pas de devoirs à faire pour demain? demanda Antoine soupçonneux.

Sébastien répondit que nan, je les ai faits tout à l'heure à l'école pendant qu'on t'attendait. Il disparut terminer sa partie.

C'est alors qu'Antoine remarqua sur la console de l'entrée une enveloppe blanche, avec écrit en majuscules bien lisibles: POUR ANTOINE.

Il redouta de comprendre.

Il déchira l'enveloppe pour lire le message qu'il reçut cinq sur cinq:

Mon cher Antoine,

Je ne suis pas ta femme, ce ne sont pas mes gosses, alors trouve-toi une autre bonne.

Jocelyne

Ah la salope. Et merde.

Antoine accusa le coup. Ça fait toujours un choc de se faire plaquer. Même quand on a l'habitude. Il était vexé. Plus vexé que malheureux. Et surtout extrêmement contrarié. Un boulot monstre, le voyage à Paris, et sa mère en vadrouille on ne sait où, de retour seulement demain, qu'est-ce que je fais, moi, seul avec les deux petits monstres?

Pensif, sa lettre à la main, il tomba d'accord avec lui-même pour trouver que c'était vraiment pas le moment. Elle aurait pu attendre un peu, quand même, ou faire ça autrement. C'est vrai quoi, me planter là, comme ça. Avec tout le boulot que j'ai en ce moment.

Exit Jocelyne.

Tant pis. C'était pas sa préférée, à Antoine. Elle n'aurait jamais pu prétendre à un plein-temps. Juste une intérimaire.

Il regarda sa montre et soupira d'un air contrarié. Comment on fait, déjà, quand on se retrouve seul avec deux enfants entre dix-huit heures trente et l'heure du coucher ? En plus, il serait bien repassé quand même par le bureau. L'affaire Vaudoyer lui trottait dans la tête.

Avec des enfants de six et de neuf ans, en fin de journée, il y a trois étapes difficiles à négocier pour qui n'a pas l'habitude : le bain, le dîner et les devoirs. Tout un art. Le béotien risque successivement l'inondation de la salle de bains, un cataclysme dans la cuisine et une partie de bras de fer qui n'a rien à envier aux négociations du GATT. Dans ce cas, laisser entrevoir le moindre signe de faiblesse ou d'ignorance, et c'est le drame.

Autant essayer l'Everest par la face nord quand on a le vertige et qu'on n'aime pas le froid.

Pour ce qui est du bain, Antoine ne s'en tira pas trop mal, laissant lâchement Sébastien et Ludivine mariner une bonne demi-heure. Il en profita pour téléphoner.

D'abord à sa mère, c'était le plus urgent. Dieu merci, elle était là. En deux mots, il lui expliqua la situation, procès Vaudoyer, le départ pour Paris en fin d'après-midi, personne pour garder les petits...

— T'inquiète pas, j'ai compris, le rassura la grand-mère qui avait l'habitude. Je serai là demain matin à huit heures. Mais je te préviens, je ne peux pas les garder longtemps, je pars en voyage.

— Toi en voyage ?

— Oui, moi en voyage, je t'expliquerai. Tu as une remplaçante, pour Jocelyne ?

— Ben non, justement, c'est là le problème.

— Tu n'as pas le temps, moi non plus, il n'y a plus qu'une solution.

— La DDASS ? plaisanta Antoine.

— Non, imbécile. Une nounou.

— Une nounou, à temps complet chez moi ?

Cette perspective n'enchantait guère Antoine, un peu maniaque et jaloux de ses petites habitudes. Mais bon.

— Antoine, je te laisse réfléchir. Je m'occupe de tout demain matin. Bonne nuit. Excuse-moi, je suis pressée.

La mamie de choc raccrocha aussi sec. Après tout, elle avait peut-être raison. Une nounou, pourquoi pas...

Antoine appela ensuite Maxime pour lui raconter ses malheurs domestiques. Ils bouclèrent rapidement le procès Vaudoyer. On verrait bien. Il fallait bien faire confiance à son intuition. Antoine avait déjà montré qu'il savait improviser brillamment quand les circonstances l'exigeaient.

Les petits rigolèrent un bon coup, à ruiner la salle de bains paternelle. C'était comme des vacances, cette situation insolite. Être seuls avec leur père, ça ne leur arrivait pas souvent. Pour ainsi dire jamais. Et quant à faire preuve d'autorité paternelle, monsieur l'avocat, il avait devant lui de nombreuses séances de rattrapage.

— J'ai froid, protesta Ludivine.

— Moi aussi, renchérit cruellement Sébastien.

— Eh bien sortez et séchez-vous, cria Antoine, toujours au téléphone dans sa chambre.

— On a pas mis le savon !

— Tu nous as pas lavé les cheveux !

Ils en rajoutaient, les deux petits anges. D'habitude il faut se battre avec, sinon les battre, pour arriver à les astiquer, même de manière approximative.

— MERDE ! Je suis occupé, je suis au téléphone. Foutez-moi la paix, explosa Antoine.

— Faut pas dire de gros mots !

Ludivine, gelée, s'enroula dans une serviette. La

salle de bains ruisselait de partout, comme si tous les tuyaux avaient pété en même temps.

A l'autre bout du fil, Maxime compatissait. Je peux faire quelque chose pour toi ? rigola-t-il.

— C'est ça, marre-toi, je voudrais t'y voir. Ils me rendent dingues.

— Attends. Tu n'as pas tout vu. Il n'est jamais que sept heures du soir !

— Je sais, soupira Antoine accablé. A demain, onze heures. Si je perds l'affaire Vaudoyer, j'aurai les circonstances atténuantes.

Le trio familial campait dans la cuisine.

Antoine avait passé un tablier à volants et tentait de se préparer psychologiquement à nourrir la nichée. Les deux enfants étaient tiraillés entre la crainte de la colère paternelle et la gêne de voir le *pater familias* se couvrir de ridicule aux fourneaux. Par-dessus tout, ils redoutaient l'explosion d'un irrépressible fou rire.

— Vous savez où sont les poêles à frire ?

— Oui, elles sont...

— Ta gueule, Ludivine, c'est moi qui lui dis ! hurla Sébastien.

— Non, il l'a demandé à moi ! Elles sont dans le...

Sébastien mit une main sur la bouche de sa sœur pour l'empêcher de parler. Il en profita discrètement pour lui coller une beigne. Ludivine se vengea d'un coup de pied dans le mollet.

— Dans le placard à côté de l'évier, braillèrent les deux enfants, dans un chœur étonnamment synchronisé.

Antoine balançait entre des envies de meurtre et des envies de fuite.

Il ne savait pas, le malheureux, qu'à sept heures et demie, les enfants sont affamés, fatigués et exaspérants.

— Y a que des surgelés. Vous préférez des steaks hachés ou du poisson pané ? demanda-t-il d'une voix lasse.

— Steak haché, dit Sébastien.

— Poisson pané, rectifia Ludivine.

— Mettez-vous d'accord, je ferai pas les deux, soupira Antoine.

Silence radio des deux petits qui sentirent que le seuil de tolérance paternel était quasiment atteint.

— Bon, eh bien poisson pour tout le monde, conclut Antoine.

Ludivine triompha en tirant la langue à son frère et précisa qu'elle voulait des frites.

— Ben oui, avec le poisson, d'habitude on mange des frites, osa Sébastien.

— D'accord, d'accord, je fais des frites.

Antoine réussit à trouver le poisson, les frites, l'huile et les poêles à frire. Logiquement, la conjonction des quatre éléments devait arriver à constituer un repas pour les petits.

L'huile chauffait dans les poêles. Antoine se souvint qu'à neuf ans, les enfants ont généralement des devoirs à faire pour le lendemain.

— Je les ai faits en salle d'étude. Je te l'ai dit, tu te souviens pas ?

— Et t'as quoi à faire ?

— Apprendre ma récitation.

— Eh bien, récite-la-moi pendant que ça chauffe.

Sébastien s'attendait à tout sauf à ça. Il entama difficilement.

Le Héron.

Jean de La Fontaine.

Un jour sur ses longs pieds
Allait je ne sais où
Le Héron au long bec
Emmanché d'un long cou
...???

Il essayait de loucher sur le livre ouvert à côté de lui, mais Antoine le surveillait d'un œil implacable.

— Tu la sais pas, tu l'apprends.

— Papa, y a l'huile qui brûle ! hurla Ludivine.

— Et merde !

Antoine au bord de la crise de nerfs ferma le gaz et jeta frites et poissons dans l'huile surchauffée. Une grande flamme jaillit des deux poêles dans un bruit de tonnerre et Ludivine se remit à hurler. Sébastien en profita pour planquer son *Héron*.

Antoine servit dans un silence glacial des frites carbonisées et ce qui avait dû être des barquettes de poisson pané. Il mit les deux poêles dans l'évier et ouvrit le robinet d'eau froide. Jet de vapeur fumante, crachotement des poêles martyrisées. Sans compter les éclaboussures sur le tablier à volants et le pantalon d'Antoine.

— Ludivine, mange ton poisson !

— ...

— Je te redis ma récitation ? murmura Sébastien, histoire de changer de sujet.

— Non, ça ira.

Antoine était au bord des larmes. Il n'en pouvait plus. Passe encore que cette situation humiliante lui fasse perdre l'estime et la considération de ses enfants, ça il le sentait bien, c'était inévitable. Mais le sentiment d'impuissance qui le gagnait lentement était insupportable. L'avocat chouchou de la bonne société tourangelle n'était chez lui qu'un bon à rien. Lui qui savait gagner les procès les plus difficiles, il se retrouvait là comme un imbécile, affublé d'un tablier à volants, à brûler les frites.

Je suis dans une situation ridicule. Mes enfants me trouvent ridicule et ils ont raison. D'ailleurs, je n'ai pas le contact avec mes enfants. Je ne sais pas y faire, je ne sais pas quoi leur dire. Peut-être même que ça ne m'intéresse pas. Et d'ailleurs, est-ce qu'ils m'aiment, eux, d'abord ? Jamais ils me disent papa, on t'aime. Tout ce qu'ils savent faire, c'est réclamer des trucs. Achète-moi ceci, achète-moi cela. Un robinet à fric, voilà ce que je suis. Et puis je n'ai pas le temps, j'ai trop de travail. Et cet abruti de Vaudoyer, demain, à onze heures. Si je perds le procès, je perds le client. Et si je perds mes clients, avec quoi je leur achète des Game Boy et des poupées, à ces petits cons ? Ils ne se rendent pas compte, c'est pour leur bien que je fais tout ça. Ah, le tragique égoïsme des enfants. Je me crève pour eux et ils se foutent de ma gueule...

— Papa, on peut regarder la télé ?
— Non. Il faut que je repasse au bureau.
— Mais papa, y a *La Guerre des étoiles*, dit Sébastien d'une voix suppliante.
— Je m'en fous de *La Guerre des étoiles*. Mettez vos manteaux et dépêchez-vous.
Sébastien pleurait presque. Toute la journée à l'école, ils en avaient parlé, de *La Guerre des étoiles*. Toute la classe allait regarder sauf lui. Il n'insista pas, c'était sans espoir.
— Ben quoi, c'est marrant le bureau de papa, se réjouit Ludivine.
Sébastien haussa les épaules d'un air désespéré.
Heureusement, sur la route il n'y avait pas une voiture. Avec un peu de chance, on ferait l'aller et retour assez vite pour voir la fin du film.
Antoine prit quelques papiers dans son bureau, consulta quelques documents et prit des notes sur un petit calepin.
Sébastien faisait la tête assis dans un coin, pendant que Ludivine se livrait à une exploration minutieuse du bureau paternel.

— Surtout, tu ne touches à rien, prévint Antoine.

Ludivine promit, tellement contente d'être dans ce bureau où elle venait si rarement. Sébastien trépignait. Dépêche, papa.

Il se dépêcha. On rentra vite. Le film n'était pas fini.

— On peut regarder la télé ? demanda timidement Sébastien.

— Sûrement pas, tonna Antoine. Au lit immédiatement. Il est tard, allez vous coucher.

— Juste cinq minutes !

— Non, non et non ! J'ai du travail, je vous ai assez vus pour aujourd'hui. Foutez-moi le camp et allez vous mettre en pyjama.

Pendant que les enfants s'exécutaient en maugréant, Antoine s'essaya à ranger la cuisine. En commençant la vaisselle, il trouva le moyen de casser deux assiettes. Il inspecta minutieusement les deux poêles à frire et en conclut qu'elles étaient irrécupérables. Direction la poubelle, toujours ça de moins à laver.

— Vous êtes au lit ?

— On s'est pas lavé les dents, grogna Sébastien.

— C'est pas grave, vous frotterez deux fois plus demain. Allez hop ! Couchés !

Les deux petits se glissèrent sous les draps en protestant un peu.

Il n'a pas tout à fait la manière, papa. Il se plante sur tout. Il ne sait pas que la cérémonie du coucher est régie par des rites très précis, qu'il ne faut bousculer en aucun cas sous peine de cataclysme nocturne ? Il ne sait pas que même excédé, même s'il en a par-dessus la tête de ses chers petits trésors, il faut qu'il prenne sa voix la plus douce, la plus câline, la plus papa-gâteau, la plus rassurante, la plus patiente, la plus anesthésiante, pour conduire la nichée au seuil du sommeil réparateur ? S'il veut avoir la paix pour la soirée, c'est à ce prix. Sinon, dans une demi-heure, Sébastien aura faim, Ludivine aura envie de faire pipi, dans une heure ils feront un cauchemar et, cerise sur le gâteau, il les aura tous les deux dans son lit sur le coup de trois heures du matin.

Antoine ne sait rien de tout cela. Il dépose un rapide baiser sur le front des deux petits et leur donne un Bonne nuit ! qu'il croit définitif. Il est déjà sur le seuil de la porte.

— Papa, tu racontes une histoire ? demanda Ludivine d'une petite voix douce déjà gagnée par le sommeil.

— Non, il est trop tard.

— Il faut lui lire un livre, sinon elle s'endort pas.

Sébastien avait déjà sorti un livre du dessous de sa table de chevet.

Antoine à bout s'exécuta. Un peu plus, un peu moins, on n'est plus à ça près. D'une voix étranglée il lut : *Jacques et le Haricot magique.*

— Mais non, pas au début, je connais déjà !

Trois quarts d'heure. Il avait fallu trois quarts d'heure pour en venir à bout. Maintenant ils dormaient, au premier étage, au-dessus de sa tête. Antoine avait enfin la paix.

Il reprit le dossier Vaudoyer pour un dernier examen avant l'épreuve finale du lendemain matin. Il se servit un petit calva pour aider à la concentration. Mais ça ne marchait pas fort. Il avait la tête vagabonde. Il monta dans la chambre, juste pour voir si les enfants dormaient bien. Le pouce dans la bouche, ils étaient à des années-lumière, plongés dans un profond sommeil. Antoine releva les couvertures et les embrassa tous les deux, d'un vrai baiser paternel.

La séance du matin s'avéra aussi compliquée que celle du soir. A ceci près qu'elle était concentrée sur une petite heure. Sept heures trente — huit heures trente et on est tranquille.

Pourquoi les enfants traînent-ils toujours autant? se demanda Antoine en regardant les siens s'habiller. C'est une vraie question, qui à ce jour n'a pas trouvé de réponse.

— Dépêchez-vous, s'il vous plaît, je suis pressé! rugit-il l'œil sur la montre.

— J'ai pas mes chaussures, cria Ludivine.

— C'est pas vrai, merde! Elles sont où, tes chaussures?

Où courir, où ne pas courir dans ce fouillis? Antoine ouvrit un placard au hasard.

— Non, ça, c'est MON placard, protesta Sébastien.

C'est vrai, quoi, pourquoi il fouille dans mes affaires? Sébastien était toujours d'une humeur massacrante le matin. Tout le portrait de son papa. Il finit de s'habiller en vitesse, pendant qu'Antoine localisait les chaussures de Ludivine. *Fissa* dans les escaliers.

— Vous avez vos manteaux? vos cartables? Faites un bisou à Mamie, on y va.

Christiane, la mère d'Antoine, fumait sa première cigarette du matin dans l'entrée. Elle accueillit la horde sauvage qui dévalait l'escalier d'un grand sourire plein d'indulgence et rempli d'amour.

— Bonne journée, mes poussins, je viens vous chercher à quatre heures et demie.

Antoine fit à sa mère les recommandations d'usage.

— Merci de me les garder, je peux vraiment pas faire autrement. Un énorme procès sur les bras ce matin, et ce soir je file à Paris pour trois jours. J'ai plein de gens à voir, c'est pour mon travail. Tu m'en choisis une bien, hein ?

Christiane sourit à son fils avec l'indulgence d'une mère devant un ado qui découche pour la première fois.

— La nounou, c'est pour eux ou pour toi ?

Antoine leva les yeux au ciel et embrassa sa mère. Sébastien en avait profité pour mettre en route son Game Boy. Première partie de la journée.

— Sébastien, tu te fous de moi ou quoi ? Dépêche-toi, monte dans la voiture !

Christiane les regarda partir, toujours souriante. Attendrie, elle pensa qu'elle n'avait pas un fils adulte de quarante ans, mais trois petits sur lesquels elle devait toujours veiller, même à distance.

5

Julie avait vu juste.

Crémieux avait engagé la jolie-discrète et laissé sans états d'âme les vingt autres sur le carreau. Fine psychologue, la Julie. Ça lui faisait une belle jambe. Elle ne voulait pas être psy, elle voulait être comptable. Et elle n'avait toujours pas de boulot.

Cynthia était déçue.

— T'es peut-être déçue, mais moi, je suis emmerdée.

On était samedi et il faisait beau. Cynthia et Julie s'étaient donné rendez-vous au carrefour Odéon pour faire les magasins, histoire de se consoler des aléas de la vie. Martin allait au foot, PSG-Marseille au Parc des Princes, et Julie avait besoin de digérer l'échec Génétris. Et puis comme chacun sait, les filles n'ont jamais rien à se mettre quand arrive le premier soleil d'avril.

Elles marchaient sur le boulevard Saint-Germain qui débordait de badauds, de touristes et d'élégantes croulant sous les paquets. Sur le parvis de l'église, un mime, le même depuis des années, exécutait pour la millième fois un numéro qui marchait à tous les coups, pour la plus grande joie des enfants.

Elles étaient contentes, les deux filles, de se balader sur le boulevard Saint-Germain, sans horaires et sans obligations. Heureuses, c'est beaucoup dire, mais contentes, oui, sûrement. Elles se sentaient presque en vacances. Julie parlait avec détachement de son échec chez Génétris, elle n'attendait pas de miracles. Et puis ça la confortait dans ses envies et ses idées de changement. Cynthia toujours philosophe lui faisait remarquer que si ça n'a pas marché cette fois-ci, ça marchera la prochaine fois.

— Et la prochaine fois, il y aura encore une prochaine fois. Je commence à connaître. Non, c'est une décision mûrement réfléchie. *Je pars. Je pars, le train de nuit s'en va, destination je sais plus quoi*... C'était quoi, cette chanson, déjà ?

Elle chantonnait, souriante, légère. Zen. Elle semblait avoir atteint le nirvana du chômeur, le stade ultime du détachement suprême. Plus de crampes d'estomac, plus de trouille au ventre, plus de Crémieux. Rien à voir avec le renoncement. Mais la certitude tranquille d'un nouveau départ. Désormais, elle voyait la vie autrement.

Elles firent une halte devant un distributeur de billets. Julie donna sa carte à Cynthia.

— Prends-moi trois cents francs, s'il te plaît.

Derrière elles, une femme attendait son tour, en louchant sur Julie.

— Et tu me rends ma carte, s'il te plaît.

Elles reprirent leur chemin, direction la rue de Rennes.

— Je vais partir, Cynthia. Partir en province. Près de Tours, ses châteaux, son pinard, ses siècles d'histoire et sa douceur de vivre. Nounou dans une maison de maître près des coteaux de la Loire. Le rêve... J'aurai peut-être même un uniforme de nurse anglaise. En m'appliquant un peu, je finirai par attraper l'accent d'Oxford.

Julie soupira d'aise, réjouie et souriante.

— Tu te crois drôle ?

— Oui, rigola Julie. Tu sais, je suis désopilante, quand je veux.

— T'es pas désopilante, t'es complètement dingue.

— Je suis pas dingue, j'ai envie de voir du pays, j'ai envie d'autre chose, j'ai envie de voir de nouvelles têtes. Et j'ai envie de savoir si je suis capable de faire la nounou dans une famille bourgeoise. Voilà. Tu as quelque chose contre ça ?

— J'ai rien contre *a priori*. Mais tu es sûre que ce n'est pas du dépit ? Je veux dire, ce n'est pas à cause de Crémieux que tu veux partir ?

— Pas du tout, répondit Julie, sûre d'elle comme de l'univers.

Cynthia se crut obligée d'insister. Après tout, elle était un peu responsable de ce nouvel échec de Julie. Crémieux, c'était un peu de sa faute.

— Je comprends que tu l'aies mauvaise, reprit-elle comme pour se dédouaner, Crémieux, normalement ça aurait dû marcher. Mais je te l'ai déjà dit, il ne faut jamais agir sur un coup de tête.

— C'est pas un coup de tête. Ça fait six ans que j'ai terminé mes études, ça fait six ans que je vis — mal — de tout sauf de mon métier. Je me suis répété ça des centaines de fois. Il est aujourd'hui grand temps d'en tirer les conclusions.

Le feu était rouge au croisement de la rue de Rennes. Les filles observèrent une minute de silence, chacune dans ses pensées. Elles savaient l'une et l'autre qu'elles étaient à un tournant de leur longue amitié. Quelque chose était en train de se terminer. C'en serait fini des coups de fils quotidiens, des confidences dans la cuisine, des complicités de copines. Malgré les promesses et les serments, l'amitié ne résiste pas longtemps aux kilomètres avec des zéros derrière. Ça les rendait un peu tristes. On ne change pas de meilleure amie comme on change de chaussures.

Cynthia ne voulait pas l'admettre, mais elle savait que Julie avait raison de couper les ponts. Six ans d'échecs, il n'y avait pas de raison pour que ça change, comme ça, simplement parce qu'on en a envie. Mais elle ne voulait pas désarmer sans combattre.

— Et tirer les conclusions de quoi, d'abord?

— Les conclusions que pour être comptable, il faut avoir les mensurations de Julia Roberts.

— Que tu dis! Sur l'affiche du film, c'était même pas ses jambes. Même elle, pour la vendre, il a fallu la fabriquer, alors...

— Eh oui, que veux-tu, nous vivons dans la société du paraître et non de l'être, le monde de l'apparence et de l'illusion, du fabriqué au détriment de l'authentique, dit Julie en rigolant sur un ton d'orateur révolutionnaire.

— Tu nous refais Mai 68?

— Non, je fais ma révolution culturelle. Tiens, on entre là, ils me plaisent bien ces caleçons.

La boutique débordait de vêtements printaniers, les rayonnages et les portants croulaient sous le coton à fleurs et la soie imprimée. Une vingtaine de femmes de tous âges, affolées par la profusion, investissaient les cabines d'essayage, les bras chargés de montagnes de fanfreluches. Derrière la caisse, deux vendeuses déguisées en mannequins du magasin, indifférentes à l'agitation ambiante, se racontaient leur vie.

Julie et Cynthia entrèrent dans la boutique. L'une des deux vendeuses fila un petit coup de coude à sa copine et désigna Julie.

— Tu vois ce que je vois?

— Et comment! T'imagines la taille de l'ourlet?

Les deux filles se marrèrent un bon coup. Après tout, dans le magasin toute la journée même le samedi, on n'a pas si souvent l'occasion de rigoler.

Julie s'approcha de la caisse pour demander les tee-shirts et les caleçons.

L'une des deux charmantes, tout sourire, lui désigna le sous-sol, au-dessus duquel trônait un panneau « Rayon enfants ».

Cynthia fusilla la vendeuse.

— Avec la poitrine qu'elle a, vous la voyez dans du six ans ?

Rouge et vexée, la vendeuse leur indiqua le fond du magasin. Julie lui lança un grand merci reconnaissant.

Tout en farfouillant dans les vêtements, Cynthia revint à la charge.

— M'enfin, Julie, sois raisonnable ! Tu ne vas tout de même pas aller t'enterrer en province. Tu sais ce que c'est, la province ?

— Oui, je sais ce que c'est la province. J'ai de la famille en Ardèche. C'est beau, c'est agréable, le rythme de vie, tout ça...

Cynthia palpait un caleçon vert amande afin d'en mesurer la qualité, tout en cherchant des arguments, convaincants et définitifs.

— Et Gilou ? Tu vas le planter là, comme ça ?

Gilou. C'est pas gentil d'appuyer là où ça fait mal. Il n'avait pas encore rejoint le grenier aux souvenirs et Julie y pensait parfois avec une pointe de tristesse. Elle avait encore du mal à parler de lui d'une manière tout à fait sereine. Ça n'était jamais que l'affaire de quelques semaines. Bientôt Gilou ferait partie des choses et des gens que Julie laissait volontairement derrière elle...

— Tu sais, Gilou, on a bien rigolé, basta. Et mine de rien, ça l'arrange, je lui sous-loue mon appart'. Ça m'arrange aussi, du reste, comme ça tout le monde est content. Et puis, ça permet quand même de garder un lien... Comment il est ce tee-shirt ?

— Moche

— Et celui-là ?

— Moche

— Moi, il me plaît, je l'essaye.

Elles continuèrent l'exploration des rayonnages et des étagères, mais en se forçant un peu. Finalement, elles n'avaient plus tellement envie de continuer à faire des courses. Le subterfuge n'avait pas pris. Les habits neufs ne peuvent pas occulter longtemps les grandes décisions de la vie.

— Mais enfin, Julie, tu te vois en nounou ? Ça se saurait si tu t'appelais Julie Poppins.

— J'ai déjà gardé mes petits neveux, dit-elle d'un ton définitif.

— Mais là, tu les connais pas, ces mômes, si ça se trouve, ils sont horribles !

— Les mômes ne sont jamais horribles. Il suffit de savoir les prendre. De toute façon, ma décision est prise. Et puis, elle me plaît bien, cette annonce, je ne sais pas pourquoi, elle me plaît bien.

— Elle te plaît bien uniquement parce que tu la remplis avec ce que tu veux. Tu es carrément en train de t'inventer une famille sur mesure, un veuf sympathique, des enfants charmants, une maison idyllique. Tu rêves, ma pauvre Julie. Tu vas au-devant de cruelles désillusions.

— C'est pas très gentil de me dire ça. Mais enfin, c'est possible. Mais tu sais, le pire n'est pas toujours sûr. Le meilleur non plus, je te l'accorde. Mais entre les deux, il y a peut-être une idée à creuser...

Cynthia soupira. Elle avait tout tenté, mais sans succès. Alors, bon vent, ma petite Julie... Laquelle lui fut reconnaissante de ces preuves d'amitié. Mais si tu veux vraiment me prouver ton amitié, laisse-moi partir. Et me démolis pas mes illusions.

Elles achetèrent chacune un caleçon et deux tee-shirts et partirent, Cynthia avec ses regrets, et Julie avec ses certitudes.

6

Julie n'avait pas souvent voyagé dans sa vie.

Mais elle avait suffisamment pris le train pour savoir que toutes les gares se ressemblent. Les petites et les grandes, les vieilles et les nouvelles, Waterloo Station et la gare d'Austerlitz, les gares à micheline et les gares à TGV, les gares de campagne et les gares de grandes villes, oui, Julie en avait vu des gares, et elle savait qu'elles sont toutes pareilles.

C'est un fourre-tout, les gares, on y trouve de tout, des odeurs de moisi, un parfum d'ailleurs, des destins brisés, des lendemains qui chantent, des regards qui se croisent, des valises perdues, des enfants trouvés, des bières tièdes et des sandwiches mous, des vacances ratées, des voyages en groupe.

Et des Julie Toronto qui descendent à Saint-Pierre-des-Corps sur le coup de neuf heures du matin.

— Le car pour Rochecorbon, s'il vous plaît?

Un préposé aimable lui indiqua en souriant la gare routière, là, juste derrière. Julie lui rendit son sourire. Merci beaucoup, Monsieur, étonnée de tant de sollicitude. On était déjà loin de la brutalité parisienne. Les charmes de la province s'offraient à elle dans une gare, en toute simplicité.

Tout lui plaisait, les gens, les voyageurs, l'atmosphère. Il y avait foule, pourtant, mais sans la hargne survoltée qu'elle connaissait trop bien.

D'humeur joyeuse, elle grimpa dans son car. Un sympathique chauffeur moustachu mit la valise à roulettes dans la soute, et en voiture, ma petite dame !

Il était neuf heures quinze du matin.

Les bords de Loire eurent l'extrême courtoisie de lui offrir un spectacle orné de soleil et de verdure naissante. Les maisons troglodytes et les petits châteaux égrenaient de leur fierté centenaire la route qui longeait respectueusement le Premier Fleuve de France. Le paysage était conforme aux cartes postales et aux souvenirs de géographie. Mais en mieux. C'était beau, c'était noble et c'était charmant. Au moins, il resterait le souvenir d'un beau voyage...

Une demi-heure plus tard, on arrivait à Rochecorbon, sur la place principale, à l'ombre tutélaire de la Lanterne, fièrement campée sur sa falaise.

En mettant pied à terre, Julie éprouva le sentiment sacrilège de fouler de l'Histoire chimiquement pure. Ici, il y en a partout, de l'histoire, de la vraie et de la fausse, au coin des rues, dans les châteaux et dans les caves. L'histoire, on marche dessus tout le temps. Et qui sait après tout ce qui se cache sous les pavés anciens et le goudron nouveau ? Le souvenir enfoui de reines inconsolables ? Le fantôme mélancolique de la Bête qui attend sa Belle ? Des rêves prisonniers qui attendent leur délivrance ?

La vie ici ressemble peut-être à un conte de fées... Te fais pas trop d'illusions, avait dit Cynthia.

Je ne me fais pas d'illusions, j'essaie de me construire une réalité.

Et tant pis, si je me fais des illusions, elles me plaisent bien mes illusions. Ça doit faire drôle de garder des enfants, coincée entre le fantôme de Balzac et le souvenir de Léonard de Vinci, à l'ombre de la Duchesse de Langeais et des machines volantes d'un savant gaucher, qui écrivait à l'envers, quelle idée. Des voisins charmants. Et intelligents avec ça.

Un petit kilomètre à pied depuis la place, avait dit madame Desliles au téléphone. Sinon, il y a l'option taxi.

Va pour la marche à pied. J'y serai à dix heures, c'est parfait.

Julie se mit en route, tirant derrière elle sa valise à roulettes.

Il faisait presque chaud sur la petite départementale ensoleillée. Des insectes tout neufs voletaient, encore timides, dans la verdure naissante. Au loin sur les coteaux, les châteaux montaient la garde. La Loire pouvait dormir tranquille. Dans les champs, les épouvantails rustiques amusaient les pies et les corneilles. Seules les hirondelles manquaient encore à l'appel. L'affaire de quelques jours, pas plus.

Au bout d'un quart d'heure, gorgée de solitude champêtre et printanière, Julie arriva en vue d'un hameau, qui devait être celui indiqué par madame Desliles. Elle sentit son cœur battre un tout petit peu plus vite. Une pointe d'appréhension, peut-être.

De belles maisons anciennes, cernées de grands jardins bien entretenus, fermes luxueusement restaurées pour la plupart, autour des vestiges d'une très vieille église, témoignaient du passé centenaire de ce hameau tranquille. Luxe, calme et volupté de la Touraine au printemps…

Julie traversa la rue principale, déserte et silencieuse en ce début de matinée.

Presque au bout de la rue, un portail noir. Et un petit panneau manuscrit :

ANTOINE DESLILES
POUR L'ANNONCE, ENTREZ SANS SONNER

Julie était arrivée à destination.

Mais quelle destination ?

Elle respira un grand coup avant de pousser la porte du jardin, qui dévoila une pelouse impeccablement verte. Pas l'ombre d'une trace de pissenlit plébéien dans cette verdure cossue. Maison en rapport. Blanche, peinture récente. Une large verrière en rotonde qui laisse entrer le soleil dans la bourgeoise demeure.

J'ai peut-être fait une connerie. Je peux encore faire demi-tour...

Le petit vélo dans la tête était prêt pour son tour de piste. Julie le sentait dans les starting-blocks. On se calme, dit Julie, on applique la méthode du bon docteur Coué.

La porte vitrée s'ouvrit sur une vaste entrée blanche, carrelée de noir et blanc. Une vingtaine de femmes — et un homme — attendaient leur tour. Julie gratifia l'assistance d'un souriant bonjour. Trois ou quatre grommellements lui rendirent la politesse de mauvaise grâce. Les autres restèrent muets. Julie encaissa sans broncher les regards obliques et la curiosité indiscrète qui se lisait sur les visages. Elle connaissait ça par cœur. A vrai dire, elle s'en foutait un peu. Mais elle sentit comme un amer arrière-goût de déjà vu, les salles d'attente, les candidats, les au suivant...

Elle s'assit sur sa valise près de la porte vitrée et le hall reprit son attente hiératique.

Pour tuer le temps, Julie se livra à son exercice favori. Le concours de pronostics.

Vingt personnes au catalogue, comme d'habitude. Normal. C'est le nombre le plus communément admis. Un seul homme, genre baba scandinave. Ça, c'est plus rare.

Les nounous chercheuses d'emploi ressemblent aux aspirantes comptables. Elles sont chômeuses pareil. La même inquiétude dans le regard, la même absence d'indulgence, les crocs aiguisés prêts à dévorer l'ennemi... Cynthia avait peut-être raison. J'aurais mieux fait de rester à Paris. Trimbaler des rêves jusqu'ici, pour les voir se fracasser misérablement sur la dure réalité... A Paris, je suis chez moi. Mais ici...

Le peloton hétéroclite réunissait une quinquagénaire genre gardienne de prison, une Philippine au regard triste, une nurse anglaise très anglaise, une Black rigolarde, une vamp cherchant-veuf-fortuné, une femme qui avait l'air d'un homme, une déprimée chronique, probable femme battue, une toxico pathétique, une Asiatique impénétrable, une petite maigre, une intellectuelle nostalgico-maoïste. Plus quelques anonymes. Et le baba scandinave.

Si j'étais mère de famille, à qui je confierais mes enfants parmi tous ceux-là ?

A personne, s'étonna Julie. D'habitude, il y avait une gagnante incontestable, et Julie la repérait du premier coup. Mais là, rien. Pas une pour relever l'autre.

Pas une ?

La toxico pathétique fumait cigarette sur cigarette, ce que lui reprocha la gardienne de prison en toussant ostensiblement. Une jeune femme discrète, apparemment bien sous tous rapports, en profita pour glisser dans son sac un lourd et certainement coûteux presse-papier, qui ne demandait que ça, oublié sur une console. Julie désapprouva en silence.

Un murmure impatient s'éleva dans le groupe de anonymes.

— Z'auraient pu mettre des chaises, quand même !

— Ça, c'est vrai !

— Chez les bourges, c'est toujours comme ça, décréta l'intellectuelle, qui avait l'air d'en connaître un rayon sur le sujet.

Au bout d'un moment un peu trop long au goût de tout le monde, une porte s'ouvrit. Une grosse dame essoufflée et suante sortit du bureau, courtoisement remerciée d'être-venue-jusqu'ici-se-présenter par madame Desliles en personne. Une grande femme d'une soixantaine d'années, à l'élégance une peu voyante, l'air enjoué et somme toute plutôt sympathique.

— Candidate suivante !

La gardienne de prison s'exécuta, droite comme un i, impeccablement sanglée dans son tailleur gris. Elle cala fermement sous son bras un porte-documents de cuir noir.

Pourquoi faire, un porte-documents ? J'aurais peut-être dû en prendre un, regretta Julie.

La grosse dame sortit en soufflant d'un air mécontent.

— Une dingue ! Elle prend des photos !

Julie attendit patiemment son tour, assise sur sa valise.

Christiane Desliles était une rapide. Elle expédia tout son monde en moins d'une heure.

Il ne restait plus qu'elle, seule dans l'entrée.

Elle patienta encore quelques minutes et madame Desliles apparut sur le seuil du bureau. Son regard surpris n'échappa guère à Julie, qui s'avança vers elle, tout sourire, suivie de sa valise à roulettes.

La voix ferme, Julie se présenta :

— Bonjour Madame, je suis Julie Toronto.

Christiane lui serra la main, souriante et aimable.

— Entrez, je vous en prie, dit-elle d'une voix franchement rauque.

C'est vrai qu'elle a la voix rauque. Aux Archives de la Mairie, elle n'aurait pas fait cinq minutes...

— Qu'est-ce qui vous fait rire, mademoiselle Toronto ? s'étonna Christiane.

— Rien, un mauvais souvenir... s'excusa Julie.

— Vous avez raison. Les mauvais souvenirs, il vaut mieux en rire.

Ce que fit Christiane pour appuyer sa démonstration.

Pour être rauque, la voix de madame Desliles n'en était pas moins chaleureuse et enjouée. Ça changeait des Crémieux and C°.

— Ce sont vos références ? reprit Christiane en désignant la valise.

— Une partie seulement. Le reste est dans le camion, répondit Julie, un sourire complice accroché sur les lèvres.

Christiane sembla apprécier la réponse. Elle regarda Julie, intriguée par cette nounou pas comme les autres.

— Vous permettez un instant ? dit-elle en se plongeant dans les papiers étalés sur son bureau. Quelque chose à vérifier.

— Je vous en prie.

Julie en profita pour étudier madame Desliles. Elle lui trouva beaucoup d'allure, une dignité certaine. Et une joie de vivre qui transpirait par tous les pores de la peau. Elle au moins, elle ne me racontera pas de bobards. Si je dois repartir ce soir, je ne serai pas venue pour rien. J'aurai au moins rencontré quelqu'un de bien.

Elle remarqua sur le bureau une vingtaine de polaroïds, soigneusement alignés.

— Bien, où en étions-nous ? demanda Christiane en levant les yeux de ses papiers.

— A mes références...

— Ah, oui, vos références. Pour moi, la meilleure des références, on ne la trouve pas sur des bouts de papier. Pas la peine d'ouvrir votre valise. La meilleure des références, c'est la pratique. Je suppose que si vous êtes ici, c'est que les enfants, ça vous connaît ?

— Ah, pour ça, oui, pas d'inquiétude à avoir ! affirma Julie avec conviction.

— Bien sûr, bien sûr, approuva Christiane en tripotant son polaroïd. Vous savez ce qu'il faut faire quand un enfant est malade ?

— Vous savez, avoua Julie, je ne suis pas médecin. Mais je sais une chose, c'est qu'il ne faut jamais laisser percer son inquiétude. Il faut être rassurant, en toutes circonstances. Pour la fièvre, en dessous de 38,5°, j'attends de voir si quelque chose se déclare. Au-dessus, une aspirine en attendant le médecin.

— Vous avez raison. Je ne ferais pas mieux.

Christiane poursuivit son interrogatoire, pour tester les capacités et les compétences de cette jeune femme, qui se détachait nettement du lot. Une drôle de petite bonne femme, pensa-t-elle. Intelligente et motivée. De l'humour, en plus. Pas sûr qu'elle soit nounou. Il y a un mystère là-dessous. Elle l'interrogea sur tout un tas de choses, la télé, les devoirs, lumière ou pas lumière dans la chambre pour dormir, la cuisine et les repas. Julie sur le gril répondit avec franchise, en compensant parfois son manque d'expérience par les réponses que lui dictait son bon sens. Après tout, c'est pas sorcier. Elle eut le sentiment que madame Desliles était satisfaite de sa prestation.

Christiane se cala dans son fauteuil et parut oublier la présence de Julie. Elle frottait ses mains l'une contre l'autre en réfléchissant. Julie ne savait pas quoi penser. Un peu inquiète, elle attendait le verdict. Au bout de quelques instants, Christiane revint à leur conversation.

— Vous n'êtes pas de la région, vous ?

C'était plus une affirmation qu'une question. Julie le comprit ainsi.

— Non, je viens de Paris. J'avais envie de voir autre chose, alors, je me suis dit...

— Vous avez peut-être bien fait. De toute façon, je ne veux pas être indiscrète.

Le silence s'installa à nouveau. Madame Desliles était pensive, elle semblait réfléchir, j'y va-t-y, j'y va-t-y pas... Julie souffrait un peu de cette attente, de ce silence dont elle ne savait pas quoi penser.

— ... Et moi, vous ne me prenez pas en photo ? demanda-t-elle, en regrettant aussitôt de forcer la main à madame Desliles.

Surprise, Christiane la regarda quelques instants sans répondre.

— ... Si, si, bien sûr. Allez souriez !

Conscientes toutes les deux du ridicule de la situation, elles se mirent à rire.

— Tenez, dit Christiane en tendant à Julie la photo encore humide. Attendez-moi, je reviens.

Christiane sortit du bureau, laissant Julie seule avec sa photo.

Christiane s'isola dans la cuisine pour réfléchir un peu. Cette jeune femme lui semblait très bien. Assurément une fille de toute confiance à qui on peut laisser sa famille sans l'ombre d'une hésitation. Qu'est-ce qu'elle fait dans la vie ? Pourquoi elle vient de Paris pour atterrir ici ? Ça, mystère. D'ailleurs, c'est pas grave, c'est ses oignons. Le seul problème réel, c'est sa taille. Elle est toute petite. On ne peut pas le nier. Moi, ça ne me dérange pas. Je lui trouve une bonne tête, elle a l'air sympathique et intelligente, c'est ça qui compte. Mais mes trois lascars, comment ils vont réagir ? Ils vont peut-être la manger toute crue. Antoine avec ses préjugés stupides. Et les enfants... C'est cruel, les enfants. Et Sébastien n'est pas toujours pratique... Mais si elle sait y faire, tout devrait se passer très bien. C'est peut-être à elle de les apprivoiser, mes trois sauvages.

D'ailleurs, il lui fallait quelqu'un tout de suite, à Christiane. Elle n'avait pas que ça à faire de s'occuper de ses petits-enfants, elle était trop occupée en ce moment. Quant à recommencer un casting de nounous...

Pendant ces longues minutes, Julie bouillait dans le bureau. Elle avait le sentiment d'avoir réussi son examen de passage. Et puis, non, elle n'en était pas sûre. Elle voulait être fixée. Et vite. Elle regarda sa photo, qui était bien sèche, maintenant. Elle était plutôt réussie. Les yeux bleus pétillaient, le sourire était large et ouvert. Et l'envie de décrocher le poste se lisait à livre ouvert. Prenez-moi, moi, vous ne serez pas déçue, je vous assure... Elle écrivit son nom au dos de la photo.

La porte s'ouvrit.

— Dépêchez-vous, sinon nous allons arriver en retard à l'école.

Julie resta bouche bée, à regarder Christiane sans comprendre.

— Vous pouvez me redire ça, madame Desliles ?

Christiane éclata de rire.

— Oui, c'est vous que je choisis, mademoiselle

Toronto. Ou plutôt, Julie. Je peux vous appeler par votre prénom, n'est-ce pas ?

Julie ne répondit pas, immobile, sa photo à la main. Christiane la lui prit des mains.

— Pas mal, pour un amateur comme moi, se félicita Christiane. Voilà, Julie, vous êtes investie du redoutable honneur de vous occuper de mes petits-enfants. Croyez-moi, ce n'est pas forcément un cadeau. Et encore, je ne vous ai pas tout dit ! Il y a leur père, Antoine. Et celui-là, faut se le faire... Allez, topez là !

— Merci, dit simplement Julie d'une voix très émue.

— Oh, ne me remerciez pas, je suis très égoïste. Je sais que vous serez parfaite. C'est pour ça que je vous ai choisie, pas pour autre chose. Allez, venez, sinon on va rater la sortie de l'école.

Avant d'ouvrir le portail, Christiane s'arrêta.

— Je ne sais pas ce qui me fait dire ça, mais je sens qu'avec vous, ça va très bien se passer. Oui, je le sens. C'est mon côté madame Irma, dit-elle en riant.

La petite annonce était toujours accrochée sur la porte.

— A vous l'honneur, Julie, enlevez-moi ça !

Julie s'exécuta avec enthousiasme. La petite annonce se retrouva réduite à l'état de confettis.

Sur le chemin de l'école, Christiane expliqua à Julie le mode d'emploi de la maison. Elle lui raconta brièvement l'essentiel sur Antoine et les enfants, continua par un descriptif précis de la maison, de la cave au grenier.

— Il n'y a qu'un inconvénient, consentit Christiane, c'est la salle de bains. Une seule pour toute la maison. Et un petit cabinet de toilette. Ce n'est pas assez. D'ailleurs, je n'arrête pas de le dire à

Antoine, mais il ne m'écoute jamais, vous savez comment sont les enfants de nos jours ! Je vous fais confiance, vous saurez organiser les roulements.

Julie écoutait avec une attention soutenue les explications de Christiane. Elle s'étonna cependant du peu de questions qu'elle lui posait. Elle me fait confiance, comme ça, sans me connaître... Un courant de sympathie était incontestablement passé entre la grand-mère et la future nounou. Ça ne se discute pas. Ça se constate.

Oui, mais quand même, pas même une allusion, pas l'ombre d'une remarque. Elle est myope, ou aveugle ? Ou elle le fait exprès ?

Christiane continua son monologue. Elle vanta les charmes de cette belle région, les avantages de la province, on y vit tellement mieux qu'à Paris, moi je ne pourrais plus vivre à Paris. Elle parla de tout, sauf de Julie. Et pas un mot sur ses cent trente-deux centimètres, qu'elle ne semblait pas avoir plus remarqués que la couleur de ses chaussettes. Cette absence totale d'intérêt pour le sujet intriguait Julie. L'inquiétait. C'est pas normal.

Le flot de paroles de Christiane se tarit. Elles marchèrent quelques minutes en silence, chacune dans ses pensées. Il faisait si beau, cette province douillette se révélait si chaudement accueillante que Julie ouvrit tout grands ses yeux, ses oreilles et son cœur afin de conserver intact le souvenir de cette miraculeuse matinée.

Christiane l'arracha brutalement à son petit nuage rose.

— Vous n'êtes pas du tout nounou, vous ?...

— Non, je suis comptable, répondit Julie soudain sur la défensive.

— Encore un bon point ! Ce sera parfait pour les maths de l'aîné. Il est nul.

Elle en fait un peu trop, songea Julie. Ou alors pas assez. Où veut-elle en venir à la fin ? Chacune de mes réponses appelle des questions qu'elle refuse de poser.

Elle regarda Christiane. En son âme et conscience, elle ne voyait qu'une femme charmante, droite, généreuse. Une mamie de choc tendrement abusive qui ne faisait pas ses soixante ans.

Alors ?

Alors Julie monta au créneau.

— Je voulais vous demander : vous n'êtes pas myope, des fois ?

Christiane se tourna vers Julie, l'air exagérément surpris.

— Oh ! je n'avais pas remarqué. Vous êtes toute petite !

Le ton de clown de Christiane fit rigoler Julie. Elle respira mieux, enfin soulagée.

— Ah bon, je me disais aussi... Et vous êtes sûre que...

— Oui, je suis sûre, absolument sûre.

7

Julie et Christiane arrivèrent à l'école quelques minutes avant la sonnerie. Le trottoir débordait de mères de famille et de nounous, des petits s'énervaient dans les poussettes.

Elles restèrent un peu à l'écart, sur le trottoir d'en face, il y avait moins de monde et moins de bruit. Julie attendait Sébastien et Ludivine avec une impatience légèrement anxieuse. Si ça se trouve, ils sont affreux, ces mômes, avait prévenu Cynthia...

Christiane lisait à livre ouvert dans les pensées de Julie.

— Vous faites pas de bile, Julie. Avec les enfants, ça va aller très bien. C'est plutôt le père qui vous donnera du fil à retordre. C'est un coriace. Comme emmerdeur, on ne fait pas mieux. D'ailleurs, il fait fuir ses fiancées à un rythme qui moi me laisse rêveuse. Au fond, Antoine est un vieux garçon maniaque. Il n'y a pas pire.

Le tableau idyllique qu'elle venait de brosser de son fils, pourtant chéri, la fit rigoler et arracha un sourire à Julie, qui ne quittait pas des yeux le portail de l'école, obstinément fermé.

A onze heures trente précises, la sonnerie retentit et la gardienne vint ouvrir le portail.

La horde sauvage des écoliers enfin libres traversa la cour et surgit sur le trottoir, bousculant les poussettes dans un bruit de tonnerre. Quelques bébés furieux se mirent à hurler pour riposter à l'agression.

Dans la cour, un groupe de grands finissait de régler ses comptes.

— Tenez, voilà Sébastien. C'est le grand là-bas, celui qui crie le plus fort, face aux autres, avec le jean bleu et les baskets.

Ils avaient tous des jeans bleus et des baskets.

Julie remarqua cependant un garçon très en colère, manifestement prêt à castagner toute l'école.

Vue de loin, la discussion avait l'air terrible.

— Mais tais-toi, toi, tu l'as même pas vu, *La Guerre des étoiles*, lança à Sébastien mortifié un des garçons du groupe.

— Et alors ! Je m'en fous, de *La Guerre des étoiles* !

— Ouah ! Le gros nul !

Le gamin rigolait, réjoui. Planqué derrière lui, un petit maigre renchérit :

— Ouah, le gros nul.

Pour clore les débats, Sébastien leur répondit que merde.

Toute la classe avait vu *La Guerre des étoiles*. Sauf lui. Ça le rendait malade. Pas tellement pour le film. Plutôt rapport aux ricanements.

— Allez-y, faut que j'attende ma sœur.

Il venait d'apercevoir sa grand-mère, flanquée d'une drôle de petite bonne femme. Si les autres voyaient ça, ils allaient encore se marrer. Avec *La Guerre des étoiles*, il avait eu sa dose pour la journée. Pas la peine d'en rajouter.

Ludivine apparut dans la cour au milieu des classes de petits.

— La maîtresse elle nous a donné des tatouages !

Sébastien n'entendait rien. Il regardait ses copains s'éloigner et consentit à remarquer sa sœur seulement lorsque le groupe des traîtres se trouva à distance respectueuse de sa grand-mère et de la petite.

— Sébastien, tu m'écoutes ?

— Mais tais-toi, Ludivine ! Regarde, t'as pas vu ? Là-bas, avec Mamie.

Ludivine écarquilla les yeux et resta la bouche ouverte.

— Oh ben ça alors ! C'est qui ?

— Chais pas. Allez viens.

— C'est une petite maman, dit-elle réjouie en suivant son frère.

— C'est ça, tu vas pouvoir jouer à Blanche-Neige.

— Pourquoi ? interrogea Ludivine, qui n'avait rien compris.

D'ailleurs, elle ne comprenait jamais rien, Ludivine. Il n'y avait qu'à demander à Sébastien pour confirmation.

Ils traversèrent la rue, le grand frère de mauvaise humeur, Ludivine le pouce dans la bouche. Christiane vint à leur rencontre les bras ouverts, tout sourire.

— Les voilà, mes tout-petits ! Allez on fait un gros bisou à sa Mamie !

— Pfff ! fit Sébastien en s'exécutant de mauvaise grâce, tandis que Ludivine sautait au cou de sa grand-mère.

— Les enfants, je vous présente Julie. C'est elle qui va s'occuper de vous.

— Bonjour, dit simplement Julie, en souriant de ce sourire qui avait tant plu à Christiane.

Personne ne lui répondit. Ludivine intimidée se réfugia dans les bras de sa mamie, tandis que Sébastien faisait ostensiblement la gueule.

— Les deux carpes devant vous s'appellent Ludivine et Sébastien, dit Christiane en riant, histoire de détendre une atmosphère un peu crispée. Allez, on rentre à la maison... Vous avez faim ?

Sans attendre la réponse, elle leur donna à chacun un petit gâteau. Ça leur remettrait les idées en place.

— Quand ils ont faim, c'est comme ça, expliqua Christiane. Il n'y a rien à en tirer. Surtout le grand.

La densité d'enfants au mètre carré diminua sensiblement et la rue reprit bientôt son calme.

Christiane et Julie marchaient devant, suivies à distance respectueuse par les enfants. Sébastien traînait en rasant les murs, des fois qu'on croiserait un copain...

Christiane croyant bien faire se retourna et lui lança un enjoué et désastreux « Alors, c'était bien, *La Guerre des étoiles* ? »

Sébastien la fusilla du regard.

— Je l'ai pas vu. On est resté au bureau avec Papa jusqu'à dix heures.

Sa voix étranglée trahissait une indicible détresse. Il semblait au bord des larmes. Christiane regarda attendrie le petit dur de l'école fondre en un tout petit garçon éperdu de tristesse.

— Oh non, me dis pas ça. Catastrophe ! crut-elle bon d'ajouter pour se rattraper. T'es le seul de la classe à pas l'avoir vu ?

Elle le fait exprès, ou quoi ? Le seul sujet dont il ne faut pas parler. Elle ferait mieux de lui causer de ses maths. J'ai encore eu un zéro. Un de plus, un de moins... La vision de sa grand-mère, torpillée par Dark Vador et ses armées de méchants, traversa fugitivement l'esprit de Sébastien.

Il était si malheureux que Christiane l'attendit et lui ébouriffa les cheveux en souriant, submergée par l'une de ces bouffées de tendresse envahissante dont sont parfois capables les grand-mères.

Sébastien se dégagea, ostensiblement agacé, sous l'œil rigolard de sa sœur.

— On a les boules, hein ? insista Christiane, qui adorait « taquiner » son petit-fils.

Le mot juste, selon Sébastien, était plutôt « casser les pieds », voire « emmerder ». Elle le savait bien, mais elle ne pouvait pas s'en empêcher. C'était plus fort qu'elle.

Julie observait la scène sans rien dire.

Elle jugea bon de ne pas s'immiscer dans cette conversation qui tournait au désastre pour le malheureux Sébastien. Il faut faire attention, avec les enfants. Ne pas les heurter. Y aller sur la pointe des pieds. Si Julie mettait les pieds dans le plat, elle n'aurait pas de session de rattrapage, elle le savait bien. Les petits ne font jamais dans la finesse, ils ne soignent pas les détails. S'ils décident de vous détester, c'est foutu. Et c'est sans appel.

Elle fut tout de suite conquise par ces deux gamins.

Ludivine avec ses grands yeux noirs et ses longs cheveux, petite fille charmante déjà charmeuse. Sébastien, ses longues pattes maigres et ses airs frondeurs de pré-ado presque mûr pour la révolte... Pourtant, je suis sûre qu'il suce encore son pouce quand il dort. Dans leur regard, Julie décela comme un voile de mélancolie, imperceptible, mais tenace. Avec le père qu'ils ont, avait dit Christiane, ils ne se marrent pas tous les jours... C'est qui donc, cet homme-là ? Barbe-Bleue ?

Julie ne prononça pas une parole jusqu'à la maison.

Mais elle savoura le plaisir d'être là. Elle avait un vrai défi à relever. Elle en avait connu d'autres, mais celui-là lui paraissait plus important. Elle voulait le gagner. La comptabilité et moi, on a bien rigolé, basta. Maintenant, on passe aux choses sérieuses. Faire la nounou, c'est peut-être moins chic que faire col blanc, mais là, il y a du contact humain. Du vrai, de l'authentique, du qui triche pas. Et la grand-mère Desliles, je veux pas la décevoir. J'ai des responsabilités, maintenant. Faut que je sois à la hauteur.

Ils arrivèrent à la maison. Vaguement inquiète, Ludivine avait agrippé la main de sa grand-mère. Sébastien gardait ses distances, quatre pas en arrière.

— Bien, dit Christiane, je crois que le mieux c'est que je vous laisse seuls tous les trois. Vous serez mieux pour faire connaissance.

— Tu déjeunes pas avec nous ? implora Ludivine.

Sébastien mine de rien, tendu et prêt à rompre, attendait la réponse. Christiane prit la petite dans ses bras.

— N'ayez pas peur, je ne vous abandonne pas. Allez, rentrez à la maison, j'ai un mot à dire à Julie. A plus tard, petits monstres ! Et soyez gentils avec Julie, hein ?

Les enfants avaient déjà disparu.

La passation de pouvoir eut lieu sur le pas de la porte. Moment de vérité. Julie avait un peu le trac.

— Ne vous inquiétez pas, Julie. Je passe vous voir cet après-midi. Vous me raconterez cette première prise de contact.

Elles se serrèrent la main en se regardant dans les yeux.

— Merci, Madame Desliles, dit Julie la voix mal assurée, presque émue.

Pour un peu, elle lui aurait aussi demandé : Tu déjeunes pas avec nous ?

Sébastien était en pleine partie de Game Boy. Ludivine suçait son pouce, une poupée dans les bras.

Julie pénétra dans le salon.

La console vacilla. Ça y est, une partie de foutue, pensa Sébastien furieux. Ludivine serra un peu plus fort sa poupée dans ses bras. Le silence des enfants n'était pas loin d'être hostile.

— Ça vous dirait de manger chez Mac Do ?

— Oh oui ! acquiesça Ludivine avec la spontanéité joyeuse de ses six ans.

Julie comprit qu'elle venait de se faire une copine.

— Non, rectifia Sébastien d'un ton rogue.

Tête baissée, l'air buté, il n'était pas disposé à faire le moindre cadeau à Julie.

— Ah bon, s'étonna-t-elle, ta grand-mère m'a dit que tu adorais ça.

— Ben là, j'ai pas faim.

Il releva la tête pour affronter Julie, droit dans les yeux. Tu m'auras pas comme ça, si c'est ça que tu crois.

— Tu vas peut-être retrouver l'appétit là-bas ? reprit-elle d'une voix douce, insensible à l'agressivité de l'adversaire.

— Sûrement pas !

— Bon, c'est pas grave, tu nous regarderas manger. Allez, faut y aller. Sinon, on sera en retard à l'école.

L'ennui des hameaux de luxe, c'est qu'ils sont loin de tout. Quand on vit décentré, il faut une voiture. Antoine était parti avec la sienne.

— Et moi, je ne sais pas conduire. Allez, tout le monde dans le taxi, direction Mac Do !

Un bon quart d'heure de trajet silencieux permit à Julie de mesurer toute l'ampleur du problème. La partie était bien loin d'être gagnée. Avec les petits neveux, c'est pas pareil. On joue sur du velours, et tante Julie par-ci et tata Julie par-là... Mais les petits Desliles, c'est pas mes neveux...

Julie commanda des hamburgers, des frites et des menus enfants, pour les cadeaux.

Ludivine, ravie, dévorait son repas. Julie apprécia comme il se doit les hamburgers tourangeaux. Elle mourait de faim. Le petit déjeuner dans le train n'était plus qu'un lointain souvenir. Dire que ce matin encore, j'étais à Paris. J'ai l'impression d'être partie depuis des semaines...

Sébastien était prostré devant ses frites. Mais Julie ne fit aucun commentaire.

— Si vous êtes d'accord, le mercredi, on pourrait faire plein de trucs, aller au zoo, au cinéma, à la piscine. Et puis, si votre papa est d'accord, je vous emmènerai chez Disney!

Ludivine avait des petites étoiles dans les yeux. Elle la trouvait super, la petite Julie. Sébastien demeurait aussi impénétrable que le mur de Berlin. Mais le mur de Berlin, il a bien fini par tomber. Question de patience.

— Et toi, ça te plairait, tout ça? lui demanda Julie de sa voix la plus engageante.

— Non.

— Menteur! rectifia Ludivine.

Ils rêvaient d'y aller, chez Mickey. A cet âge-là, on ne fait pas encore dans l'anti-américanisme primaire.

— Non, j' te dis, hurla Sébastien excédé.

Son imbécile de sœur venait de changer de camp. La traîtresse! Se laisser acheter comme ça. Et par une naine encore. Si les copains voyaient ça, ils se tordraient de rire jusqu'à la fin des temps.

— Mais si tu n'as pas envie, tu n'iras pas, reprit Julie. Qu'est-ce qui te ferait plaisir ?

— Rien.

Elle se sentit perdre pied. Elle ne savait plus comment le prendre, ce gamin. Pire qu'un palet sur la glace, pire qu'une savonnette, pire que tout. On ne savait plus par où l'attraper. Par les pieds, par les cheveux, par les sentiments, rien ne marche. Pourtant, il a une bonne bouille, à voir comme ça, il n'a pas l'air méchant. J'ai pas encore coché la bonne case, mais je ne désespère pas. Pas encore.

— Vous faites du sport ? reprit-elle bravement.

— Moi, je veux faire de la danse, mais Jocelyne elle avait pas le temps de m'emmener, expliqua Ludivine.

— Je vais t'inscrire. Et toi, Sébastien, il y a un sport qui te plaît ?

— Non.

— T'es menteur, tu voulais faire du judo !

— Ta gueule, toi !

Ludivine en renversa son Coca.

— C'est pas un gros mot, ça, ta gueule ? demanda Julie toujours doucement patiente.

Elle tenta un sourire complice, qui resta sans effet. Sauf sur Ludivine qui rigola du gros mot.

— Tu ne veux toujours pas manger, Sébastien ?

— Nan.

Non, non, non et non. Toujours non. Alors, changement de stratégie.

Julie se tapa le front.

— Ça y est ! J'ai compris ! Tu fais un régime pour plaire à une fille ?

— Pfff. N'importe quoi...

Deux mots. Il vient de dire deux mots. Plus Pfff. Ça fait trois. On tient le bon bout.

— T'as pas de petite amie ? reprit-elle l'air de rien.

— Nan.

— Menteur ! trahit Ludivine, et Clarisse ?

Sébastien leva les yeux au ciel et haussa les épaules.

— N'importe quoi ! C'est pas ma petite amie.

Il rougit jusqu'aux oreilles et Ludivine lui assena un second Menteur ! tonitruant.

— De toute façon, ça ne me regarde pas, dit Julie. Clarisse, elle est très très moche avec plein de verrues sur le nez ?

Ludivine explosa de rire à en cracher ses frites.

— Pfff noooon !

Sébastien leva les yeux au ciel, affichant un incommensurable mépris pour ces deux gourdes. Julie crut néanmoins déceler une ébauche de sourire qu'il avala aussitôt.

J'ai encore fait un bide, dut constater Julie, gagnée par le découragement.

— Les frites et le hamburger, je les jette ?

Sébastien hésita. Vaincu par la faim, il mangea ses frites froides et son hamburger mou. Sans un mot. Julie et Ludivine eurent le tact de ne faire aucun commentaire.

— Allez, on se dépêche, on va être en retard à l'école.

Re-taxi. Il les laissa au bout de la rue, deux cents mètres avant l'école.

Julie et Ludivine marchaient main dans la main, à se raconter des histoires. Elles s'entendaient déjà bien. Sébastien marchait derrière, les mains dans les poches, renfrogné, le nez dans les baskets.

Ludivine expliquait que le Mac Do à midi un jour d'école, c'était génial, ça faisait comme des vacances.

— On s'en refera encore, des vacances en semaine, promit Julie.

Soudain, Ludivine changea de sujet. Elle releva la tête pour regarder Julie avec un intérêt soutenu. Julie l'interrogea du regard, comprenant bien qu'elle avait une question bien précise qui n'arrivait pas à sortir.

— Je suis petite, hein? attaqua-t-elle de sa petite voix flûtée.

Julie acquiesça d'un Mmm sibyllin.

Elles se regardèrent, campant chacune sur ses positions. Julie attendait l'assaut. Ludivine n'osait pas se lancer.

— ... Toi aussi t'es petite, hein?

— Oui, répondit Julie souriante, attendant la seconde salve.

Sébastien n'en perdait pas une miette.

Ludivine toute rouge se jeta à l'eau.

— Pourquoi t'es petite?

Ludivine avait posé sa question, LA question, avec une telle innocence, avec une si manifeste absence d'arrière-pensée que Julie la gratifia d'un immense sourire.

— C'est pour que vous puissiez courir plus vite que moi si vous faites une bêtise, dit-elle avec une voix de grand méchant loup.

— Pff, rétorqua Ludivine en rigolant.

Sébastien ne put retenir un sourire franchement réjoui. Mais personne ne l'avait vu. Il se dépêcha de se refaire un masque de garçon qui boude et qui veut pas parler.

— Franchement, dit Julie un petit peu inquiète, tu crois que c'est grave, si je suis petite?

— Ben non. T'es une petite grande, alors?

— Ben oui.

Cette réponse sembla satisfaire Ludivine.

Ils étaient à cent mètres de l'école. De loin, on pouvait apercevoir ceux de la cantine jouer dans la cour. Les externes arrivaient, de chaque côté de la rue.

Sébastien s'arrêta, pour rester seul, en retrait.

— Eh, madame !

Julie se retourna.

— Tu peux m'appeler Julie, tu sais.

Sébastien la regarda droit dans les yeux.

— Je veux pas que tu viennes à l'école.

Julie marqua un temps d'arrêt.

— Tu peux me dire pourquoi ?

Il hésita un instant. Mais pas longtemps. Il prit l'air le plus dur dont il était capable, comme pour se donner du courage et la regardant toujours droit dans les yeux, il lui dit pourquoi.

— Je veux pas qu'on me voie avec une naine.

Julie encaissa.

Mais le coup lui fit très mal. Un coup de poignard. Violent, brutal, direct. Pour rien au monde, elle n'aurait voulu en laisser rien paraître. Il faut pas qu'ils s'en aperçoivent.

D'une voix maîtrisée, parfaitement calme, qui n'exprimait ni colère ni tristesse, elle répondit à Sébastien, qui attendait le retour de bâton, curieux et vaguement inquiet.

— Tu sais, Sébastien, j'ai pas une taille de basketteuse. Mais j'ai des yeux pour voir, des oreilles pour entendre et un cœur pour aimer.

Elle marqua une pause et le regarda bien en face.

— Et j'ai aussi des mains pour distribuer des claques aux petits garçons mal élevés, reprit-elle d'une voix qui ne laissait aucun doute sur ses intentions.

— Je te conseille pas…

— Moi, je te conseille de t'en souvenir… Je vous attends ici à quatre heures et demie. Je vous préparerai un bon goûter.

Les deux enfants restèrent plantés comme des piquets. Ludivine pétrifiée redoutait un cataclysme et Sébastien immobile s'obstinait dans son silence glacial.

— Allez-y, sinon vous allez finir par être en retard.

Julie les regarda s'éloigner.

Au bout de quelques pas, Ludivine se retourna pour adresser à Julie un petit signe de la main, accompagné d'un grand sourire... Sébastien continua son chemin, tête baissée. Il ne se retourna pas.

Julie reprit le chemin de la maison.

Triste, accablée, bouleversée.

Les coups ne viennent pas toujours de là où on les attend. Tant de violence, libérée sciemment, sans faiblesse, par un petit garçon de neuf ans... Ce n'est pas la phrase en elle-même qui l'avait choquée. Je veux pas qu'on me voie avec une naine... C'est son droit, après tout. Et puis au moins, c'est franc. Rien à voir avec les explications faux jetons du genre vous avez la voix trop rauque... Non, c'est autre chose. C'est la terrible franchise des enfants, le rejet sans appel, la totale absence d'indulgence, de la cruauté à l'état pur, qui vous saute à la figure, en toute innocence... Sans intention de nuire... C'est cruel, les enfants. On imagine toujours des petits angelots souriants, le cœur sur la main, prêts à vous couvrir de baisers et à dire qu'ils vous aiment... La pureté, la candeur et l'innocence mêmes... Mais c'est des armes fatales, ça, ça vous troue la peau comme qui rigole, ça vous laisse sur le carreau sans un regard, ça vous assassine avec le sourire... Vêtus de probité candide, ils peuvent tout vous faire et on est sans défense... Je peux rien lui dire, rien lui opposer. Il a peur que ses copains se foutent de lui si on le voit avec moi, Julie la naine. C'est ça, la vérité. Il ne m'a pas agressée moi, il se protège lui... Qu'est-ce que je peux faire contre ça ? Rien. Face aux adultes, avec les Gilou, contre les Crémieux, j'ai des armes, je peux leur rentrer dans le lard, je peux leur expliquer, je peux les amener jusqu'à moi, je peux les séduire, je peux tout faire. Mais le joli petit Sébastien à qui on donnerait le bon Dieu sans confession et plus encore, qu'est-ce que je peux faire, pour lui ou contre lui ? Si je m'obstine, c'est lui qui sera malheureux. Parce qu'il aura honte. Honte à cause de moi. Moi qui ne demande qu'à l'aimer... Mais il ne le sait pas ça, ce petit con, il ne veut pas le savoir. Il ne veut rien. Il veut seulement que je m'en aille... Et merde...

Arrivée à la maison, Julie fut bien obligée de sortir de sa rêverie morose. Elle traversa le jardin en regardant le bout de ses chaussures, sans voir le premier vol d'hirondelles qui tournoyaient au-dessus du hameau. Elle referma derrière elle la porte d'entrée et s'y appuya, soulagée d'être enfin seule, à l'abri. C'est à ce moment seulement qu'elle consentit à laisser couler quelques larmes libératoires.

Elle explora seule la grande maison vide. L'imposant salon, vaste comme son appartement, rempli de coûteux meubles anciens et rustiques. Elle regarda un à un les tableaux, les objets, cette vie patiemment reconstruite et arrachée au malheur... Elle aurait bien aimé le voir, cet Antoine Desliles dont on ne lui disait pas que du bien...

Dans la grande cuisine blanche, rien ne manquait de tous les ustensiles, accessoires et gadgets qui ne servent pas toujours à grand-chose, mais que l'on croit indispensables dans les maisons bien tenues. Un vrai magasin d'électroménager. Sûr qu'il y a des trucs dont ils ne se sont jamais servis... Julie avisa les casseroles, suspendues tout là-haut, à des années-lumière au-dessus de l'évier en inox rutilant. Elle soupira, découragée.

Le bureau dans lequel Christiane l'avait reçue

aurait pu ressembler à n'importe quel autre. Il sentait à plein nez la profession libérale, prétentieuse et conformiste. Un bureau Louis XV, une lampe à fausses bougies, style je-sais-pas-quoi, je ne connais rien aux meubles de style, des rideaux de velours vert. Triste et consternant. C'est ça, Antoine Desliles ? Christiane l'avait prévenue, avec le père qu'ils ont, ces pauvres petits, ils ne rigolent pas tous les jours... Elle est pourtant marrante, la petite Ludivine, jolie, gentille, gaie comme un pinson. Pas traumatisée pour deux sous, pas pimbêche chichiteuse. Pourtant elle aurait pu, vu le contexte. Mais non. Juste normale. Et son frère ? Tout le portrait de son papa, qui va me jeter comme un vieux chewing-gum usagé ?

Le premier étage lui réserva une agréable surprise. Il ressemblait à une vraie maison, avec une vraie famille dedans. En bas, c'étaient les pièces d'apparat, pour la galerie. Ici, la vraie vie. La chambre des enfants, meublée en bois blanc, regorgeait de jouets en tout genre. Au mur, les œuvres de Sébastien et de Ludivine. Les dessins de la petite étaient joyeux, pleins de couleurs et remplis de personnages hilares. Sébastien, c'était autre chose. Des couleurs sombres, des personnages austères, des étendues de matière jetée rageusement sur le papier. Un garçon ombrageux, Sébastien... Au moins, il ne m'a pas joué la comédie. Il est vraiment comme ça. Tourmenté, difficile, secret. Et son père ?

La chambre du Maître. Le Barbe-Bleue invisible.

Stupeur, c'est une chambre normale, avec un lit, une armoire, des journaux qui traînent, des tableaux au mur, des croûtes sympathiques et colorées, pleine de livres, des romans pour la plupart, et des bons. La pièce est confortable et chaleureuse. Rien à voir avec le bureau et le salon.

Ici, c'est un homme qui vit. Pas un avocat un peu snob. Et Antoine Desliles, c'est qui, en vrai ?

Elle passa à la salle de bains. L'unique salle de bains de la maison. Pas très pratique, avait dit Christiane, je compte sur vous pour organiser les roulements... Julie, abonnée aux douches, rêva d'un bain de mousse de star, trop chaud, bien anesthésiant, dans cette grande baignoire blanche qui aurait pu contenir une famille entière.

Elle referma la porte pour monter au dernier étage de la maison. Le mien. Avec ma chambre. Une jolie petite chambre avec un lit à une place recouvert d'une couette à fleurs assortie aux rideaux, une armoire, une table et une chaise. Une simplicité biblique mais confortable, douillette, même. Sur la table, il y avait un vase. Je pourrais y mettre des fleurs, ça ferait plus gai. Si je restais ici, je crois que je m'y ferais très bien...

Julie regarda par la fenêtre qui donnait sur le jardin fleuri. Elle vit dans le ciel les premières hirondelles. Faut faire un vœu, se dit-elle en souriant.

8

Comme promis, Christiane repassa à la maison dans l'après-midi. Julie, assise dans le canapé du salon, écoutait de la musique. Il sembla à Christiane qu'elle avait les yeux un peu rouges.

— C'est quoi, ce que vous écoutez ?

— Verdi. *La Force du Destin.* J'aime bien l'opéra. Il aime l'opéra, votre fils ?

— Je ne sais pas. Peut-être. Je crois que oui. Vous avez apporté vos cassettes avec vous ?

— Oui, quelques-unes. Je pensais rester ici, dit Julie d'une voix un peu triste, en coupant le son de son Verdi favori.

Encore une fois, Leonora n'arriverait pas à pousser son grand air.

Elle fit bien un effort pour se montrer sous un jour aimable et détaché, mais on sentait bien que le cœur n'y était pas. A l'évidence, ça ne s'était pas très bien passé avec les enfants. Christiane sans répondre prit un fauteuil et le poussa près du canapé, pour s'asseoir en face de Julie.

— C'est avec Sébastien ?

— Oui, répondit Julie en soupirant.

— Ils ne font pas de cadeaux, les mômes, à cet âge-là.

— Non, ils ne font pas de cadeaux...

Julie médita en silence cette vérité. Christiane

l'observait sans rien dire, l'air désolé. Elle n'en démordait pas. Elle est bien, cette Julie. Si les enfants lui ont fait offense, c'est un peu ma faute. Il faut réparer, c'est la moindre des choses.

— Vous savez, Julie…

— Vous savez, madame Desliles, je crois qu'il vaut mieux que vous engagiez quelqu'un d'autre.

Christiane lui prit les mains et l'obligea à relever la tête, comme l'on fait avec les enfants tristes qu'il faut consoler.

— Dites donc, Julie, vous n'allez tout de même pas m'obliger à recommencer mon casting de nounous ! Je compte sur vous, moi !

Julie sourit tristement.

— Je suis désolée de vous décevoir. Mais je crois que ce qui est bon pour mes petits neveux…

— Ce qui est bon pour vos petits neveux est bon pour mes petits-enfants. Sébastien a un caractère de cochon, ça, c'est vrai. Mais il est très gentil. Je ne me fais pas de soucis, vous allez vous le mettre dans la poche.

Julie soupira, dubitative. Se mettre Sébastien dans la poche… Autant essayer de faire ami-ami avec un tyrannosaure affamé…

— Ça fait combien de temps que vous cherchez du travail, Julie ?

— Six ans.

— Alors, quand on cherche du travail depuis six ans, on s'accroche un tout petit peu plus, dit Christiane avec l'autorité de l'expérience.

Julie ne répondit pas.

S'accrocher à quoi, quand tout se dérobe ? Quand on a prise sur rien ? Quand Sébastien ne veut pas qu'on le voie avec une naine ?

— Allez Julie, vous allez me mater ces deux avortons, c'est compris ?

Elle regarda Julie en souriant

— Eh Julie, c'est promis ?

— C'est promis, dit Julie, pas tout à fait assurée. Mais enfin, madame Desliles avait peut-être raison. J'ai rien à perdre après tout. Oui, c'est promis.

— Parfait. Me voilà rassurée. Bon, c'est pas tout ça, mais j'ai des choses à faire, moi. Il faut que j'y aille. Je vous confie la maison et les enfants. Antoine rentre demain soir tard. Ça vous laisse tout le temps d'apprivoiser les deux monstres et de vous familiariser avec la maison.

— Ne vous inquiétez pas, je me débrouille. Et si quelque chose cloche, je vous appelle au secours.

Julie raccompagna Christiane jusqu'au portail. La confiance que voulait bien lui accorder Christiane lui redonna le moral. C'est bon de se sentir soutenu. D'accord, je vais me battre. Et peut-être réussir. Jouer à Mission impossible, c'est grisant.

— Dites, madame Desliles, je voulais vous demander… pourquoi vous faites tout ça ?

— Parce que vous êtes la meilleure des nounous que j'aie jamais eues pour mes petits-enfants. A côté de vous, Mary Poppins n'aurait plus qu'à pointer aux Assedic ! dit-elle en riant. Et je suis sincère. Allez, amusez-vous bien, vous avez de quoi faire !

— Merci, dit Julie.

Elle referma le portail, ragaillardie, prête à affronter la tempête des enfants qui sortent de l'école morts de faim.

Julie partit au village reconnaître les magasins où elle irait désormais faire ses courses. A moins que…

A moins que ça ne s'arrange pas.

En attendant, elle avait repris du poil de la bête. Quand on cherche du travail depuis six ans, on s'accroche. Ordre de Christiane. Elle a sans doute raison, cette femme-là. Sauf que la raison ne suffit pas toujours...

Faire ses courses dans ce village délicieux lui changea les idées et la remit de bonne humeur. Les commerçants l'étaient aussi, de bonne humeur. Il y eut bien un petit coup d'œil par-ci par-là, quelques coups de coude tu-vois-ce-que-je-vois, mais rien de désobligeant. Juste de la curiosité. D'ailleurs, dans les villages on regarde toujours les nouveaux et les étrangers avec une curiosité un peu méfiante. Ça passerait vite.

Julie repassa vite fait à la maison déposer ses achats avant de prendre le chemin de l'école.

Elle attendit les enfants de l'autre côté de la rue, en retrait, pour ne pas se faire remarquer. Sébastien ne serait pas dans de meilleures dispositions. Autant mettre toutes les chances de son côté et ne pas le heurter de front.

Ludivine courut vers elle et lui sauta au cou, bonjour Julie, elle est pas là, Mamie ?

— Non, elle est pas là Mamie, j'espère que vous avez très peur !

— Ouiiiii ! rigola Ludivine.

Sébastien, lui, ne rigolait pas du tout. Il finit par les rejoindre, bien obligé, en faisant toujours la tête. Julie ne fit aucune remarque et le laissa marcher loin derrière elle.

Main dans la main, Ludivine et Julie papotaient gaiement :

— Tu as passé une bonne journée ?

— Oui, oui et toi ?

— Oui, super, et toi ?

— Qu'est-ce que tu as fait à l'école ?

Elles se racontèrent tout ce qu'on peut se raconter après une journée de classe, les petits incidents qui émaillent la vie des petites classes, et Julie commentait.

Arrivés à la maison, Sébastien fila direction le Game Boy et Ludivine fonça dans la cuisine en hurlant :

— J'ai faim !

— Ça tombe bien, je vous ai préparé un bon goûter, dit Julie d'une voix enjouée. Tu viens Sébastien ?

— Nan !

— Tant pis, nous, on va se régaler, hein Ludivine ? J'ai acheté des pains au chocolat.

— Ouah ! Génial, dit Ludivine en se ruant sur les petits pains. Je peux manger aussi celui de Sébastien ?

— Si tu veux, répondit Julie, d'une voix suffisamment forte pour être entendue de loin, puisque Sébastien n'en veut pas...

— Touche pas à mon petit pain, hurla-t-il en déboulant dans la cuisine.

— Ben puisque t'en veux pas, protesta Ludivine la bouche pleine.

— J' m'en fous, c'est le mien, j' veux pas que t'y touches !

Julie sentit venir le moment où ils allaient s'étriper.

— Bon, vous n'allez pas vous entre-tuer pour des pains au chocolat, j'en ai acheté six. Je les laisse sur la table, vous vous servez quand vous voulez.

— J'en veux pas, mais je veux pas qu'on touche les miens, c'est à moi, menaça Sébastien.

— Pas de problème, acquiesça Julie, on n'y touchera pas.

Le temps était superbe. Julie proposa de s'installer dans le jardin.

— Faire ses devoirs à l'ombre d'un arbre, c'est plutôt pas mal ? Qu'est-ce que tu en penses, Sébastien ?

La proposition était séduisante. Evidemment, il n'allait pas le dire. Julie fit celle qui n'avait rien vu, mais elle crut discerner comme un léger radoucissement de la météo exécrable de Sébastien.

— Je les fais dehors, mes devoirs, mais je veux pas que tu m'aides, prévint-il.

— Oh ça ! pas de problème, répondit Julie. D'ailleurs je ne sais même pas si j'en serais capable. Faut que tu te débrouilles tout seul.

Sébastien prit son cartable et fila sous le grand marronnier du jardin, sans un mot, ni un regard pour Julie et cette idiote de Ludivine qui fayotait à mort.

— Julie, tu veux que je te montre comme je fais bien de la peinture ?

— Oui, répondit Julie avec enthousiasme, viens on va s'installer sur la table du jardin. Je vais te chercher de l'eau.

— Quelle fayote ! lança Sébastien à sa sœur, avant de se plonger péniblement dans son problème de maths.

Ludivine lui tira la langue et déballa sa boîte de peinture. Julie revint avec de l'eau et des tabliers destinés à prévenir d'éventuelles catastrophes teinturières.

Les deux enfants étaient absorbés dans leurs travaux, un petit bout de langue sorti pour s'appliquer mieux. Le silence studieux n'était interrompu, de temps à autre, que par le chant des oiseaux et le plan de vol compliqué des hirondelles.

Une certaine idée du bonheur, pensa Julie, presque douloureusement.

Sébastien s'éclipsa discrètement, tandis que Ludivine couverte de peinture, terminait son œuvre, qu'elle commentait à Julie.

— Là, c'est la maison, là, c'est papa.

— Et les trois petits enfants, là, c'est qui ? demanda Julie.

Ludivine hurla de rire.

— C'est pas un enfant, là, c'est toi! Pfff... Y a papa, y a Sébastien, y a moi, et y a toi. Toute la famille!

— Oui, toute la famille... reprit Julie, rêveuse. Tu es mignonne, Ludivine.

Sébastien revint discrètement reprendre sa place sous son marronnier. Il avait la bouche toute barbouillée de chocolat. Julie fit celle qui n'avait rien vu.

— Tu es sûr que tu ne veux pas que je t'aide pour tes devoirs?

— Non.

Non. Encore et toujours non.

A-t-il un autre mot à son vocabulaire, le petit Sébastien? Non. Il n'a que ce mot-là à la bouche. Mais il l'utilise bien, le bougre, il en a une parfaite maîtrise. Il le module, il le change, il le tourne. Il le mange et il le recrache. Variations infinies sur le même thème... Il n'a pas dit non deux fois de la même façon. J'ai eu droit à du non brutal, du non agressif, du non définitif, du non-non, du non triste, du non-dit. Et puis maintenant, du non qui flanche... On tient le bon bout.

Julie qui avait disparu un instant, revint avec deux paquets-cadeaux.

Elle en donna un à Ludivine, qui hurla un grand ouah, génial! et tendit l'autre à Sébastien qui le reçut avec un vague 'rci qu'il n'avait pas envie d'offrir à Julie.

— Qu'est-ce que c'est? demanda Ludivine tout excitée en déchirant le papier.

— Regarde, tu verras, répondit Julie en souriant, attendrie par la joie spontanée de la petite fille.

— C'est un nouveau livre. Je l'avais pas çui-là!

Elle essaya difficilement de déchiffrer le titre.

En lecture, il y a des progrès à faire, pensa Julie. La faute à la méthode globale, pour sûr.

— C'est l'*Histoire de la Petite Taupe qui voulait savoir qui lui faisait caca sur la tête.*

Ludivine pouffa en se pinçant le nez.

Sébastien partit se réfugier sous son arbre pour déballer son paquet, sans que personne le voie.

Il revint vers Julie, l'air impénétrable et lui tendit le livre, disant d'un ton aigre qu'il l'avait déjà.

— Tu l'as déjà ? fit Julie, surprise et un peu déçue.

— Oui.

— Bon, je résume. Tu veux pas manger, tu ne veux pas aller chez Mickey, tu ne veux pas aller à la piscine, tu as déjà le livre que je viens de t'offrir... Tu veux quoi, à la fin ?

Julie réfléchit à de nouvelles propositions.

— Tu veux inviter des copains ? demanda-t-elle, toute gentille et conciliante.

— Ah non ! rugit Sébastien, avec une spontanéité dont Julie comprit le sens cinq sur cinq.

Debout devant elle, il attendait une nouvelle salve de questions, avec un intérêt évident. Ce petit jeu avait l'air de l'amuser, même si son air renfrogné signifiait le contraire. Duel au soleil. Chacun voulait gagner. Mais insensiblement, l'ennemi se transformait en adversaire.

— Tu veux faire de la boxe ?

— Non.

— De la plongée ?

— Non.

— Du pédalo ?

— Non.

— Boire du whisky ?

— Hi ! hi ! Du whisky, commenta Ludivine.

Sébastien refréna un sourire.

— Non.

— Tu veux faire les pieds au mur ?
— Non.
— Tu veux que je te fasse une prise de karaté ?
— Non.
— Si, fais-lui une prise de karaté ! dit Ludivine hilare.

Le sourcil froncé, l'air peu avenant, Julie demanda à Ludivine si elle le voulait vraiment.

— Oui, trépigna la petite, toute réjouie à l'idée de voir son frère par terre.

Julie se campa dans un position très karatéka, une jambe en avant, les bras pliés en position d'attaque et lança à Sébastien pétrifié un gigantesque YYYYAAAAAAHHHH ! ! !

Frappé de stupeur devant l'attaque, Sébastien recula d'un pas, tandis que Ludivine, bon public, pleurait de rire.

Julie s'arrêta tout net pour regarder Sébastien.
— Tu veux pas dire oui ?
— Nan.

Elle se laissa tomber dans l'herbe et s'assit en tailleur. Le masque de karatéka tomba pour céder la place à Julie.

— J'ai tout faux, avec toi, hein ? dit-elle d'un ton un peu las.

Il ne répondit pas. Evidemment. Ça l'aurait obligé à dire OUI.

— Tant pis, qu'est-ce que tu veux que je te dise. Tu me prends pour une conne, tu veux pas me parler, tu veux rien faire avec moi, alors je vais pas t'obliger. Reste dans ton coin, fais bien *rien* et quand tu auras besoin de moi, tu m'appelleras. On fait comme ça ?

Sébastien ne bougea pas un cil, aussi impénétrable qu'une statue antique. Mais le discours de Julie semblait l'avoir ébranlé. Il partit méditer sous son arbre.

Ludivine n'avait pas raté une miette de l'affrontement. A sa grande satisfaction, Sébastien était battu à plate couture.

Sur proposition de Julie, ces dames passèrent au salon. Il commençait à faire un peu frais.

— On lit *La Petite Taupe?* On lit *La Petite Taupe.* Alors voilà. Ça s'appelle *l'Histoire de la Petite Taupe qui voulait savoir qui lui a fait caca sur la tête.*

Le succès fut complet auprès de Ludivine, que le mot «caca» remplissait toujours d'une indicible joie.

Elles terminaient à peine leur lecture que Sébastien entra dans le salon, son livre à la main, l'air aussi dégagé que possible. Il se livra à un subtil ballet dans les méandres de la pièce avant de s'approcher du canapé. Il restait là, à se tortiller comme un ver de terre dérangé en pleine sieste par une tondeuse à gazon. Julie fit mine de ne pas remarquer son embarras, mais Ludivine enfonça le clou en ricanant méchamment à l'adresse de son frère, qui franchement avait l'air d'un imbécile.

L'imbécile s'approcha de Julie.

— Je voulais te dire... Le livre, je l'ai pas, dit-il d'une petite voix timide, comme un tout petit garçon qui a envie de demander pardon mais qui n'ose pas.

Julie se sentit fondre de bonheur devant ce petit animal sauvage qui acceptait enfin de se laisser apprivoiser. Elle lui sourit avec tendresse et, dissimulant mal son émotion, lui répondit d'une voix très douce:

— Je sais, j'avais regardé sur tes étagères...

On venait d'enterrer la hache de guerre.

La fin de l'après-midi scella l'union de Julie et des enfants.

Suprême marque de confiance, Julie fut invitée

à visiter la chambre. Sébastien et Ludivine lui montrèrent tout, les jouets, les cachettes secrètes, les trésors que l'on dévoile seulement à ceux qui savent s'en montrer dignes. Sébastien insista pour donner à Julie une leçon de Game Boy. Il sortit de ses tiroirs sa collection complète de cassettes de jeux. Peu de gens jusqu'alors pouvaient prétendre avoir eu cet honneur. Ludivine montra toutes ses poupées, les Barbies, les grandes de luxe apportées par le Père Noël, celles qui font pipi et celles qui crient maman quand on les touche. Julie eut le droit d'admirer leur garde-robe. On joua aux sept familles, on fit des puzzles, on organisa un tournoi de badminton dans le jardin. Les enfants surexcités voulaient tout donner en même temps à une Julie ravie. Quelques incidents de séance ponctuèrent l'harmonie de cette fin d'après-midi initiatique, des moi-d'abord musclés, accompagnés de coups de pied dans les mollets, ou de quelques cheveux arrachés par-ci par-là. Trois fois rien.

Sur le coup de sept heures, les enfants étaient crevés, hagards de joie, de faim et de fatigue.

— Vous savez ce qu'on va faire ? demanda Julie aux petits répandus dans le canapé du salon, on va aller prendre le bain et dîner très vite.

— Pourquoi ? interrogea Sébastien.

— *La Guerre des étoiles*, tu connais ?

— ... ? ? ?

Pour toute réponse il regarda Julie intensément, la bouche ouverte.

Julie éclata de rire devant sa tête de poisson ahuri.

— J'ai acheté la cassette pendant que vous étiez à l'école.

Une indicible joie illumina le visage de Sébastien. La cassette, achetée, rien que pour lui... Les autres à l'école, ils l'ont pas la cassette. Ils ont juste vu le film à la télé... Ouah, les gros nuls !

Il sauta au cou de Julie et l'embrassa très fort. Elle venait de lui offrir l'un des plus beaux cadeaux de sa vie, il était vengé, et de quelle façon, encore. Grâce à Julie, Sébastien venait de retrouver sa dignité, il ferait demain une entrée triomphale à l'école... Désormais avec Julie, c'était à-la-vie-à-la-mort. Elle pouvait compter sur une reconnaissance éternelle...

Pour fêter l'événement comme il se doit, les enfants prirent leur bain sans mettre de l'eau partout, et en vitesse encore, ils mangèrent bien, en se forçant un peu sur les escalopes, parce que les escalopes, on n'aime pas tellement, mais il ne fallait pas faire de peine à Julie, Sébastien récita *Le Héron* d'une traite et sans se tromper. Un rêve.

A huit heures, tout le monde était devant la télé. Ludivine était super-contente, parce que, dis donc, qu'est-ce qu'on va se coucher tard. Sébastien frémissait d'émotion en caressant la boîte de SA cassette, avec la photo de Luke Skywalker dessus, et même Dark Vador...

Ludivine eut un petit peu peur et s'endormit contre Julie, Sébastien oubliait presque de respirer. C'est vrai que c'était bien, *La Guerre des étoiles*, reconnut Julie.

Elle se sentait bien, presque heureuse. Elle avait cafouillé au début, mais elle s'était bien rattrapée. Pour quelqu'un qui n'a pas l'habitude, elle s'en était plutôt bien tirée. Elle avait surmonté l'épreuve de main de maître. Vous allez me mater ces deux avortons, avait dit Christiane. Je ne les ai pas matés, on s'est rencontrés. Et on s'aime bien.

Ludivine se réveilla à la fin du film. Sébastien avait sommeil, mais ses yeux luisaient de bonheur. Ils montèrent se coucher en silence, tenant Julie par la main.

Pyjama, pipi, les dents et tout le monde sous les couvertures. Julie lut l'histoire de *La Petite Taupe* et même Sébastien trouva ça marrant. Il demanda à Julie l'autorisation de lire quelques pages de *Vingt mille lieues sous les mers*.

— Juste cinq minutes, il est très tard...

Elle les embrassa affectueusement tous les deux. Bonne nuit, les petits.

Sébastien appela Julie déjà sur le pas de la porte.

— Oui, Sébastien ?

— Je voulais te dire... Pardon pour ce que je t'ai dit tout à l'heure à l'école.

Julie lui sourit. Bien sûr qu'elle lui pardonnait.

— Ta grand-mère ne m'a pas menti. Tu as un caractère de cochon, mais tu es un garçon bien. Je laisse la lumière dans le couloir ?

Sébastien hocha la tête. Les deux enfants s'endormirent instantanément.

Julie s'installa dans le salon pour écouter quelques mesures de Verdi avant de dormir. Un bienheureux sentiment de plénitude la gagna doucement. Seul maître à bord dans la grande maison blanche, elle veillait sur le sommeil de deux enfants, qui dormaient sereins, parce qu'ils l'aimaient bien et qu'ils avaient confiance en elle...

Mais demain soir, il faudrait affronter le père...

Demain, comme chacun sait, est un autre jour...

9

Julie passa une délicieuse journée, assumant parfaitement son rôle de maîtresse de maison, de nounou, de gouvernante, d'intendante, et même de secrétaire de direction, car il y avait eu de nombreux appels pour Antoine. Monsieur Desliles.

Christiane passa la voir. Julie lui raconta les derniers événements.

— Je vous l'avais bien dit que vous sauriez vous les mettre dans la poche, les deux petits monstres, se réjouit Christiane. Je suis bien contente... Maintenant, vous allez faire pareil avec le père. Il rentre ce soir, je l'ai eu au téléphone. Allez, je vous laisse, j'ai dix mille choses à faire.

Christiane avait toujours dix mille choses à faire, jamais une minute à elle.

Julie consacra une partie de la journée à réorganiser la cuisine pour mettre les ustensiles indispensables à portée de main. Même chose dans la salle à manger, les assiettes descendirent d'un étage. Au rayon salle de bains, la trousse de secours quitta la pharmacie pour emménager dans un tiroir. Avec des enfants, il faut toujours avoir tout sous la main. Un inventaire minutieux de la maison la conduisit à apporter quelques aménagements bienvenus, qui faciliteraient sa tâche quotidienne. Satisfaite de sa nouvelle installation, elle fit quelques courses, pensa à préparer un repas froid pour monsieur Desliles, qui rentrerait tard ce soir.

Monsieur Desliles, Antoine Desliles, Maître Desliles... L'Arlésienne, l'homme invisible, Barbe-Bleue... Elle chassa Antoine de ses pensées. Il serait bien temps ce soir de se gâcher la vie...

Rien ne vint ternir l'état de grâce qui planait sur Julie et les enfants.

A la sortie de l'école, Julie attendit Sébastien et Ludivine, le pain au chocolat à la main, mais un peu loin, à une centaine de mètres de la grille. Personne ne fit de commentaires. Sébastien raconta comment il avait damé le pion aux copains médusés. La cassette de *La Guerre des étoiles* avait produit l'effet escompté. Pour une fois, Ludivine regardait son frère avec admiration.

— C'est grâce à toi, Julie...

La fin de la journée passa comme dans un rêve. Sébastien demanda l'aide de Julie pour son problème de maths.

— Tu verras que tu finiras par avoir de bonnes notes. Être nul en maths, ça n'existe pas. C'est simplement qu'on ne t'a pas assez expliqué.

— C'est la maîtresse qu'est nulle, alors? rugit Sébastien tout réjoui.

— Mais non, rectifia Julie, personne n'est nul. Seulement, ce qui est bon pour certains de tes copains n'est pas forcément bien pour toi. Il faut peut-être faire autrement. Te filer des taloches par exemple!

Hurlement de rire général.

— On est bien tous les trois, dit Ludivine, rêveuse...

— Oui, acquiesça Julie. Mais on sera encore mieux ce soir, quand votre papa sera rentré.

— Oh, tu sais, papa, il est pas toujours marrant, prévint Sébastien.

Juste ce qu'il fallait lui dire, à Julie. Déjà qu'elle appréhendait...

Pour oublier qu'elle avait peur, elle changea de registre. Confortablement calée dans le canapé du salon, elle entreprit de faire l'inventaire des ouvrages de pédiatrie qu'elle avait achetés à Paris avant de venir.

« Il est vingt-trois heures sur France Inter. Les informations, Philippe Legrand... »

Ils arrivaient à hauteur d'Orléans. Antoine au volant écoutait la radio, Maxime somnolait doucement. L'autoroute était dégagée, ils seraient rentrés dans moins d'une heure.

Ces dernières quarante-huit heures n'avaient pas apporté que du bon. Ils avaient perdu le procès et Vaudoyer leur en garderait une rancune tenace. Et Bernier, l'avocat de la partie adverse qui faisait le malin, trop content d'avoir battu le duo Rouvre-Desliles. Désolé, on peut pas gagner à tous les coups, hein ? triompha-t-il lourdement. Ça leur restait un peu en travers de la gorge. Maxime émergea de son brouillard.

— Qu'est-ce qu'on fait ? On fait appel ?

— Rien que pour emmerder Bernier, ça vaudrait le coup. Je n'ai jamais pu le supporter, celui-là. Déjà à la fac... C'est bien la peine de quitter Paris pour retomber sur lui. A Tours. Qu'est-ce qu'il est venu faire à Tours ?

— La même chose que nous, j'imagine, bâilla Maxime.

Bernier leur avait gloussé un désagréable « Si vous voulez ruiner votre client, faites appel ! »

Le pire, c'est qu'il avait raison.

— Il est fort, quand même, reprit Maxime.

— Tu parles, qu'il est fort. Il est pas fort, on défendait l'indéfendable.

Antoine esquissa un sourire.

— Mais je ne pensais pas qu'on perdrait...

— Alors, on fait quoi ?

— Rien. On laisse tomber. Ça risquerait d'être pire en appel.

Maxime se rangea à l'avis d'Antoine. Mais cette défaite leur laissait un goût désagréable. Vaudoyer était l'un de leurs plus gros clients. Et perdre l'un de ses plus gros clients, c'est mauvais pour l'image de marque. Sans compter les honoraires.

Heureusement, leur voyage à Paris s'était avéré fructueux. Une nouvelle affaire, difficile, mais qui compenserait utilement le cas Vaudoyer. Un homme d'affaires parisien, richissime, gros propriétaire foncier du côté d'Amboise. Un petit juge tenace, un de plus, venait de lever un lièvre magnifique. Une histoire de commission occulte, quinze millions de francs de travaux effectués dans un superbe petit château des environs. Mais en échange de quel service ?

— Qu'est-ce que tu en penses, toi ?

Antoine en pensait qu'il était perplexe.

— Belle affaire en perspective. Il y a tout à gagner. Au point de vue image et honoraires, j'entends. Tout à gagner... Sauf le procès, j'en ai peur.

Le client était riche, célèbre, influent. Mais il commençait à traîner derrière lui une impressionnante série de casseroles difficiles à décrocher.

— Alors ?

— Alors on se donne encore une semaine de réflexion et on avise.

Maxime approuva. Dans ce genre d'affaires, il laissait faire Antoine, dont le talent et les intuitions étaient indiscutables.

Antoine soupira. Il avait faim, il était fatigué et vaguement déprimé.

— Vaudoyer et Jocelyne dans la même semaine, ça fait beaucoup...

— Vaudoyer, je comprends, mais Jocelyne, entre nous, je t'ai connu mieux...

— C'est pas tellement ça, reprit Antoine, c'est vrai que Jocelyne, je commençais à en avoir un petit peu assez... Non, c'est plutôt l'idée de recommencer à chaque fois. Je crois que je me lasse.

Maxime rigola.

— Tu dois être mûr pour le mariage !

Antoine ne répondit pas. Des souvenirs anciens remontaient pêle-mêle en surface, qu'il se dépêcha de chasser. Maxime comprit le message.

— Comment tu t'es organisé avec les mômes ? demanda-t-il pour changer de sujet.

— C'est ma mère qui les garde. A l'heure qu'il est, elle a dû me trouver une nounou. Enfin, je l'espère...

— Cette chère Christiane... sourit Maxime avant de se rendormir.

Ils arrivaient au péage de Tours.

Le jardin était éclairé, la maison silencieuse. Antoine se gara devant le perron, pas fâché d'être arrivé.

Il laissa ses affaires dans l'entrée pour jeter un rapide coup d'œil sur son courrier, avant d'entrer dans le salon. Il vit une chevelure blonde dépasser du canapé. Une pensée émue pour sa mère lui arracha un sourire. Elle est parfaite, maman, casse-pieds, mais parfaite. Une nounou blonde...

La nounou blonde s'arracha à sa passionnante lecture pour venir à la rencontre d'Antoine, qui demeura médusé au beau milieu de la pièce. Sa bouche ouverte et ses yeux ronds pouvaient légitimement laisser supposer qu'il venait de trouver une famille de diplodocus en train de pique-niquer dans le salon.

Julie prit son courage à deux mains et vint à sa rencontre, un large sourire accroché sur les lèvres, la main tendue en signe de bienvenue.

— Monsieur Desliles ? Je suis Julie Toronto. Enchantée.

Enchantée et pétrifiée de trac. Elle remarqua tout de même que monsieur Desliles n'était pas désagréable à regarder.

Il lui tendit une main molle, qu'il se laissa vigoureusement serrer sans répondre.

— Vos enfants sont charmants. Au début, ç'a été un peu difficile, surtout avec Sébastien, mais après quelques rounds d'observation, on a sympathisé. Ils sont adorables.

Tétanisé au milieu de son salon Antoine avait la tête ailleurs. Il sembla à Julie qu'il n'avait pas entendu sa tirade. Elle avait le cœur qui battait à cent à l'heure. La statue de sel qui lui faisait face ne l'aidait pas beaucoup à détendre l'atmosphère. J'en fais trop, se dit Julie, je joue faux, il faut la refaire, là, plus calme, plus naturel.

Antoine finit pas pousser une sorte de Hein ? qui confirma qu'il ne l'écoutait pas.

— Je dis, ils sont adorables. Vos enfants.

— Oui, oui, approuva Antoine, distraitement.

Il y avait quelque chose d'insupportable et de pesant dans ce face-à-face. Julie avait l'impression de parler toute seule. Elle continua néanmoins courageusement. Christiane l'avait bien prévenue que le cas Antoine serait plus difficile à résoudre que celui des enfants...

— Vous avez dîné ?

Antoine avait le sourcil froncé, comme absorbé dans une profonde méditation.

— ... Comment ?

Toujours face à lui, toujours souriante, toujours irréprochable, Julie recommença.

— Je dis : Est-ce que vous avez dîné ?

— Non, répondit Antoine, comme si ça n'avait aucune importance.

Il avait mal à la tête, il était fatigué, la présence de cette fille dans la maison arrivait comme un cheveu sur la soupe. A ce propos, il avait faim. Et ce comité d'accueil lui coupait l'appétit.

— Vous voulez que je vous prépare quelque chose ? insista Julie.

— Mmm ?

Julie souriait toujours, patiente, dévouée, prévenante.

— Vous savez, mon grand-père aussi était sourd comme un pot. Il n'a jamais voulu l'admettre...

Elle articula très distinctement.

— Voulez-vous que je vous prépare une assiette ?

L'air définitivement las, il répondit que non, il allait se débrouiller...

Il quitta le salon sans une parole de plus, laissant Julie perplexe et inquiète quant à la suite des événements.

Christiane était sur sa terrasse.

Elle finissait de dîner, en compagnie de Georges. Les bougies sur la table finissaient de se consumer.

Il accepta un doigt de cognac, Christiane préféra une tisane.

Venise... songeait-elle en mettant la bouilloire sur le feu. Un voyage de noces à Venise, à mon âge...

Ces fiançailles du soir avaient le charme suranné des amours d'autrefois. Georges et ses soixante-trois ans regardèrent, attendris, la promise qui revenait de la cuisine avec son plateau. Georges souriait avec la timidité des amoureux fin de siècle qui n'osent déclarer leur flamme. Christiane se prit à roucouler comme une jeune fille.

Tout cela est un peu ridicule, mais tellement charmant, pensa-t-elle en lui servant son cognac.

Georges était tombé sous le charme de cette grand-mère flamboyante, volontaire et tellement gaie. Christiane retrouvait sa jeunesse, séduite par l'amour admiratif qu'elle lisait dans les yeux de ce jeune retraité bien élevé, maladroit, un peu démodé, qui lui expliquait qu'elle avait bien le droit maintenant de se reposer un peu sur son épaule encore solide. Elle finit par se rendre aux raisons de Georges. Antoine était un grand garçon, après tout, il pouvait bien se débrouiller tout seul. Christiane en doutait, mais enfin, ils n'habitaient pas loin, elle pouvait continuer de veiller au grain...

— Qu'en pensez-vous, Christiane ? demanda-t-il en humant son cognac.

— Venise, Venise... C'est un peu bateau, mais pourquoi pas ?

Elle lui sourit avec tendresse.

Elle était toujours survoltée, Christiane, toujours à courir partout et à s'occuper de son fils comme si c'était l'année du bac. N'être plus qu'une épouse et une grand-mère... Rendre les armes et se laisser dorloter par Georges, qui trouvait que rien n'était trop beau pour elle... Une nouvelle vie...

— Et ce serait pour quand, Venise... ?

L'œil malicieux et la voix timide, il osa proposer la semaine prochaine.

— Mais dites donc, ça se précise, répondit Christiane en riant, pour dissimuler son émotion.

Georges se sentant encouragé lui prit la main. Fiévreusement, pensa Christiane. A nos âges, quand un monsieur prend la main d'une dame entre les siennes, c'est forcément fiévreusement. Comme dans les romans-photos.

— C'est d'accord ! dit-elle avec conviction.

Georges en resta comme deux ronds de flan. Ça, il ne l'aurait jamais cru. Un impossible rêve qui se réalise. Il était grisé. Plus rien ne pouvait l'arrêter. Il se crut même autorisé à oser l'impossible.

— Christiane… Je peux passer la nuit ici ?

Il en devint tout rouge, surpris par sa propre audace.

— Mais pas du tout, répondit Christiane outrée.

Le malheureux Georges passa du rouge au blême. Une bougie s'éteignit, compatissante. Des mois de stratégie ruinés par une phrase malheureuse. Pauvre imbécile, plus qu'une semaine, tu pouvais pas attendre ?…

— Mais si, andouille, le rassura Christiane.

Elle lui resservait une petite goutte de cognac quand le téléphone sonna.

— A tous les coups, c'est mon fils, dit Christiane en se levant.

Elle alla décrocher le téléphone du salon et dit, oui Antoine, parce que c'était forcément lui, à cette heure…

Un Antoine furieux attaqua d'entrée sans même dire bonsoir-comment-ça-va-je-ne-te-dérange-pas-il-est-tard.

— Tu as vu ce que tu as engagé ?

— Mais oui, j'ai vu, elle sera formidable.

Antoine leva les yeux au ciel. Ma mère est folle. Il jeta un œil vers la porte.

— Maman… C'est une naine, dit-il à voix basse.

— Et alors ?

Christiane alluma une cigarette et attendit l'orage.

— Mais tu es bonne pour la casse !

— Mon chéri, dit-elle calmement, dans la famille, ce sont toujours les hommes qui ont été frappés de sénilité précoce. Tu seras gâteux avant moi.

Christiane avait parfois le don de lui donner des envies de meurtre. Un Œdipe mal digéré, peut-être...

— Maman, tu es ma mère, je te dois le respect, mais il y a des fois où tu me fais vraiment chier !

— Mon petit bonhomme, si tu n'es pas content, tu n'as qu'à t'en trouver une tout seul, de nounou. C'est vrai, quoi, je me crève, à mon âge, je m'occupe de tout, de toi, de tes gosses, de tes nurses, de tes maîtresses, et tu râles tout le temps. Tu mériterais une bonne paire de claques, c'est moi qui te le dis, monsieur l'Avocat !

Georges qui n'écoutait pas mais qui écoutait quand même la regarda par la fenêtre ouverte. Elle lui fit un clin d'œil rigolard.

A l'autre bout du fil, Antoine était désespéré. Sa mère avait la culpabilisation facile. Il ne répondit pas à la provocation.

— Antoine, reprit Christiane sérieusement, garde-la, crois-moi. Je te répète qu'elle sera formidable.

— Oui mais...

— Oui, mais quoi ? Elle est petite ? Et alors ? Ce n'est pas ça qui l'empêchera de bien faire son boulot. Et puis, je te préviens solennellement, si tu la vires, c'est moi qui la remplace !

— Bonne nuit, rugit Antoine.

Il raccrocha brutalement et fit tomber le téléphone.

Christiane revint sur la terrasse, pour reprendre son duo d'amour là où elle l'avait laissé.

Excédé, Antoine jeta violemment son veston par terre dans sa chambre, balança ses chaussures en maugréant et enfila ses pantoufles. Il se souvint qu'il était à jeun.

Il redescendit et prit la direction de la cuisine sans même un regard pour Julie, qui faisait semblant de lire ses livres de pédiatrie.

10

Antoine entra dans la cuisine.

Calme avant la tempête, pensa Julie. Plus c'est calme et plus ça pète. Alors là, c'est moi qui me calme, je fais tout bien comme il faut, serviable, discrète, avenante. Parfaite. Je suis parfaite. Et tout va bien. Sans bouger du canapé, elle détailla le menu à Antoine. Monsieur Desliles.

— Je n'ai pas eu le temps d'acheter grand-chose. Il y a des œufs et du jambon. Je peux vous faire une omelette, si vous voulez. Il y a de la salade, j'ai préparé une vinaigrette. Elle est dans le frigo. Il y a des yaourts, aussi...

Julie ne bougea pas du salon, attendant une réponse qui logiquement devait venir de la cuisine. Mais non. Rien. Pas de réponse. Où alors il parle tout doucement et je n'ai pas entendu.

Elle choisit l'option profil bas et laissa Antoine se dépatouiller tout seul dans sa cuisine.

Ce qu'il était en train de faire.

Il ouvrit le frigo et trouva effectivement des œufs, du jambon et de la salade. Plus la vinaigrette et les yaourts. Régime jockey. Mais il avait tellement faim qu'il s'en contenterait. Omelette jambon salade, c'est parfait. Il ouvrit le placard et les tiroirs pour prendre une poêle à frire et des couverts.

Rien. Il n'y avait plus rien. Tout était vide. Furieux, il l'était déjà. Un tout petit peu plus excédé, c'était dans le domaine du possible. Il soupira et reprit la direction du salon.

— Vous pouvez me dire où sont passées les poêles à frire ?

— Dans le placard, près de l'évier.

— Parfait. Et les couverts ?

— Dans le troisième tiroir.

Julie ne s'était pas départie de son sourire de nounou bien élevée.

Je l'attaque, pensa Antoine. Pour ingérence ou pour atteinte à la vie privée ? Peut-être bien les deux. Il ne trouvait pas le tire-bouchon.

— Je l'ai laissé où il était, se défendit Julie.

Elle reprit sa lecture. « Psychologie du grand enfant. » Et du grand connard qui est dans la cuisine ? Elle entendit le bouchon qui sautait. Voilà, il l'a trouvé. Encore un qui a la flemme de chercher...

Antoine réapparut dans le salon et s'installa à la table de bridge avec son plateau. Omelette jambon, salade, gamay. Julie avait un petit peu faim, mais jugea plus diplomate de s'abstenir.

Il se releva encore une fois, en soupirant d'un air agacé, et se dirigea en silence vers le grand vaisselier qui ornait la pièce. Julie referma son livre.

— Comme on ne se connaît pas encore, est-ce que vous voyez des choses à me dire, des conseils à me donner ?

Je devrais peut-être pas, il va penser que je fayote, alors que je m'intéresse... Elle attendit la réponse qui détendrait peut-être le climat. Il y en a qui sont intarissables dès qu'on leur parle de leurs enfants... Antoine ne répondait toujours pas. Il ouvrit les portes du vaisselier. Julie poursuivit.

— Des consignes particulières, des questions à me poser ?

— Oui. Où sont les assiettes ? demanda-t-il d'une voix glaciale.

— Dans le placard du bas.

— Merci.

Le ton était cassant, désagréable. Et pas par hasard. Il alla se rasseoir et se servit un bon coup de rouge avant d'attaquer son omelette jambon. La tension dans la pièce était intenable. Il fallait faire quelque chose, tout plutôt que ce silence... Julie se leva et vint s'asseoir en face d'Antoine.

— Vous permettez ?

Antoine acquiesça la bouche pleine, d'un signe de tête. Mais vraiment, il avait pas envie. C'est très désagréable d'être tout seul face à quelqu'un qui vous regarde manger.

Julie lui souriait, comme si rien ne pouvait venir entamer sa bonne humeur. Un vrai rôle de composition. Je devrais faire du théâtre.

— Je ne vous imaginais pas du tout comme ça, lui dit-elle aimablement.

Antoine déglutit, pour saisir la perche.

— Eh bien, pour être franc...

Julie ne le quittait pas des yeux, toujours aussi souriante. Mais il botta en touche.

— Et vous me voyiez comment ? reprit-il l'air détaché, en se reversant un verre pour faire glisser les mouillettes.

— Plus grand, reprit Julie, que le duel commençait à amuser.

— Mouais, fit-il sans autre commentaire.

Il n'avait pas envie de parler, elle le voyait bien. Il voulait juste dîner en paix. Mais Julie ne lâcha pas prise. Autant en finir tout de suite.

— Si vous n'avez pas de questions, moi, j'en ai.

Il la regarda, sourcilleux, la bouche pleine, sur la défensive.

— Oui, reprit Julie, lancée. Est-ce que vous voyez un inconvénient à ce que j'inscrive Sébastien au judo et Ludi à la danse ?

Silence stupéfait d'Antoine. Ludi. Elle l'appelle Ludi. Elle se croit déjà chez elle... Je crois que je vais la passer par la fenêtre... Déjà qu'il avait rêvé d'étrangler sa mère une demi-heure plus tôt, maintenant il voulait défenestrer la nounou. Instincts meurtriers mal contrôlés. Trente ans dont dix-huit incompressibles. On se calme.

Julie dut reposer sa question concernant Sébastien et « Ludi ».

— Pourquoi vous me demandez ça ? fit-il mollement en attaquant le yaourt.

— Parce que je leur ai demandé ce qu'ils aimeraient faire comme sport et c'est ce qu'ils m'ont répondu...

— Ah bon...

— Vous ne le saviez pas ?

— Non.

Indifférent à la conversation, contrarié, Antoine reposa les couverts et s'essuya la bouche. Tant bien que mal, il avait réussi à finir son dîner.

— Il faudra aussi me donner leur carnet de vaccinations.

— Bon.

— Vous ne finissez pas votre jambon ?

— Hein ?

— Je dis : vous ne finissez pas votre jambon ?

— Non. Merci.

Le silence s'installa de nouveau, pesant, électrique, menaçant. Julie fut bien obligée de se rendre à l'évidence. Rien à faire pour le dérider, monsieur Desliles, pas moyen de lui arracher un mot. Rien de ce que je lui dis ne l'intéresse. Il ne veut pas, il refuse obstinément. Un mur. Et Sébastien, alors, c'était bien pareil avec Sébastien au début... Si c'est tel père, tel fils...

Antoine restait assis, face à Julie, sans la voir. Il se tapotait nerveusement les mains. Il n'avait qu'une envie, c'était de se lever pour fuir cette situation absurde. Mais il n'osait pas. Ah, la lâcheté des hommes, aurait dit Cynthia...

Il rompit le silence par un Bon! qui pouvait vouloir dire tout et n'importe quoi. Mais rien ne vint derrière. Julie, bonne pâte, l'aida un peu.

— Quelque chose vous tracasse ?

— Non, non.

Cynthia avait raison. Elle a souvent raison, Cynthia. Il veut pas avouer. Mais je vais l'aider, moi, à dire ce qu'il a à dire. J'aurai même pas besoin de lui braquer une lampe en pleine figure. Méthode douce, platonicienne. Allez, on y va.

— Vous voulez que je vous aide à dire ce qui vous tracasse ?

— Mais rien ne me tracasse ! dit-il à bout de nerfs, poussé dans ses derniers retranchements.

— Mais si, dit doucement Julie en lui souriant aimablement. Vous avez demandé à votre mère d'engager une nounou et vous ne vous attendiez pas à ce qu'elle ait le format gadget.

— Eh bien voilà.

Antoine respira, soulagé du grand poids qui lui tordait l'estomac.

— Vous voyez que quelque chose vous tracassait...

Julie lui accorda quelques instants de silence, pour lui laisser le temps de préparer sa défense, à monsieur l'Avocat. S'il traite ses dossiers de la même manière, il va perdre des clients. Parce que là, il n'est pas terrible...

Au bout de quelques secondes, intenables, il attaqua.

— Vous vous êtes déjà occupée d'enfants ?

— De mes petits neveux...

Devant le sourire de Julie qui demandait l'indulgence du jury, Antoine éructa un « C'est tout ??? » accusateur et de mauvais augure.

— Vous savez, se défendit Julie, les enfants, c'est pas sorcier. Il faut être patiente, les écouter et surtout les aimer. Pour le reste... Je glane des conseils, à droite à gauche... J'ai apporté plein de livres.

— Vous avez apporté plein de livres... On croit rêver... Ecoutez, c'est courageux de votre part d'avoir accepté, mais si ce n'est pas votre métier...

— Ça ne m'ennuie pas du tout, l'interrompit Julie.

— Je vais quand même chercher quelqu'un dès demain, dit-il d'un ton définitif.

— Mais il n'y a pas de problème, je vous assure que je suis ravie.

— Oui, mais si vous ne vous êtes jamais occupée d'enfants, je crois que ça ne va pas aller.

Antoine se leva, comme si la discussion était close. D'ailleurs, il avait sommeil. Mais Julie n'entendait pas capituler si vite.

— Monsieur Desliles, pour l'instant, ça a l'air de ne pas trop mal se passer. Si, par contre, ils n'étaient pas heureux avec moi, je ne voudrais pas m'entêter.

Antoine la fusilla du regard.

— Eh bien, ne vous entêtez pas. Moi je connais mes enfants et je suis sûr qu'ils ne seront pas heureux avec vous !

— Ah bon ?

— Ah oui.

Il prit son plateau et se dirigea vers la cuisine, suivi de Julie, qui s'obstinait à ne pas vouloir le quitter d'une semelle. Rien à faire. Il ne s'en débarrasserait pas comme ça. Sauf si je la tue...

— Eh pourquoi ? demanda Julie.

— Parce que ! J'ai assez de soucis comme ça...

Je n'ai pas besoin de vous pour garder mes enfants.

Antoine criait. Julie comprit qu'elle avait perdu la partie. Il ne voulait rien entendre, rien savoir. Il était hostile *a priori* à l'idée de garder Julie comme nounou. Il ne voulait pas d'elle. C'était bien clair.

— Désolé, dit-il d'une voix plus calme.

Julie aussi avait l'air désolé.

— Eh bien... C'est clair... Je peux au moins passer la nuit ici ?

— Evidemment, dit-il en haussant les épaules.

Elle était au bord des larmes. Elle sortit de la cuisine. Je veux pas qu'il me voie pleurer.

Là-haut dans sa chambre, Julie sanglotait en rangeant ses affaires.

C'est injuste, injustifié, dégueulasse. Qu'est-ce que c'est, dégueulasse ? C'est ça. C'est pas même me laisser l'ombre d'une chance, alors que ça marchait si bien... Il veut quoi, cet abruti ? Claudia Schiffer avec la tête de Marguerite Duras ? Et pourquoi pas un zeste de Marie-José Perec, pendant qu'on y est... Il serait emmerdé, forcément emmerdé... Snob comme un pot de chambre, qu'il est. Ses enfants, il s'en fout... Tout pour la galerie. Ma nurse, mes enfants, ma voiture... Pauvre type ! Il les mérite pas, ses enfants, ils sont trop bien pour lui...

Et je vais faire quoi, moi, maintenant ? se demanda Julie en mouchant son nez. Elle avait fini sa valise, prête pour le retour à la case départ. Dans la glace, elle vit qu'elle avait encore les yeux rouges. Tant pis.

Elle redescendit. Antoine tournait dans le salon comme un ours en cage.

— Je peux passer un coup de fil ?

— A cette heure-ci ? s'étonna Antoine.

— Qu'est-ce que ça peut vous faire ? Vous

croyez que vous êtes le seul à vous coucher après les poules ?

— Ne vous énervez pas, dit Antoine presque gentiment. Prenez le téléphone dans le bureau, si vous voulez être tranquille.

Julie haussa les épaules. Il m'énerve. Je peux pas le supporter, ce type-là, qui vient faire le gentil maintenant qu'il m'a foutue à la porte...

Alors qu'elle allait composer le numéro de Gilou, Julie aperçut Sébastien — Sébastien, debout à plus de minuit ! — assis dans l'escalier, qui l'observait anxieusement. Ils échangèrent un sourire triste.

Il avait les yeux gonflés de sommeil, mais n'en remarqua pas moins que Julie avait pleuré. Il dévala l'escalier et déboula dans le salon, comme un Batman appelé pour une urgence.

— Papa !

— Ben... ? Tu dors pas encore, toi ?

Antoine embrassa son fils, qui ne lui rendit qu'une moue boudeuse et un regard ensommeillé.

— Non, je lisais le livre que Julie m'a offert.

Il insista ostensiblement, en prononçant bien chaque mot, livre, Julie, offert.

Julie, qui attendait pendue au téléphone que Gilou veuille bien venir répondre, regarda Sébastien, interloquée. Elle le remercia, d'un sourire qu'elle tenta de rendre gai, pour cette intervention sans ambiguïté. Antoine reçut le message et reprit sa mine des grands jours, cet air renfrogné célèbre jusque dans les prétoires. Les dames trouvaient parfois que ça faisait beau ténébreux.

Pendant que Desliles père et fils se faisaient la gueule dans le salon, Julie avait enfin réussi à réveiller Gilou.

— Allô ! Gilou ? Je te réveille ? Désolée.

Antoine commentait la conversation par gestes, et force haussements d'épaules et de sourcils, en prenant Sébastien à témoin.

Je l'avais bien dit, qu'elle le réveillerait, suggéra la moue qu'Antoine adressa à Sébastien, qui manifestement désapprouvait son père.

— Il faut que tu libères l'appartement... oui, déjà... je t'expliquerai. Je t'embrasse.

Elle raccrocha en soupirant.

Antoine et Sébastien ne la quittaient pas des yeux. Ils attendaient.

— Ça vous gêne pas d'écouter aux portes? lança-t-elle à Antoine médusé.

— Je n'écoute pas aux portes, protesta-t-il, vexé. D'ailleurs, je vous avais proposé de téléphoner dans le bureau. N'empêche que j'avais raison: vous l'avez réveillé.

Il tortillait nerveusement ses doigts, cherchant une sortie honorable à cette situation déplaisante, aggravée par la présence d'un témoin à charge. En l'occurrence Sébastien, qui était manifestement passé à l'ennemi.

— Vous me direz ce que je vous dois pour le livre de Sébastien, hasarda Antoine en prince des diplomates.

Quel con, pensa Julie.

— Rien, ça m'a fait plaisir.

Elle adressa un petit signe à Sébastien et lui souhaita une bonne nuit avant de remonter dans sa chambre. Elle sentit que les larmes lui montaient aux yeux. Merde, je ne vais pas recommencer...

Antoine et Sébastien demeurèrent seuls dans le salon. Antoine tapota familièrement les fesses de son fils, qui ne le prit pas très bien. Sébastien n'était pas disposé à en rester là. Antoine avait envie d'aller se coucher. Conflit des générations.

— Allez, va te coucher, il est tard...

— Pourquoi tu veux pas qu'elle reste?

— Tu as écouté? demanda Antoine surpris.

— Pourquoi tu veux pas qu'elle reste? répéta-t-il en haussant le ton.

— Eh bien... Parce que je crois qu'elle ne saura pas s'occuper de vous.

— Elle est très gentille.

Antoine s'énerva du ton agressif de son fils, dont l'esprit de contradiction le mettait hors de lui. Et puis il était fatigué. Rentrer de voyage et se farcir ce genre de séance, merci. Cette Julie n'était qu'un regrettable incident de parcours, une erreur d'aiguillage qui serait réparée dès demain. Pas la peine de s'appesantir.

— Tu dis ça pour m'embêter?

— Pfff! N'importe quoi! répondit Sébastien en levant les yeux au ciel.

Le fils, navré, se rendit à l'évidence: son père, jeune encore, était déjà un vieux con. Lequel père essaya de faire la preuve du contraire. Didactique:

— ... Pas m'embêter, mais je sais que souvent tu aimes bien dire le contraire de ce que je dis.

Evidemment, quand tu dis n'importe quoi, pensa Sébastien.

— Elle est très gentille, Julie. Et Ludi l'aime bien aussi.

— C'est pas pour me contredire que tu dis ça?

— Naaannn! assena Sébastien à bout de patience.

Antoine soupira, vaincu. Il n'avait pas la force de se battre avec Sébastien. D'ailleurs, il ne savait pas. Il réglait généralement les conflits par des promesses de cadeaux si-tu-promets-d'être-sage-et-de-plus-recommencer. Ou bien, il se rendait aux raisons de son fils, par un désastreux fais-ce-que-tu-veux-je-m'en-fous, contraire à tous les conseils prodigués dans les bons manuels d'éducation.

— Tu veux vraiment qu'elle reste ?

— Elle a raison, t'es sourd comme un pot ! fulmina Sébastien.

— Bon, je te fais confiance, dit Antoine, résigné. Après tout, tu es assez grand. Mais...

— Mais quoi ? interrogea Sébastien en regardant son père droit dans les yeux.

— Ça ne vous dérange pas qu'elle soit... qu'elle soit toute petite ? dit Antoine à voix basse, sur le ton complice du secret.

Sébastien se renfrogna encore un peu plus, accablé par tant de bêtise.

— Et alors ? Qu'est-ce que ça peut faire ?

— Rien, fit Antoine décontenancé. Rien, rien... Mais tu n'as pas peur qu'à l'école... Enfin, que tes copains se moquent de toi ?

Sébastien opposa à cette question idiote un silence exaspéré.

— Bon... Eh bien... Si vous la trouvez gentille, c'est parfait. Je vais lui demander de rester, alors...

Sébastien était méfiant. Il redoutait que son père accepte ce soir tout et n'importe quoi, pour mieux les prendre en traître dès le lendemain. Il attendit que son père confirme de façon indubitable.

— D'accord, c'est d'accord... Mais s'il y a un problème, surtout tu me le dis, hein ? dit Antoine qui essayait de recoller les morceaux en jouant la carte de la complicité.

Sébastien hocha la tête en signe d'assentiment.

— Allez, va te coucher.

Antoine embrassa son fils qui, cette fois, lui rendit son baiser.

Sébastien fila comme un lapin, sous le regard perplexe d'Antoine. Il sait ce qu'il veut, le bougre...

11

Julie était assise sur son lit, la tête rentrée dans les épaules. Elle jeta un coup d'œil au miroir de l'armoire. Ses yeux et son nez étaient rougis par les larmes. T'as bonne mine, ma fille... Ça te réussit, les voyages... Retour à Paris demain. Cynthia sera contente. Elle me fera un poulet bouillon pour fêter ça...

On frappa à la porte.

— N'entrez pas!

Surpris, Antoine resta figé, la main sur la poignée de la porte.

— Mademoiselle...

— Ce n'est pas la peine de me donner du Mademoiselle et de venir m'expliquer pourquoi vous avez raison de me virer comme une malpropre.

Gêné, Antoine essayait pourtant de renouer le dialogue. Il se sentait vaguement ridicule, là, derrière sa porte, à tenter de reprendre de difficiles négociations. Qu'est-ce qu'il ne faut pas faire pour faire plaisir à ses enfants!

— Ecoutez...

— Non. Et je vous ai déjà dit que vous ne me deviez rien pour les cadeaux.

— Non, mais...

— Vous voulez que je vous dise ce que vous êtes?

— Surtout pas !

— Eh bien, je vais vous le dire quand même, insista Julie d'une voix puissante. Vous êtes un sale con !

Ouf ! Qu'est-ce que ça fait du bien. Elle adressa un large sourire satisfait au miroir, qui le lui rendit bien.

Antoine rigola. Il trouva ça rigolo. Se faire traiter de sale con par l'un de ses employés, de mémoire de Desliles, ça n'était jamais arrivé. Incongru mais marrant. Le respect se perd...

Posément, il s'adressa à la porte.

— Vous savez, ce n'est pas très judicieux d'insulter son employeur.

La porte ne répondit pas. Mais Julie surgit sur le seuil, face à Antoine.

— Je vous engage, dit-il simplement.

Ça n'avait pas tout à fait l'air de lui faire plaisir, d'être obligé de dire ça, mais enfin il l'avait dit.

Julie réfléchit un instant. Elle n'allait tout de même pas lui sauter au cou et lui dire merci.

— Parce qu'après ce que vous m'avez dit, vous croyez que j'ai envie de rester ?

Antoine soupira avec lassitude. Voilà maintenant qu'elle allait faire des chichis. Mais il poursuivit, de mauvaise grâce et d'une voix monocorde.

— Je vous présente toutes mes excuses, mes paroles ont dépassé ma pensée, est-ce que vous acceptez de vous occuper de mes enfants ?

Le visage de Julie s'éclaira, radieux, illuminé, auréolé, inondé de joie, nimbé de lumière, alléluia !

— J'accepte.

Heu-reuse. Elle ne remarqua même pas qu'Antoine était vert de rage, vexé comme un pou d'avoir eu à passer sous les fourches caudines de cette emmerdeuse majuscule...

— Très franchement, je ne sais pas si c'est une bonne idée, mais apparemment, les enfants vous aiment bien, dit-il sèchement.

Julie s'autorisa un éclat de rire.

— Je vous l'avais bien dit que j'aurais le triomphe modeste...

Elle ferait mieux. Parce que là, elle m'agace. A la première fausse note, elle dégage.

— Vous feriez mieux. Parce qu'à la première fausse note, vous dégagez, dit Antoine, agacé.

— Il n'y aura pas de fausse note, promit Julie, rayonnante.

— Bonne nuit, conclut Antoine en levant les yeux au ciel.

— Bonne nuit, jubila Julie.

Antoine lui claqua la porte au nez. Elle la rouvrit aussitôt.

— Claquez pas la porte, les enfants dorment !

Antoine fit celui qui n'entendait pas. Si elle n'avait pas compris que si ça ne tenait qu'à lui, elle serait déjà dehors, elle n'avait qu'à continuer comme ça. Elle comprendrait très vite.

— Monsieur Desliles !

— Quoi, encore ?

— Je peux passer un coup de téléphone ?

— Vous allez une fois de plus réveiller ce pauvre Gilou ?

Julie hocha la tête en souriant.

— Ben oui, c'est votre faute, aussi...

Antoine consentit à esquisser un sourire et lui souhaita une bonne nuit.

A sept heures et demie, la maisonnée dormait encore. Seule Julie était déjà debout, habillée, pomponnée, prête à démarrer sa journée. Elle descendit à la cuisine sur la pointe des pieds, pour leur laisser à tous quelques minutes de sommeil en plus. Elle prépara le petit déjeuner, mit la table artistement, arrangea au centre quelques fleurs coupées au jardin. Satisfaite de son œuvre, elle remonta pour réveiller les enfants.

Les deux petits dormaient comme des anges. Sébastien avait même le pouce dans la bouche... Julie demeura un instant immobile, à les regarder, si petits, si fragiles, si émouvants dans leur sommeil d'enfants.

Elle se pencha sur Ludivine et la réveilla à coup de petits bisous dans l'oreille, debout-debout-debout... La petite fille ouvrit les yeux et offrit à Julie son premier sourire de la journée.

— Le petit déjeuner est prêt, mon petit canard, murmura Julie à l'oreille de Sébastien, qui s'écarta en fronçant les sourcils. Tu n'aimes pas les poutous dans l'oreille ?

— Mmmnon... grogna-t-il, encore tout chiffonné.

— Alors, referme les yeux, on va faire autrement.

Sébastien rigola et referma les yeux, en les plissant très très fort pour les fermer complètement. Il attrapa le drap et se cacha la tête, sous l'œil réjoui de Ludivine. Julie prit son élan et siffla violemment entre ses doigts. Toute la chambre sursauta.

— Le petit déjeuner est prêt, petit con !

— Hihiiiiii, petit con, répéta Ludivine en éclatant de rire.

Sébastien émergea de sous son drap, et sourit en s'étirant.

Ils étaient prêts à commencer leur journée.

Le premier repas du matin prit des airs de petit déjeuner de vacances, avec plein de trucs sur la table, des smacks, des fleurs, des confitures diverses et variées, des yaourts de toutes les couleurs. Les petits n'arrêtaient pas de parler, c'est fou ce qu'on peut avoir à raconter à l'heure du petit déjeuner... Sébastien engloutit son smack et ses tartines. Ça lui laisserait quelques minutes de rab pour une partie de Game Boy avant de remonter s'habiller. Ludivine traînait un peu devant son verre de lait. Julie, radieuse, mangea elle aussi de bon appétit.

Antoine apparut et jeta un froid dans la cuisine.

— Bonjour papa !

— Bonjour, monsieur Desliles.

— B'jour...

Il ne fallait pas lui adresser la parole tant qu'il n'avait pas mangé. Sinon, il pouvait mordre. Antoine avait le réveil un peu difficile.

— Je vous prépare du café ? demanda aimablement Julie.

— Nan, je me le fais tout seul, grogna-t-il en se grattant la tête.

— Bon, alors on vous laisse ?

— C'est ça.

C'est ça. Qu'on ne vienne pas l'emmerder à l'heure des tartines. Surtout la nounou. Qu'elle fasse son boulot et qu'elle me foute la paix.

Antoine alluma la radio et toute la famille disparut dans l'escalier.

Julie était perplexe. Il a encore changé d'avis pendant la nuit ?

— T'inquiète pas, la rassura Sébastien, il est toujours comme ça, le matin.

Quelques instants plus tard, les enfants étaient prêts, astiqués, dents lavées, cartables sur le dos. Julie les passa en revue, rien ne manquait.

— Allez les enfants, on y va. Allez dire au revoir à votre père.

— On peut pas, il est dans la salle de bains, dit Ludivine.

— Ouais, et si on le dérange dans la salle de bains, il va encore gueuler !

— T'as dit un gros mot !

— Ta gueule !

Julie sourit, attendrie par tant d'amour familial exprimé si spontanément sur le coup de huit heures du matin.

Ils partirent gaiement tous les trois. Ludivine et Sébastien se chamaillaient, histoire de se mettre en forme pour la journée et Julie regardait les hirondelles, qui prenaient leur petit déjeuner dans le ciel pur du mois d'avril.

Elle laissa les enfants cinquante mètres avant l'entrée de l'école.

— Je vous laisse là, vous êtes assez grands pour y aller tout seuls.

Sébastien hésita, sous l'œil vaguement inquiet de Ludivine.

— Allez, allez, vous allez être en retard... A tout à l'heure...

Ils obtempérèrent et suivirent leur chemin en se tenant par la main. Deux ou trois fois, ils se retournèrent pour faire un petit signe à Julie.

Pendant ce temps-là, seul à la maison et content de l'être, Antoine finissait sa toilette.

Il était frais comme un gardon, remis à neuf par une bonne nuit de sommeil. Et de meilleure humeur, maintenant qu'il avait mangé. Le problème de la nounou modèle réduit l'énervait un peu. Mais bon, il s'y ferait peut-être. Ou alors, avec un peu de chance, les enfants se lasseraient... En attendant, elle s'occupe des mômes... Oui, mais quand même, j'en voudrais bien une autre...

Il enfila son jogging tout neuf, acheté la veille à Paris, et laça ses Nike Air. Coup d'œil sur la montre, huit heures et demie tout juste. Il partit sans attendre le retour de Julie et appela Maxime de sa voiture.

— C'est moi. Tu es prêt? Je passe te prendre dans un quart d'heure.

Le jeudi matin était jour de jogging dans la forêt. Antoine et Maxime couraient leurs dix kilomètres au milieu des arbres, comme qui rigole, avant de reprendre le chemin du bureau. Bon pour l'équilibre, bon pour le corps, bon pour la tête. Et bon pour le golf. Ça prépare bien pour la compète du dimanche.

Maxime l'attendait sur le pas de sa porte.

Ils filèrent direction la forêt, contents de leur petite séance champêtre et bucolique. On ne parlait jamais boulot. C'était une règle absolue qu'ils s'étaient imposée. Relâche le temps d'un jogging. Pourtant, les sujets ne manquaient pas, ne serait-ce que Vaudoyer, ou le Parisien et son château. Ils préféraient commenter les potins locaux, qui est avec qui, Untel trompe sa femme avec Unetelle, toutes ces petites histoires de fesses rigolotes qui agrémentent la vie et pimentent agréablement la douce quiétude un peu monotone de nos belles régions.

— Tu sais pas la meilleure? demanda Maxime l'œil luisant.

— Non, répondit distraitement Antoine.

— La femme de Vaudoyer...

— Eh bien quoi, la femme de Vaudoyer?

— Il paraît qu'elle est avec John, le prof de golf. Marrant, non?

Antoine n'eut pas l'air de trouver ça très marrant. Maxime le sentit distrait, ailleurs, peu attentif. D'habitude, il en est assez friand, de ces petits ragots, Antoine. Ça le détend, lui qui est toujours si sérieux, si engoncé dans son rôle d'avocat. Mais ce matin, le cœur n'y était pas, le croustillant du dernier scandale en date n'eut pas l'heur de le dérider.

— Ça ne va pas, on dirait ?

— Non, répondit laconiquement Antoine au kilomètre 5.

A mi-course, ils faisaient une pause dans une clairière. Maxime admirait la nature et écoutait les petits oiseaux. Antoine pestait contre les mouches et les toiles d'araignée. Ils transpiraient tous les deux, tout rouges, prêts à rentrer à la maison. Chacun attendait que l'autre le propose. Mais ça ne venait jamais. Ils feraient leurs dix kilomètres et en seraient très contents.

— C'est à cause de Jocelyne ? s'inquiéta Maxime.

— Non. C'est ma mère.

— Elle est malade ?

— J'aurais préféré. Elle me casse les couilles !

Sursaut de Maxime qui redouta, au ton rogue d'Antoine, le drame familial, la catastrophe imminente.

— Qu'est-ce qu'elle a fait ?

— Ce qu'elle a fait ? Je vais te le dire, ce qu'elle a fait ! Elle a engagé une naine pour s'occuper de mes enfants.

Rien qu'à évoquer ce contresens maternel, la colère lui montait au nez.

— Une naine ?

— Une naine, oui ! Une vraie naine. N.A.I.N.E.

Maxime éclata de rire.

— Et c'est ça qui te met dans un état pareil ? Et alors ?

— Comment ça, et alors ? s'offusqua Antoine.

— Oui, et alors ?

Maxime regarda Antoine et ses sourcils froncés, surpris par la véhémence de ses réactions face à ce problème domestique. Il rigola franchement.

— Maxime, sois gentil, s'énerva Antoine, épargne-moi ton numéro à la Benetton... C'est peut-être pas gentil à dire, mais ça me fait vraiment chier que ce soit une naine qui s'occupe de mes enfants.

— Mais enfin, pourquoi ? insista Maxime.

— Mais parce que, merde ! D'abord tout le monde va se foutre de ma gueule, avec une naine à la maison !

Maxime se faisait énervant, à continuer de rigoler. Il en rajouta encore un petit peu.

— Ah, c'est ça, c'est pour le standing !

— Parfaitement, dut admettre Antoine un peu gêné d'être pris en flagrant délit. Elle est peut-être très gentille, mais franchement, ça coince...

— On repart ?

— On repart.

Ils reprirent leur course, à petites foulées tranquilles.

Mais au bout de quelques centaines de mètres, Maxime revint au sujet du moment. Ça le tracassait de découvrir Antoine sous un jour si conformiste, tellement plein d'a priori. Pour quelqu'un qui avait fait les barricades... Il n'y a pas si longtemps encore, ils voulaient ensemble refaire le monde...

— Ta nounou, elle est naine, ou lilliputienne ?

Antoine opta pour le parti de la rigolade, puisque Maxime refusait de compatir.

— Naine, dit-il plus souriant. Petits bras, petites jambes !

— Non, mais blague dans le coin, à part ton standing, qu'est-ce que ça peut faire, qu'elle soit naine, si elle s'occupe bien de tes gosses ? reprit Maxime.

— ... Mais... Même si elle s'en occupait bien, ce qui m'étonnerait parce qu'elle n'a jamais fait ça de sa vie, ils ne peuvent pas être épanouis, avec elle.

— Quelle mauvaise foi ! Et pourquoi, d'abord ?

— Pourquoi ? Quand ils vont voir leurs copains morts de rire, je ne pense pas que ça leur fera plaisir.

Maxime ne répondit pas. Il ne savait pas Antoine si dépendant du regard des autres, si attentif au qu'en-dira-t-on. Et si intolérant, surtout. Il lui croyait plus d'indépendance d'esprit. S'il fut déçu, il eut le tact de n'en rien laisser paraître.

— Si c'est tellement un problème, pourquoi tu ne la vires pas ? reprit-il d'un ton parfaitement neutre.

Antoine s'arrêta. Il en avait assez de courir. Il avait vaguement mal dans une fesse. La sciatique, c'est sûr.

— Parce que les enfants m'ont demandé de la garder.

Maxime sourit, soulagé.

Il retrouvait Antoine. Son associé, son frère, son ami, avec ses contradictions impossibles, son sale caractère et son fond bonne pâte. Il n'enfonça pas le clou, mais remarqua tout de même que si les enfants étaient malheureux avec leur mini-nounou, ils n'auraient pas insisté pour la garder.

— Oui, mais, s'ils ne le sont pas encore, ils vont le devenir !

— Ça, rétorqua Maxime, c'est un procès d'intention. Et c'est pas joli-joli.

— Oui, mais il n'y a pas que ça, reprit Antoine, qui décidément assurait mal sa défense. Elle m'a foutu un souk dans la maison, tu peux pas savoir ! Elle a tout mis à ras de terre, je ne retrouve plus rien !

Rien que d'y penser, il se crispa à nouveau.

— Tu sais, il n'y a pas que les petites, qui mettent le bordel dans une maison. Les grandes aussi ! Regarde Jocelyne !

— Elle, c'est pas pareil, elle jetait tout parce

qu'elle avait la flemme de ranger, dit-il en grimaçant. Aïe ! Merde !

— Qu'est-ce qu'il y a ?

— Ma sciatique.

— C'est psychosomatique.

— Je sais que c'est psychosomatique, mais ça fait mal quand même ! cria Antoine. J'en ai marre, on rentre.

12

La vie coulait agréablement dans la maison Desliles.

Julie apportait aux enfants une joie de vivre dont ils la remerciaient chaque jour. Au lieu de tuer le temps à coup de dessins animés japonais ou d'interminables parties de Game Boy, ils apprirent à remplir leurs loisirs. Julie se découvrit un vrai talent d'institutrice et d'animatrice. Grâce à elle, en douceur, les enfants prirent goût aux vrais livres, aux bons films, à la musique. Même au tourisme. L'horrible pensum des châteaux de la Loire se transforma en amusante promenade au pays des fées, des rois et des reines, des écrivains et des savants. Sébastien devenait un as en histoire et en géographie sans même s'en apercevoir. A la surprise générale, il fit des progrès en maths. Les cours de danse profitaient à Ludivine, qui devint rapidement un vrai petit rat distingué. Sébastien se défoulait au judo. Parfois, par les fenêtres ouvertes, les voisins pouvaient entendre Ludivine jouer du piano, sans fausses notes. Sébastien massacrait allégrement *Jeux interdits* sur sa guitare jusqu'au jour où il en eut assez. La guitare passa par la fenêtre et les voisins lui en surent gré.

Ils ne s'ennuyaient jamais. Plus jamais on ne les

entendit soupirer: « Qu'est-ce que je peux faire, chais pas quoi faire... »

Même la maison et le jardin se félicitèrent de la présence de Julie, qui sut donner une âme à ce lieu trop souvent déserté par Antoine. Elle mit des fleurs partout. Aux heures des repas, des odeurs de bons petits plats s'échappaient de la cuisine. Les enfants étaient heureux. Julie sut leur faire oublier les trop nombreuses absences de leur père, qui avait toujours trop de dîners, trop de travail, trop de compétitions de golf, et pas assez de temps pour eux.

Julie était bien, ici. Je voulais être comptable, je suis grillon du foyer. Et je m'en porte très bien. Christiane venait parfois en visite, mais vite, vite, j'ai dix mille choses à faire. Elle faisait entièrement confiance à Julie et lui avait passé le relais.

Seul Antoine ne remarquait rien. Il n'avait pas le temps. S'il ne faisait pas beaucoup d'efforts pour être aimable, il n'était pas non plus franchement hostile. En fait, il n'était pas là. Julie et lui respectaient l'accord de non-agression qu'ils s'étaient fixé. Antoine la surveillait, attendant la bévue. Mais il eut l'honnêteté de ne jamais la pousser à la faute. S'il la fichait dehors, ce serait à la loyale. Elle se le tenait pour dit.

Elle essayait bien par-ci par-là de l'amadouer, mais il lui opposait chaque fois un refus poli, distant. Sans agressivité, certes, mais avec une fin de non-recevoir. Faites ce que vous avez à faire, c'est tout ce que je vous demande. C'était son seul souci, à Julie. Mais un souci permanent. Pourtant, elle demeurait convaincue qu'il pouvait être très gentil sous ses airs ronchons. Il suffirait seulement qu'il le veuille... Seulement, voilà, il ne voulait pas.

Tout était pour le mieux dans le meilleur des mondes possibles, jusqu'au jour où la belle harmonie fut brisée net par la stupide intervention d'un destin malfaisant.

Julie comme chaque jour allait chercher ses petits à l'école. Malgré les demandes réitérées de Sébastien et Ludivine, elle s'obstinait à ne pas vouloir les attendre devant la grande grille, là où s'agglutinent toutes les mères, mais un peu en retrait, à quelques dizaines de mètres de la sortie. C'est parce qu'il y a trop de monde, disait-elle, on se fait marcher sur les pieds, et je n'aime pas la bousculade. Ils faisaient semblant de la croire.

Elle les aperçut, main dans la main. Ludivine ne quittait pas son grand frère des yeux et manqua par trois fois de se casser la figure. Elle semblait l'écouter avec une attention grave, la bouche ouverte pour mieux se concentrer sur le discours de l'aîné. Arrivés à la rencontre de Julie, ils lui lancèrent un bonjour évasif, en détournant la tête. Elle comprit tout de suite que quelque chose clochait.

— Qu'est-ce qui ne va pas ?

— Rien, rien, dit Sébastien, en ne montrant que ses cheveux à Julie.

— Regarde-moi, s'il te plaît, qu'est-ce qu'il y a ?

— Rien.

Mais Ludivine n'y tenait plus. A six ans, malgré tous les juré-craché du monde, on garde difficilement un secret plus de trois minutes.

Les trois minutes n'étaient pas écoulées que Ludivine lâchait le morceau.

— Il s'est battu, y a eu du sang !

— Mais arrête Ludivine, je vais te casser la gueule ! explosa Sébastien. C'est toi qui vas saigner !

Sans un mot, Julie attrapa Sébastien par le menton pour le forcer à la regarder en face. Elle ne fut pas déçue. Joli spectacle : une joue légèrement tuméfiée et un coton sanglant dans le nez.

— Qu'est-ce qui t'est arrivé ? dit Julie en masquant mal son inquiétude.

— Rien. Je me suis battu.

Ses yeux lancèrent des éclairs. Un gamin du même âge, affligé d'un splendide cocard sur l'œil droit, passait sur le trottoir en se faisant copieusement engueuler par sa mère, car un malheur n'arrive jamais seul.

— C'est lui ? demanda Julie, soupçonneuse.

— Mmoui.

Ludivine et Sébastien avaient l'air extrêmement malheureux.

— Et pourquoi vous vous êtes battus ? demanda Julie qui commençait à comprendre.

— Mais, pour rien, affirma Sébastien, évasif et agacé par l'insistance de Julie.

— C'est à cause de moi, n'est-ce pas ? demanda-t-elle doucement.

La réponse passait sur le trottoir d'en face, avec son œil au beurre noir.

— Eh bien, dites-moi, vous ne vous êtes pas ratés, dit-elle, admirative.

Sébastien ne put s'empêcher de sourire, flatté dans son orgueil de mâle. Ludivine approuva. Pour une fois qu'elle admirait son grand frère... La réaction de Julie les soulagea tous les deux.

Ils rentrèrent à la maison. Sébastien bombait le torse, encadré par ses deux femmes. Le sourcil froncé comme l'inspecteur Harry avant une descente dans le Bronx, il surveillait la rue. Et même les toits, on ne sait jamais.

Aux petits soins. Toutes les deux. Rien ne fut trop beau pour le héros au sourire si doux. Goûter spécial spécialement préparé par Julie. Ludivine proposa de prêter ses jouets, même les plus précieux. J'ai pas dit donné, juste prêté. Elle se ravisa et offrit son puzzle Mickey. Celui où il manque plein de morceaux.

— J' m'en fous, de tes jouets, c'est des jouets de fille.

Devant la mine contrite de la sœur éperdue, il consentit à montrer son plus beau sourire, celui que Rhett Butler garde pour les grandes occasions.

Ludivine tenait le coton et l'éosine comme une vestale veille sur son feu, tandis que Julie soignait le blessé.

— Je ne te fais pas mal ?

— Si. Mais je suis dur à la douleur.

Séquence émotion à la maison. Ludivine découvrit avec une indicible joie que son frère était un héros. Un vrai. Elle leur dirait, demain, à l'école, à ses copines. Julie était fière de son petit mec. Et plus émue qu'elle ne voulait le laisser paraître...

Quand le sort s'acharne sur vous, il n'y a plus qu'à tirer l'échelle. Et attendre que le ciel vous tombe sur la tête.

Comme par un fait exprès, Antoine qui ne dîne jamais à la maison, rentra tôt ce soir-là et annonça :

— Je suis crevé, je dîne là et je me couche.

Mieux. Lui qui ne remarque jamais rien, remarqua justement ce qu'il aurait mieux fait de ne pas voir.

— Qu'est-ce que c'est que ça ?

— Rien.

— Me dis pas rien, qu'est-ce qui t'est arrivé ?

Avec une gourmandise de jeune chat, Ludivine raconta l'incident, en insistant bien sur les détails. Julie n'essaya pas de l'interrompre. Il ne faut jamais mentir, même par omission. Sébastien tenta bien un ou deux Ta gueule, Ludivine, qui restèrent sans effet.

Son récit de Théramène achevé, Ludivine courut faire pipi et se dépêcha de revenir pour ne rien rater.

Une chape de plomb tomba alors sur le salon.

— Qu'est-ce que vous avez à dire ? demanda Antoine à Julie.

— C'est pas de sa faute, cria Sébastien.

— Toi, je ne t'ai rien demandé, hurla Antoine.

Posément, il reposa la question, en donnant à Julie du Mademoiselle Toronto qui n'annonçait rien de bon.

— Je n'ai rien à dire, Monsieur Desliles, répondit-elle en le défiant du regard.

— Vous avez raison, il n'y a rien à ajouter. Cette bagarre est suffisamment parlante, conclut-il d'une voix glaciale.

Sébastien se souvint qu'il était un héros, et provoqua son père en duel.

— C'est pas de sa faute !

— Si, c'est de sa faute !

— Non, j' te dis !

Le ton montait, ils hurlaient tous les deux sous l'œil médusé du public féminin.

Une pause de silence marqua la fin du premier round. Antoine sonna la reprise.

— Tu ne t'es pas battu à cause d'elle ? dit-il en montrant Julie du doigt.

Ludivine garda pour elle le Faut pas montrer du doigt qu'elle avait sur le bout de la langue. Le silence éloquent de Sébastien sonna la fin du match. Et la victoire d'Antoine.

— Mademoiselle Toronto, la démonstration est faite.

Ça fait un moment que tu l'attendais, pensa Julie. Mais elle le laissa poursuivre son discours.

— Les enfants vous aiment peut-être beaucoup,

d'ailleurs je vous trouve moi-même extrêmement sympathique, mais pour leur bien, je crois qu'il vaut mieux arrêter les frais tout de suite.

Le salaud. Et faux cul, avec ça... Elle décida de ne rien dire pour sa défense. On a sa dignité. Et sa dignité lui commandait de ne pas donner à Antoine la joie de pouvoir copieusement l'engueuler.

— Je peux passer un coup de téléphone ? demanda Julie l'air aussi détaché que possible.

— Je vous en prie, éructa Antoine, sous le regard accusateur de ses enfants.

Pendant que Julie appelait Gilou pour lui annoncer encore une fois qu'il n'avait plus d'appartement, Sébastien et Ludivine prirent leur père entre quatre z'yeux et sans témoin.

— Papa... dit Sébastien d'une voix émue.

— Tais-toi ! tonna Antoine.

— Qu'est-ce qu'elle a fait ? demanda Ludivine.

— Elle s'en va, dit Antoine d'un ton qui ne laissait pas de place au doute.

— Pourquoi elle s'en va ?

— Parce que.

— Parce que quoi ? insista la petite fille.

— Parce que c'est comme ça ! hurla Antoine en guise de conclusion.

— J' veux pas qu'elle parte ! protesta Ludivine.

— Moi non plus ! renchérit Sébastien, pour une fois d'accord avec sa sœur.

Antoine sentit ses enfants très déterminés. Mais là, ça va, assez joué. La petite nounou, c'est terminé, on va en chercher une vraie. Que ça leur plaise ou non.

— Bon, n'insistez pas, elle s'en va, c'est tout. Point final. Tu veux te bagarrer avec toute la classe ? cria Antoine à l'adresse de Sébastien, espérant le convaincre par un argument aussi définitif.

— Mais je vais pas me bagarrer avec toute la

classe ! Tout le monde a trouvé que j'avais eu raison.

Sébastien s'arrêta pour mesurer l'effet de cette avantageuse révélation sur son père. Il ne fut pas déçu.

— Menteur, coupa Antoine.

— Si, c'est vrai ! lança Sébastien.

— Ça m'est égal !

Ludivine qui comptait les points comprit que c'était fichu. Elle hurla un tonitruant et désespéré Je veux pas qu'elle parte qui vrilla même jusqu'aux oreilles de Gilou, là-bas dans le téléphone.

— Toi, je ne te demande pas ton avis ! fulmina Antoine.

Père gardez-vous à gauche, père gardez-vous à droite. Car les coups pleuvaient de toutes parts. On n'est jamais mieux trahi que par les siens. Voir le Roi Lear et Jules César. Ses enfants l'assassinaient. S'il cédait maintenant, il céderait jusqu'à la fin des temps. Ils lui marcheraient sur la tête, il ne pourrait plus jamais les tenir. Mater la rébellion, sinon, c'est la révolution... Il avait rarement vu ses enfants aussi véhéments. Quand ils veulent quelque chose... Il leur trouva du caractère, tout de même, de quoi satisfaire son orgueil de père. Surtout, la petite, à six ans. Ça promet ! N'empêche qu'ils commencent à m'emmerder, tous les deux.

Ludivine était blême, de colère et de chagrin. La lèvre tremblante, au bord des larmes, elle trouva la force de crier, encore et encore JE VEUX PAS QU'ELLE PARTE !

— Tu répètes ça encore une fois et c'est la fessée !

— JE VEUX PAS QU'ELLE PARTE ! dit-elle avant d'éclater en sanglots.

— MOI NON PLUS !

Antoine à bout de nerfs leur intima l'ordre de se taire, arrêtez, et toi arrête de pleurer! Mais rien n'y fit. Sébastien hurlait, Ludivine sanglotait. Sur un rythme incantatoire parfaitement insupportable, ils martelaient leur démoniaque JE VEUX PAS QU'ELLE PARTE, dont rien ne viendrait à bout. Le pire, c'étaient les stridulations suraiguës de Ludivine. Intenable. En plus, il ne supportait pas de la voir pleurer. Je sais pas pourquoi, mais c'est comme ça. Ça me rend dingue... Les faire taire, à n'importe quel prix... Mais comment, bon Dieu de merde? Une bonne fessée, peut-être...

— Arrête de pleurer, menaça Antoine, arrête de pleurer! Arrête!

Et Ludivine pleurait, pleurait, pleurait...

— Je compte jusqu'à trois et après tu vas vraiment pleurer pour quelque chose!

Ludivine sanglotait de plus belle, elle versait des torrents, des océans de larmes, encouragée par l'implacable JE VEUX PAS QU'ELLE PARTE martelé sans faiblesse par un Sébastien prêt à se faire hacher menu pour que triomphent la Justice et la Vérité. Et, de toute façon, les fessées qu'il promettait, il les donnait jamais.

Antoine avait la tête qui tournait. Je ne céderai pas.

Il commençait à avoir très mal dans la fesse.

— Un! menaça-t-il... Attention, deux...

Les deux petits s'unirent dans un ultime ON VEUT PAS QU'ELLE PARTE, main dans la main, comme de vrais guerriers qui ne se rendent jamais et meurent les armes à la main.

Vu le bruit, la police, la DDASS et les pompiers auraient déjà dû être là. Soit les voisins n'avaient rien entendu, et Antoine pouvait se féliciter d'avoir acheté une maison qui savait si bien protéger son intimité familiale, soit ils ne voulaient pas se mêler des affaires des autres.

Mais dans les cas désespérés, il reste la cavalerie des Etats-Unis, qui, comme chacun sait, arrive toujours à temps. Ce jour-là, la cavalerie prit le visage bienveillant de Christiane qui, sans doute alertée par son radar personnel, fit irruption dans le salon, au moment où Antoine, main levée, menaçait de flanquer aux enfants la raclée de leur vie.

— Bonjour, tout le monde ! Je viens féliciter le champion ! lança-t-elle gaiement.

Antoine et les enfants s'arrêtèrent net, pétrifiés par cette miraculeuse intervention.

— Maman, hurla Antoine, tu as déjà fait assez de dégâts comme ça, alors s'il te plaît, n'en rajoute pas.

Christiane, ignorant délibérément Antoine, se précipita sur son petit-fils pour lui coller sur les joues un chaleureux baiser de félicitations les plus sincères.

— Il paraît que tu ne lui as laissé aucune chance ? fit-elle attendrie à son petit héros.

Sébastien, fier comme Artaban, confirma d'un signe de tête. Christiane lui sourit tendrement et fusilla Antoine de son regard de juge arbitre incorruptible.

— Tu n'es pas fier de ton fils ?

— C'est de toi, que je ne suis pas fier, répondit-il acerbe.

Il sentait bien que sa mère allait tout fiche par terre encore une fois.

Forts de ce soutien inespéré, les deux petits en profitèrent pour reprendre la discussion là où ils l'avaient laissée quelques minutes auparavant.

— JE VEUX PAS QU'ELLE PARTE ! hurla Ludivine, encouragée par Sébastien.

La petite trouva l'asile politique dans les bras de sa grand-mère, au moment où la main d'Antoine exaspéré allait s'abattre sur elle. Sébastien se rangea prudemment derrière Christiane.

Trois contre un. Antoine était seul au monde, et il avait mal à la fesse. Le juge et ses deux assesseurs n'étaient pas disposés à lui accorder les circonstances atténuantes.

— Tu ne l'as pas renvoyée, j'espère ?

Antoine prit sa tête dans ses mains. Il en avait marre de sa mère, marre de ses enfants, marre de tout. Je ne suis plus le maître chez moi. Ils m'emmerdent tous. Je vais partir, tout laisser derrière moi, et repartir de zéro. Seul. Ça me fera des vacances.

— Maman... fit-il la voix infiniment lasse.

— Réponds-moi, Antoine, dit-elle sur le ton d'une mère excédée qui va mettre une claque à son rejeton.

— Si, je l'ai renvoyée, hurla-t-il, renvoyée, virée, foutue à la porte !

Christiane laissa planer un silence bienvenu, le temps pour Antoine de recouvrer ses esprits. Elle reprit calmement l'exposé des faits.

— Antoine, un petit crétin se moque de Julie. Sébastien prend sa défense et toi tu veux la virer ?

— Oui.

— Tu as tort.

— J' m'en fous !

Elle comprit que le choc frontal se terminerait par un match nul. Il fallait changer de stratégie. Elle posa Ludivine qui s'accrochait à son cou et s'approcha d'Antoine.

— Ecoute, ils adorent Julie, ils te le hurlent. Il y a eu un problème, un seul, que Sébastien a résolu tout seul, comme un grand ! Et, entre nous, il a eu parfaitement raison. Plutôt que de te mettre en pétard, tu devrais être content. Non ?

Apparemment non. Antoine regardait sa mère, l'air fatigué. Ils n'avaient pas la même conception de la psychologie enfantine.

— Et crois-moi, poursuivit Christiane, j'en ai vu défiler suffisamment pour savoir qu'une fille de cette qualité, tu ne la remplaceras pas de sitôt. On est trois à te répéter qu'elle est formidable.

Puissance du nombre. J'ai juridiquement tort parce que je suis politiquement minoritaire... Quel raisonnement à la con ! Mais qu'est-ce qu'il pouvait faire, seul contre tous ?

— D'accord, c'est d'accord, admit Antoine avant de courir se réfugier dans sa chambre.

Il n'avait pas envie de se battre avec toute sa famille. Ce n'était pas une démission. Il voulait la paix. Un point c'est tout. D'ailleurs, les problèmes domestiques l'ennuyaient et comme il n'était jamais là... Qu'ils se débrouillent.

Les petits gratifièrent leur grand-mère d'un grand Ouahouuu, signe manifeste d'une intense satisfaction.

De sa chambre, Julie avait entendu les hurlements. Elle était heureuse de constater que les enfants prenaient sa défense avec autant d'ardeur. Mais ça ne changeait pas grand-chose sur le fond...

Elle refaisait encore sa valise quand Christiane entra dans la chambre, réjouie, souriante, pour lui raconter ce qui venait de se passer.

— Allez, Julie, un petit effort...

Un petit effort, comme elle y va, Christiane. Il est si dur, Antoine, si hostile. Christiane en convint. Mais ce n'est pas un monstre. Il a une tête de lard, mais patience, vous en viendrez à bout.

Julie hésita. Elle n'était pas maso, tout de même. Prendre des coups à longueur de journées... Elle pensa à Cynthia. Bats-toi, Julie, bats-toi...

Elle finit par accepter et rendit à Christiane son sourire.

13

La journée se terminait.

Antoine lisait *Le Monde*, assis à son bureau, calé au fond de son grand fauteuil recouvert de cuir souple. Il avait toujours aimé ce moment privilégié de la fin du jour, quand la vie du bureau se fixe jusqu'au lendemain dans une immobilité provisoire. Antoine faisait partie de ces gens qui ne savent pas quitter leur lieu de travail. Plus qu'un bureau, c'était pour lui un havre de paix, un refuge et la justification de toute sa vie. Il avait toujours aimé ce moment où insensiblement la cadence ralentit, les fax et les ordinateurs mollissent, le téléphone se calme. Isabelle, sa secrétaire, lui transmet ses ultimes communications de la journée avant de partir. Il sait alors qu'il est largement sept heures.

Lorsqu'il doit sortir, il attend à son bureau l'heure de son prochain rendez-vous, un dîner vers vingt heures trente en général. Maxime vient parfois lui faire la causette. La plupart du temps, il reste seul, pour une heure de décompression solitaire. Et il aime ça. Son bureau est le seul endroit au monde où il est sûr d'avoir la paix. La vraie paix. Le silence, la quiétude, pas de casse-pieds, pas d'emmerdeurs, et surtout pas d'enfants et pas de nounou. Pas même sa mère. S'ils téléphonent, il n'est pas obligé de leur répondre.

Alors qu'il était absorbé par sa lecture, Maxime entra dans le bureau.

— Tu vois Loiseau, ce soir ?

Antoine confirma.

— *I cross the fingers !* dit Maxime avec un accent à couper au couteau.

— Avec un accent comme le tien, on va bientôt pouvoir attaquer le marché américain ! rigola Antoine.

Maxime dut en convenir, avant d'aborder la question essentielle.

— On se voit au golf, demain ?

— Evidemment, je nous ai inscrits pour la compète !

Maxime quitta le bureau satisfait de ces conclusions et Antoine se replongea dans sa lecture.

Quelques minutes plus tard, Isabelle l'appela par le téléphone intérieur.

— Vous êtes encore là ? fit-il en regardant sa montre.

— J'allais partir, Monsieur. J'ai vos enfants en ligne.

— Je les rappelle...

— Mais ils ont déjà appelé deux fois...

Antoine soupira, agacé.

— Bon passez-les-moi...

A l'autre bout du fil, Ludivine et Sébastien se battaient pour être le premier à parler, Je l'avais dit avant, ta gueule Ludivine, je vais te casser la figure, etc.

Comme d'habitude, Antoine s'énervait avant même de leur avoir parlé.

Il eut tout faux encore une fois, même plus que d'habitude.

— Tu rentres dîner avec nous ?

— Non, pas ce soir, j'ai du travail. Bon allez, je vous embrasse...

— Tu as pensé à mon cadeau ?

— Euh, oui, mais il n'y en avait plus. Bon, allez, à demain...

— Tu restes avec nous, demain ?

— Non, je vais au golf. Mais dimanche soir, c'est promis, je reste à la maison. Bon, allez, faut que je vous laisse...

— Tu sais, on mange des frites.

— Des frites, oui très bien, bon allez...

— J'ai eu 10 sur 10 en maths !

— ... ! Toi, tu as eu 10 sur 10 en maths ?

Là, Antoine prit le temps de s'étonner, ce qui vexa profondément Sébastien.

— Tu n'as pas été aidé, par hasard ? ajouta Antoine soupçonneux.

Sébastien, pas content, répondit que non, Julie lui avait bien expliqué et qu'il avait su refaire tout tout seul.

— Parfait, faut que j'y aille...

— Bon, ben, à demain...

— C'est ça, à demain.

A demain. Une fois de plus, ils dîneraient sans leur père...

Ils avaient l'habitude, mais ils ne s'y faisaient pas. La conversation du soir au téléphone était toujours la même. Chaque fois ils avaient tellement de chose à raconter... Mais papa était toujours très pressé. C'est pour son travail. Et le matin, on se voit à peine, il faut faire vite vite. Alors, c'est pas le matin qu'on peut raconter.

Le désarroi des deux petits se lisait sur leur visage. Julie détesta Antoine encore un peu plus, pour la tristesse de Ludivine et la déception de Sébastien, si fier de sa bonne note en maths.

Quel salaud, votre père... On n'a pas le droit de faire ça à des enfants comme vous. A des enfants tout court, d'ailleurs. Il ne vaut pas la corde pour le pendre, l'avocat et ses dîners en ville...

Mais ça, ce sont des choses qui se pensent, mais ne se disent pas.

— Qu'est-ce que vous voulez, il travaille beaucoup, votre papa. C'est normal ! Tous les papas travaillent beaucoup.

Ils n'eurent pas l'air très convaincus, mais surent gré à Julie de ses efforts louables. Heureusement qu'elle était là, Julie...

— On la fait, cette crapette ? demanda-t-elle à Sébastien.

— Ben et moi, alors, protesta Ludivine.

— Toi, toi, toi, je vais te manger toute crue, dit Julie en chahutant Ludivine qui éclata de rire. Viens, on va prendre les cartes, et tu vas jouer avec moi. Les filles contre le garçon !

Sébastien souriait, toujours un peu triste.

— Et toi, lui dit Julie, je te préviens que si tu triches comme la dernière fois tu vas te prendre une manchette moldave, permets-moi de te dire que ça va te faire tout drôle !

Il protesta en riant. Ludivine demanda c'est quoi, une manchette moldave ? et Julie leur fit une démonstration brillante. Ils en oublièrent qu'ils étaient tristes. La crapette d'avant dîner acheva de les remettre de bonne humeur.

Julie ne leur laissa pas le loisir de retomber dans la mélancolie. Un petit coup de mousse au chocolat, un petit peu de Batman à la télé, un match de Game Boy où elle se couvrit de ridicule pour la plus grande joie des enfants et l'heure du coucher arriva sans souffrance. Julie s'adressa les félicitations du jury.

C'est vrai qu'ils ont besoin de moi, songea-t-elle. Cette simple constatation la plongea dans des abîmes de perplexité. Un sentiment de fierté, lié à la tendresse qu'elle éprouvait pour ses chers petits la conforta dans l'idée qu'il fallait qu'elle se batte pour rester dans cette maison. Jusqu'à leur majorité, s'il le faut. Il ne s'agit plus de moi, mais d'eux. Elle n'était pas loin de se dire qu'au fond, il aurait peut-être mieux valu que les enfants l'aiment un peu moins... S'il me fiche vraiment à la porte, qui me remplacera ? Cette question la troubla. Elle n'avait pas envie que quelqu'un d'autre prenne sa place ici. A cause des enfants. Et peut-être même à cause d'Antoine... Elle avait envie d'en savoir plus, sur cet homme fermé à clef. Mais justement, elle voulait avoir assez de temps pour trouver la bonne clef. Elle avait beau penser d'Antoine tout le mal de la terre, elle soupçonnait sous cette carapace rugueuse quelque chose d'autre qu'elle se promit de découvrir...

Pour chasser ces pensées obscures, Julie décida de s'occuper d'elle-même. Elle rêva d'un bain de mousse, eut envie de se laver les cheveux. Manucure, masque sur la figure, épilation. La totale. Détente et bien-être. Thalasso à domicile. Mais le cabinet de toilette était près de la chambre des enfants. Impossible d'y aller, je vais les réveiller. Profitant de l'absence d'Antoine qui ne rentrerait pas avant minuit, elle investit sa salle de bains particulière. Près de deux heures de bonheur, à savourer le plaisir de ne rien faire d'autre que se faire du bien.

Douce parenthèse brutalement interrompue par un coup violent frappé méchamment à la porte verrouillée.

— J'en ai pour une minute !

Antoine pestait derrière la porte, ivre de rage. MA salle de bains.

Julie sortit, souriante, rutilante, sentant bon le frais, le savon et l'eau de toilette de luxe, cadeau de Cynthia avant son départ. Elle était enroulée dans une grande serviette de bain et finissait de fixer une deuxième serviette sur ses cheveux mouillés.

— Voilà, la place est libre.

Le sourire radieux de Julie donna une fois de plus à Antoine des envies de meurtre.

— Mademoiselle Toronto.

— Vous pouvez m'appeler Julie, vous savez.

— Il me semble vous avoir déjà dit que cette salle de bains, c'est MA salle de bains.

— Je sais que c'est votre salle de bains, répondit-elle courtoisement. Mais comme je voulais me laver les cheveux et que le cabinet de toilette est dans la chambre des enfants, je ne voulais pas les réveiller.

Ces explications d'une grande clarté n'eurent pas l'heur de calmer Antoine, qui se mit à crier. Chuut, fit Julie le doigt sur la bouche.

— Vous ne pouvez pas vous laver les cheveux quand ils sont à l'école ? chuchota-t-il néanmoins fou furieux.

— Vous savez, j'ai d'autres choses à faire, quand ils sont à l'école, répliqua-t-elle d'un ton cinglant.

S'il continue comme ça, c'est moi qui serai furibarde. Qu'est-ce qu'il croit, lui d'abord ? Il croyait qu'il était soufflé par le culot de Julie. C'est vrai qu'elle est gonflée.

— Quand je rentre à cette heure-ci, dit Antoine, j'ai d'autres choses à faire que d'attendre devant la porte de ma salle de bains.

Julie n'avait pas envie de recommencer la petite guerre avec Antoine. Surtout à une heure pareille. Elle voulut conclure. Mais sans doute sa langue fourcha-t-elle, car elle dit exactement ce qu'il fallait pour le mettre hors de lui.

— Excusez-moi, mais d'habitude, vous rentrez plus tard.

— Et alors, fit Antoine stupéfait, puisque c'est MA salle de bains.

Julie soupira en renouant les serviettes qui menaçaient de tout lâcher.

— Monsieur Desliles, on ne va pas aller régler ça devant les tribunaux ? Excusez-moi d'avoir monopolisé VOTRE salle de bains, je ne le ferai plus. Ça vous va ?

— Oui, ça me va, répliqua Antoine d'un ton sec.

— Bonne nuit !

— C'est ça !

Julie tourna les talons, satisfaite de son discours. Antoine passa le seuil de SA salle de bains.

— Mais je vais quand même vous dire une bonne chose, se ravisa Julie. Je trouve quand même que quand on a une salle de bains de cinquante mètres carrés, on peut partager ! Surtout que vous n'êtes jamais là !

— Eh bien là, je suis là, hurla Antoine.

Julie sentait bien qu'elle dépassait les bornes, qu'elle outrepassait ses droits, qu'elle allait faire une vraie connerie, mais elle ne sut pas se retenir.

— Vous n'aviez qu'à rester vous laver chez votre maîtresse !

Alors, ça, il en resta comme deux ronds de flan.

— Quelle maîtresse ?

Julie éclata de rire.

— Parce que vous rentrez tous les soirs à pas d'heure et vous n'avez même pas de maîtresse ?

— Je travaille, moi, mademoiselle Toronto, dit-il d'un ton qu'il voulut cassant.

Julie le trouva plutôt confus et lui rappela qu'elle s'appelait Julie.

— Je vous plains, dit-elle. Si vous n'avez même pas l'excuse d'une femme dans votre vie pour ne pas voir vos gosses, moi, je suis peut-être petite, mais vous vous êtes un atrophié sentimental !

— Moi, cria Antoine, moi je suis un atrophié sentimental ? ? ? ?

— Parfaitement, assena Julie en criant aussi fort que lui.

Evidemment, à se disputer comme ça sur le palier, ils réveillèrent Ludivine, qui sortit de sa chambre toute chiffonnée de sommeil.

— Pourquoi vous criez ?

— C'est rien, ma chérie, je discute avec ton papa.

Julie la prit doucement dans les bras et passa devant Antoine en le regardant franchement de travers. Ludivine se rendormit instantanément, le pouce dans la bouche, avant même d'avoir retrouvé son lit. Julie releva les couvertures et les embrassa tous les deux sur le front avant de sortir sur la pointe des pieds. Antoine, qui n'avait pas désarmé, l'attendait devant la porte de la salle de bains, pensif et contrarié.

— Moi, je suis un atrophié sentimental ? chuchota-t-il.

Sur le même ton confidentiel, Julie confirma.

— Vous n'avez même pas eu le réflexe d'aller la recoucher. N'importe quel père l'aurait fait !

Antoine était scandalisé. Un culot pareil !

— Non, mais, vous êtes gonflée ! Vous vous êtes précipitée sur elle ! Je sais que c'était à moi d'aller la recoucher. C'est quand même ma fille !

— Ah, fit Julie triomphale, ça lui ferait plaisir de le savoir ! Parce qu'elle vous voit si peu qu'elle doit plus en être sûre... Et Sébastien *idem*. Bonne nuit !

Satisfaite de lui avoir dit ses quatre vérités, à ce rustre, Julie partit s'enfermer dans sa chambre. Antoine, bien que furieux, apprécia d'avoir enfin l'usage de sa salle de bains. Sa colère retomba, anesthésiée par la vapeur chaude qui enveloppait encore la pièce. Julie venait proprement de l'engueuler. Petite, peut-être, mais du caractère. Elle recule devant rien.

Tu as bien fait, ma fille, se félicita Julie en se regardant dans le petit miroir de sa chambre. Elle put enfin dénouer ses serviettes, enfiler son grand tee-shirt et se sécher les cheveux.

Es-tu sûre d'avoir bien fait... ? C'est pas une scène que tu viens de lui faire, là ? Une scène de jalousie, par exemple ? Qu'est-ce que ça peut te faire, qu'il ait des maîtresses ou non ? Julie interloquée se regarda dans la glace au fond des yeux, tout en frottant énergiquement ses cheveux mouillés. Rapport aux enfants, j'ai bien fait. Mais sa vie privée, ça ne me regarde pas. Il fait ce qu'il veut, c'est pas mon problème... C'est un ours mal léché, d'abord, un désagréable, un sale type... Jamais content. Qu'est-ce qui te prend, ma pauvre Julie... ?

On frappa brutalement à la porte. Julie se précipita pour ouvrir à Antoine qui se tenait là, toujours aussi aimable, son rasoir à la main. Ils ne s'étaient donc pas assez vus pour ce soir ? Il en redemandait, le bougre ?

— Vous vous êtes servie de mon rasoir.

Ça n'était pas une question, mais une accusation cinglante.

— Oui, mais j'ai changé la lame.

— Mademoiselle Toronto...

— Julie.

— Julie. Non seulement je suis un atrophié sentimental, mais en plus, je suis très maniaque.

Et on repartait pour un tour. Une fois de plus, Julie attendait de toute la patience dont elle était capable que la foudre s'abatte sur ses pauvres épaules. Mais elle crut déceler comme une part de colère feinte dans le ton d'Antoine, comme s'il venait jouer à se disputer avec elle. Elle remarqua que le jeu commençait à l'amuser elle aussi.

— Ce n'est pas une communauté, ici, continua Antoine du même ton acerbe. J'ai horreur de la vie en communauté. Je peux savoir ce que vous faites avec mon rasoir ?

Levant bien haut un bras, Julie lui expliqua qu'elle n'avait plus de crème dépilatoire.

— Et je n'aime pas les aisselles rasta. Ça vous va ?

Elle lui claqua la porte au nez sans attendre la réponse.

Antoine fut bien tenté d'enfoncer la porte pour lui faire une fois de plus un drame. Mais il avait sommeil et mal à la fesse. Les aisselles rasta le firent rigoler sur son palier. C'est une emmerdeuse, mais elle est quand même marrante. C'était bien la première fois qu'il s'en apercevait.

A quoi on joue, là ? se demanda Julie avant de s'endormir.

14

Heureusement qu'il avait des satisfactions au bureau. Parce qu'une scène par jour avec l'Emmerdeuse, c'était plus tenable. Même si elle s'occupe bien des enfants. Même si finalement elle est moins casse-pieds qu'au début. Même si... Il repensa en riant intérieurement à Julie lui montrant ses dessous de bras. Elle est plutôt marrante. Elle m'a quand même traité d'atrophié sentimental...

Arrivé au bureau, il respirait mieux. Il y retrouvait Maxime, son ami, son frère. Il était bien, au bureau. On lui donnait du monsieur, du Maître. On lui parlait avec respect. Personne ne lui piquait ses affaires. Il partait tôt le matin, rentrait tard le soir et travaillait beaucoup.

Quelle frustration profonde cachait cette boulimie de travail ?

Mais rien du tout. C'est la petite. Elle m'emmerde. Elle prend autant de place qu'un régiment en campagne. Elle m'agresse, elle m'envahit. Elle monte mes enfants contre moi. Elle m'accuse, aussi. Moi, un mauvais père... Et ma mère qui croit malin de toujours prendre sa défense. Elle me traite de tous les noms... Tsss...

Isabelle l'interrompit pour lui passer monsieur Restanques, sur la deux.

— D'accord, je prends.

C'est pas Isabelle qui le traiterait d'atrophié sentimental.

Tout en prodiguant ses précieux conseils à son client, Antoine se tortillait sur son fauteuil, torturé par sa sciatique.

Il raccrocha, grimaçant, et allongea sa jambe douloureuse.

— Toujours la sciatique ? compatit Maxime en entrant dans le bureau.

— Mmm, grommela Antoine.

— Pourquoi tu vas pas voir un kiné ?

— Pas le temps.

Pas le temps. Jamais le temps. C'étaient ses phrases favorites. Pourquoi il ne le prenait pas, le temps ? Parce qu'il n'avait pas envie ? Il aimait bien avoir mal ? S'il croyait culpabiliser Christiane et l'Emmerdeuse avec ses douleurs...

Maxime lui trouva une petite mine.

— Je dors mal, j'ai mal à la fesse, je... et puis je ne sais pas.

Maxime le connaissait par cœur. Il est en crise, Antoine... Il est temps de lui trouver une nouvelle fiancée. Sans être une mère maquerelle, il veillait aux affaires de cœur d'Antoine, lui présentait des femmes, avec le secret espoir de le voir enfin se caser pour de vrai. Il avait toujours un réservoir impressionnant de jolies dames, à se demander où il allait les chercher, vu que marié et père de famille modèle, il ne quittait la maison que pour filer au bureau ou courir au golf. Antoine ne se plaignait pas. A son âge, et dans sa situation, il se voyait mal courir les boîtes de nuit pour demander aux jeunes filles si elles venaient souvent ici. D'ailleurs, il avait horreur des boîtes de nuit, il était très casanier. Et s'il changeait souvent de fiancée, c'était parce que... parce que c'était comme ça.

— Tu te souviens de la blonde qu'on avait vue un jour à la gare ? lui dit Maxime.

— Non.
— Mais si !
— Mais non ! insista Antoine, agacé.
— Eh bien, tu vas la reconnaître, c'est avec elle qu'on déjeune à midi.
— Ah bon !
D'habitude, Antoine réagissait au quart de tour, avec une gourmandise de vieux chat, pour la plus grande joie de Maxime, qui goûtait avec délectation ces amours par procuration. Lui qui ne bougeait jamais une oreille. A sa grande surprise, il sentit qu'Antoine n'accrochait pas. Pour sûr, il est en crise...
— Mais si, reprit-il, tu vas la reconnaître quand tu la verras. C'est la directrice des ventes de Cuisinor. Et en plus, hé, hé, elle dépote !
— Et en plus, elle dépote ! fit Antoine en singeant Maxime, l'air grognon.
Vexé, Maxime insista que oui, elle dépote et pour changer de sujet, il invita Antoine à se dépêcher un peu, parce que, là, ils allaient être en retard. Ils quittèrent le bureau, Antoine la jambe un peu raide. C'est ma sciatique.
Au bout du couloir, il se ravisa. Il se souvint d'un coup de fil urgent. Je te rejoins, j'en ai pour une minute... Maxime se résigna en soupirant. Il en profita pour faire un doigt de causette à Isabelle.

Pendant ce temps-là, à la maison, les petits étaient attablés avec Julie dans la cuisine. Viande hachée-frites-ketchup au menu, Ouaouh super ! Ludivine chantait la bouche pleine, *Lune rousse, douce, douce, Lune rousse, il fait froid.* Sébastien levait les yeux au ciel d'un air supérieur, affligé de voir Julie reprendre en cœur, *Lune rousse, douce, douce...* C'est bien une chanson de fille...

La sonnerie du téléphone vint malencontreusement interrompre la chorale, Julie courut décrocher dans le salon.

— Eh ben, vous en mettez du temps à répondre, fit Antoine de sa douce voix.

— On était en train de déjeuner, répliqua Julie sur le même ton.

— Mmm... Et qu'est-ce qu'ils mangent ?

Comme d'habitude, viande hachée-frites-ketchup. Ouah super !

— Encore des frites ? s'étonna Antoine, toujours aimable. Vous allez les transformer en doryphores à force de leur faire bouffer des patates !

Depuis que Julie était dans cette maison, c'était bien la première fois qu'elle l'entendait parler cuisine. Depuis quand s'intéresse-t-il au menu des enfants ?

— Faites-moi une liste de ce que vous voulez qu'ils mangent...

— Mmm, grommela Antoine. Et... tout va bien ?

— Oui, très bien, répondit Julie interloquée.

Il va bientôt me demander si j'ai bien dormi et s'il peut faire quelque chose pour m'être agréable. Qu'est-ce qui lui prend ?

— Euh... Vous pouvez me passer les enfants ?

— ...???

Je le jure, monsieur le Président, jusqu'à ce jour, jamais Antoine Desliles n'avait demandé à parler à ses enfants à l'heure du déjeuner. Jamais. Je suis formelle.

— Mademoiselle Toronto ! s'impatienta Antoine, est-ce que je peux parler à mes enfants ?

— Julie. Je m'appelle Julie... Ne quittez pas.

A peine Julie avait-elle appelé les petits, que la ruée fit exploser le salon dans un tonnerre de cris.

— Je l'ai dit la première c'est moi !

— Non, c'est moi, rugit Sébastien en filant un coup à sa sœur.

— Non, c'est moi.

— Ta gueule, mais arrêteuuu, fais gaffe...

Ils se disputaient le téléphone en tirant sur le fil comme deux chats visant la même souris. Sébastien eut l'avantage, allô, papa, fit-il, la voix câline, tandis que Ludivine se mettait à pleurer à chaudes larmes en essayant de lui arracher les cheveux. Elle prit Julie à témoin. Je l'avais dit la première...

— Tu avais dit Ta gueule la première ? lui sourit Julie.

La petite protesta en riant à travers ses larmes, et consentit à attendre son tour. Elle resta collée près de son frère, pour ne rien rater, parce que papa à l'heure du déjeuner, eh ben ça, alors...

D'une voix anormalement sucrée, Antoine demanda à Sébastien si ça allait bien, s'il avait bien travaillé, s'il avait bien déjeuné, que peut-être s'il avait le temps, la nouvelle cassette pour le Game Boy... Une vraie sérénade. La petite maison dans la prairie, comme à la télé, mais à la maison. Sébastien roucoulait de bonheur. La mort dans l'âme, il dut se résoudre à passer le relais à Ludivine. Non sans lui avoir discrètement filé un petit coup de coude dans les côtes.

— Mais arrêteuuu, Sébastien ! Papa, il m'a donné un coup, j'ai très mal et il a dit ta gueule !

Elle tira même la langue à son frère, mais omit de le dire à son père, qui pourtant aujourd'hui avait toutes les indulgences. Antoine écouta patiemment le babillage de sa fille, lui donna force ma chérie et promit d'essayer de penser au cadeau. Non, il ne rentrait pas dîner, mais j'essayerai de repasser par la maison. Promis, je vous embrasse.

La mélodie du bonheur dans la maison Desliles.

Qu'est-ce qu'il a ? Il est tombé sur la tête ? Dieu existe, il l'a rencontré ? Il a avalé *l'Emile* d'une traite dans la nuit ? Les enfants étaient contents, Julie n'en revenait pas, et ne chercha pas à comprendre. Elle prit acte.

Dans le couloir, Maxime s'impatientait en compagnie d'Estelle Lefebvre, celle qui dépote et qu'on avait rencontrée à la gare.

— Ah, tout de même ! Permettez-moi de vous présenter Antoine Desliles, mon associé, surnommé le Prince Noir du barreau.

— Enchanté, fit Antoine machinalement à « Estelle Lefebvre, directrice des ventes chez Cuisinor ».

— Moi de même.

Ça y est, je la remets. Elle dépote pas tant que ça.

— Vous m'excusez un instant ? dit-il au moment où Maxime proposait de passer à table.

Il fonça dans le bureau d'Isabelle.

— Vous avez des enfants, vous ?

— Oui, deux, fit-elle surprise.

— Et... qu'est-ce que vous leur faites à manger ? demanda Antoine un peu gêné.

— Bof... Généralement des frites. Ils n'aiment que ça. Autre chose, monsieur ?

— Merci, Isabelle. A tout à l'heure.

Julie devenait jour après jour la reine des nounous. Elle lisait avidement tous les livres traitant de son sujet favori : les enfants. Ouvrages de pédiatrie, psychologie, bobos en tout genre, cuisine, pédagogie, loisirs, elle avait tout lu et elle savait tout. Elle pouvait résoudre les problèmes de robinet, guérir les angines blanches, coudre des déguisements de Batman ou de Cendrillon, réparer les Game Boy, camoufler les épinards dans la viande hachée, lutter contre le mal de mer, tuer les araignées. Elle savait tout. Mais elle avait surtout appris que ce n'est pas dans les livres que l'on apprend à faire rire les petits enfants trop souvent délaissés par leur papa. C'est en les aimant et en les regardant vivre. Et pour ça, Julie était imbattable. Ses petits, elle les soignait comme si c'étaient les siens, parce qu'elle les aimait comme si elle les avait faits. Jamais personne ne les avait aimés comme ça. Ça, c'est eux qui le disaient. Il n'y avait aucune raison de ne pas les croire... Christiane aussi les aimait, de tout son amour de grand-mère. Mais c'était différent. Question de génération. Quant à Antoine, il aimait ses enfants, mais il ne trouvait jamais le temps de s'en apercevoir.

Une complicité sans faille et une totale confiance unissaient Julie et les petits. Ils avaient besoin les uns des autres. Parce qu'ils avaient trouvé ensemble cette denrée si rare et si précieuse, l'amour à l'état pur, désintéressé, libre de toute arrière-pensée. Ils formaient tous les trois un cercle indestructible.

Julie en arrivait à avoir un peu honte de l'argent qu'elle gagnait. Doit-on se faire payer le bonheur que l'on donne et que l'on reçoit ? Un étrange sentiment de culpabilité venait parfois troubler son bien-être tranquille, quand elle les regardait dormir, s'amuser, faire leurs devoirs. Elle n'avait pas l'impression de travailler, même si ses journées commençaient tôt le matin pour se terminer tard le soir. Aligner des chiffres du matin au soir et subir la mauvaise humeur d'un Crémieux, ça c'est un vrai boulot et ça se paye. Mais le lien si privilégié qui l'unissait à Sébastien et Ludivine ne pouvait pas avoir de prix... Tu es trop sensible, ma fille. Ne t'attache pas trop, on ne t'en demande pas tant. Le pire est toujours possible... Ses relations avec Antoine allaient en s'améliorant, mais il est si versatile, Antoine. Qui dit que demain il ne te fichera pas à la porte sans espoir de retour...

Ces mauvaises pensées l'assaillaient parfois jusqu'à la douleur et revenaient inlassablement, aussi obstinées que des mouches avant l'orage...

Pour venir à bout de cet entêtant malaise, Julie s'offrit quelques mesures de *La Force du Destin*, le casque sur les oreilles pour ne pas réveiller les enfants. Les douleurs de Leonora, c'est quand même autre chose que mes états d'âme. Verdi était donc destiné à l'accompagner jusqu'aux profondeurs de son âme, la petite Julie... Avant de monter se coucher, elle avala un intéressant et très utile chapitre de l'un de ses innombrables livres de pédiatrie, « Eczéma, urticaire, piqûres d'insectes : comment calmer les démangeaisons ». C'est vrai qu'on est au printemps, ça peut servir... Puis elle monta se coucher.

L'épouvantable fracas d'une violente pétarade, suivi d'un « Merde » retentissant, la fit sursauter alors qu'elle venait tout juste de se mettre au lit. C'était Antoine, qui venait de marcher sur les pétards que Sébastien avait laissés traîner dans le jardin. Je lui avais pourtant bien demandé de les ranger, soupira Julie.

Antoine entra dans la maison en pestant, mais à voix basse pour ne pas réveiller les enfants. En prenant son courrier, il vit sur la console un joli bouquet de fleurs, artistement arrangé par Julie. C'était bien la première fois qu'il remarquait ce genre de petits détails. D'habitude, les fleurs... Pourtant, Julie fleurissait la maison chaque jour depuis son arrivée.

Il monta l'escalier, la jambe un peu raide. Saloperie de sciatique... Il se sentait un peu fatigué, vaguement mal à l'aise. Sortir tous les soirs, faire le clown dans les dîners en ville, tenir chaque soir le rôle du parfait cher Maître, à la longue, ça lasse... Il libéra ses pieds enflés de ses chaussures neuves et ôta sa cravate. Sa chemise à petit col à la mode lui sciait le cou. Il soupira d'aise, débarrassé enfin de sa panoplie.

Une pile de livres était posée sur sa table de nuit. Qu'est-ce que c'est que ça, encore ? Suspicieux froncement de sourcils d'Antoine, qui pourtant n'avait pas envie de s'énerver à cette heure-ci. Il soupçonna Julie d'un de ces coups bas dont elle avait le secret. Gagné. Des livres de pédiatrie, sur ma table de nuit... On laisse tomber pour ce soir, je lui en dirai deux mots demain matin.

Il se ravisa, et prit la pile de livres pour aller toquer fermement à la porte de Julie.

— Entrez !

Il entra. D'un grand sourire, Julie lui souhaita la bienvenue.

— Qu'est-ce que c'est que ça ? fit-il sans chercher à masquer sa mauvaise humeur.

— Eh bien, des livres...

— Alors, ce genre de réponse, hein, il n'y a rien de plus agaçant. Je vois bien que c'est des livres !

Julie en rajouta dans l'innocence. Elle n'avait pas son pareil pour titiller Antoine et le mettre rapidement hors de lui. Ça ne ratait jamais, il partait au quart de tour. A croire qu'il aimait ça. Pour s'endormir, il y a des gens qui mangent du Lexomil au kilo, d'autres qui lisent le *Grand Robert* en neuf volumes, une page par jour, même les noms propres. D'autres qui renoncent à dormir. Et puis il y a Antoine qui vient engueuler Julie et qui s'énerve parce qu'elle lui répond.

— Qu'est-ce que vous voulez que je vous dise, ce sont des livres de pédiatrie !

— Et qu'est-ce que vous voulez que j'en fasse ? dit-il en haussant encore d'un ton.

— Du petit bois pour l'hiver, répondit-elle sèchement.

Antoine resta sur le seuil de la chambre, ne

sachant pas trop bien quoi faire. Il n'osait pas rentrer sans y avoir été invité, il ne voulait pas partir sans avoir réglé cette question et Julie assise droite comme un I dans son lit avait l'air de se foutre de lui.

— Madem... Julie, vous avez déjà largement insinué que je ne m'occupais pas assez de mes enfants. Je ne suis pas obtus, j'ai compris. Mais là, ça devient de l'acharnement!

Julie lui sourit gentiment. Elle apprécia son effort louable pour ne plus l'appeler mademoiselle. Elle l'en remercia en lui affirmant qu'il n'y avait pas acharnement de sa part. Ni malice.

— Je les ai lus, je vous les donne, si ça ne vous intéresse pas, vous n'êtes pas obligé de les lire!

— Non, je ne les lirai pas.

Elle singea Antoine en rigolant:

— Nan, j' les lirai pas... Vous n'êtes pas le père de Sébastien pour rien, vous!

Antoine esquissa un sourire et réaffirma que non, il ne les lirait pas. Julie n'insista pas. Il n'y avait plus rien à ajouter. Il est tard, au lit... Il allait refermer la porte quand Julie se rappela à son bon souvenir. Elle n'avait pas bougé de son lit, comme une dame qui reçoit dans sa ruelle, et Antoine semblait prendre goût à faire salon chez mademoiselle, à cette heure avancée de la nuit.

— Quand on ne sait pas, on apprend. Il n'y a pas de honte.

Antoine soupira, les yeux au ciel, mais Julie décela sous l'air bougon de circonstance une petite mine malicieuse.

— Je ne sais pas quoi? fit-il pour relancer le débat.

— Mais si, vous savez tout. Vous savez certainement ce qu'il faut faire quand ils suffoquent, quand ils se blessent, quand ils sont angoissés, ou quand ils font des cauchemars...

— Ma chère Julie. *Primo* mes enfants ne sont ni spasmophiles ni angoissés. *Secundo*, s'ils sont malades, j'appelle un médecin, le docteur Comète en général... *Tertio*, continua-t-il hilare, vous me faites chier avec vos conseils, vos trucs, vos bidules et vos bouquins !

Julie reçut le compliment avec un large sourire et lui conseilla d'oublier lesdits bouquins.

— Mais vous avez tort, dit-elle alors qu'il se résignait enfin à partir.

Il admit sa défaite en riant. Il ne pouvait plus lutter.

— Je crois que si j'étais sujet à l'urticaire, vous me feriez l'effet d'un champ de fraises...

— C'est joli, complimenta Julie. Je ne vous savais pas poète...

Ils échangèrent un sourire presque complice. Antoine la regarda longuement avant de sortir et lui souhaita une bonne nuit.

— Bonne nuit, Antoine.

Il sursauta. Bonne nuit, Antoine. Ce ton soudainement familier n'était pas tout à fait réglementaire. Mais il l'accepta. Après tout, pourquoi pas...

— Quoi ? s'amusa Julie, c'est pas votre nom ?

— Si, admit-il en lui souriant gentiment. Bonne nuit.

Ce marivaudage nocturne eut pour effet d'empêcher Julie de s'endormir aussi sereinement que d'habitude. Elle était songeuse, elle ne l'avait jamais vu comme ça, Antoine. Quand je disais qu'il pouvait être très gentil, s'il le voulait...

Julie se réveilla très tôt, toute guillerette, d'humeur charmante. Elle choisit ses vêtements avec un soin plus particulier que d'habitude, sans savoir pourquoi. A cause du temps, sans doute, il faisait si beau en ce joli mois de mai. Elle faisait réviser ses tables de multiplication à Sébastien, quand Antoine entra joyeusement dans la cuisine.

— Bonjour tout le monde !

Les enfants surpris lui sautèrent au cou.

— Bien dormi ? demanda Julie.

— Peu, mais bien, dit-il aimablement. Allez les enfants, on y va ?

— Qu'est-ce que vous voulez que je leur fasse à déjeuner ? demanda Julie un sourire en coin.

Antoine encaissa en riant, il n'avait pas le temps de répondre à la provocation.

— Des frites... Et des fraises.

Il lança à Julie un coup d'œil complice.

Les regards que Sébastien et Ludivine échangèrent en dirent assez long sur leur étonnement. Il fallait remonter à des années-lumière pour trouver trace d'un Antoine aussi disert le matin, aussi gai, aussi pimpant. Julie elle-même... Un soupçon de maquillage, le matin, à huit heures... Un vent de fraîcheur qui traverse la maison, ça ne peut pas nuire. D'autant plus que Christiane en vadrouille à Venise n'était pas là pour régler les conflits et retenir Antoine avant qu'il ne provoque une nouvelle catastrophe...

Julie les accompagna jusqu'à la grille et les regarda partir, songeuse...

15

Ce matin-là, Julie partit faire ses courses à Tours, signe incontestable d'un événement exceptionnel. Il s'agissait ce soir de mettre les petits plats dans les grands.

Christiane, retour de Venise, venait dîner avec Georges, pour le présenter officiellement à la famille. Convertie aux méthodes modernes, elle avait opté pour un voyage de noces à l'essai, dont le résultat s'était avéré concluant. Antoine héritait d'un papa et les enfants d'un papy. Mais ils ne le savaient pas encore, seule Julie était dans la confidence.

Cette évidente preuve de confiance, voire d'amitié, toucha particulièrement Julie qui décida de remercier Christiane par un dîner de gala. D'autant plus qu'Antoine leur ferait l'honneur de sa présence. Exceptionnellement, les enfants restèrent à la cantine, sous un prétexte idiot que Julie sut inventer fort à propos. Elle resservit le même prétexte idiot à Antoine, lors de son coup de fil de midi, devenu désormais quotidien.

Elle avait fort à faire en cuisine. Toutes les marmites et casseroles disponibles étaient sur le pied de guerre depuis le matin, les fonds de sauce mijotaient, les petits oignons fondaient, les tartes doraient au four. Tout le matériel de la cuisine tournait à plein rendement, fours, micro-ondes, table de cuisson. Le disjoncteur sauta trois fois de suite, et lassé de ces agressions intempestives, finit par menacer Julie d'une démission définitive. Ils convinrent d'un arrangement. Julie, pragmatique, accorda quelques pauses bienvenues au matériel électrique survolté.

A quinze heures, l'argenterie rutilante se tenait en ordre de bataille, la porcelaine des grands jours trônait fin prête en impeccables piles, les verres en cristal brillaient de leur aristocratique éclat dans la grande salle à manger au garde-à-vous. Le majordome de Buckingham *himself* n'aurait pas fait mieux. Julie s'amusait comme une folle. Elle fleurit tous les vases, contrôla une à une les serviettes de table brodées au petit point, vérifia bougies et chandeliers, seaux à glace et pique-saucisses. Enfin, ultime tour d'inspection, elle s'assura qu'Antoine avait bien fait exploser la veille au soir tous les pétards plus ou moins volontairement oubliés par Sébastien dans le jardin.

Elle contempla son œuvre et vit que cela était bien. Elle s'accorda une heure de repos bien méritée. Juste quand le téléphone sonna. C'était Cynthia. Elle tombait assez mal, mais bon, ça faisait longtemps qu'on ne s'était pas parlé, on a tellement de choses à se raconter.

— Comment ça va ?

— ... Je vous confirmerai par lettre recommandée la teneur de notre discussion... Ça va très bien, excuse-moi, c'était Crémieux qui passait la tête dans le bureau. Coups de fil personnels interdits, évidemment...

— Evidemment, sourit Julie, pour qui Crémieux était si loin, tellement loin.

— Tu sais quoi ?

— Ben non !

— Moi aussi je vais bientôt me mettre en congé maternité.

— C'est pas vrai ? Tu es enceinte ? dit Julie en sautant à bas du canapé. Je suis tellement contente pour toi, Cynthia, c'est formidable. Ça faisait un moment que tu en avais envie.

— Ben oui, reprit Cynthia avec son célèbre sens de l'à-propos, j'attendais que Crémieux m'augmente pour m'arrêter avec une paye pas trop dégueu !

Elles éclatèrent de rire, heureuses de ces bonnes nouvelles et de cette complicité que l'éloignement n'arrivait pas à entamer.

— Pourquoi tu ne me l'as pas dit plus tôt ? reprocha Julie.

— J'attendais que ça commence à se voir.

— Tu charries, quand même. Fille ou garçon ?

— Ça, je ne sais pas, mais je sais combien il y en a ! Tiens toi bien, j'attends des jumeaux !

— C'est pas vrai, rigola Julie. C'est Martin qui va être content. Surtout si c'est des garçons, rapport au foot !

Elles parlèrent comme ça pendant plus d'une demi-heure, de tout, de rien, des projets, des amis communs, du temps qu'il fait à Paris, elles papotèrent comme deux amies qui se sont quittées la veille. Cynthia s'interrompait parfois pour surveiller Crémieux. Puis elle en vint à un sujet plus sérieux.

— Tu sais, il faut que je reste couchée quatre mois. Je crois que ma place est libre chez Génétris.

— Tu m'as déjà dit ça la dernière fois, dit Julie prudemment. De toute façon, ça ne m'intéresse plus. Je suis bien, ici. J'adore les mômes, on s'entend bien. Non, tu vois, je crois que je vais rester, reprit-elle rêveusement.

— Et Desliles ?

— Oh, lui c'est pas le mauvais bougre en fin de compte, reconnut Julie.

Elle raconta à Cynthia l'évolution de la situation, comment la rancune farouche avait fait place au respect mutuel, de quelle façon les ennemis d'hier étaient en train de devenir... pas encore des amis, mais tu vois, finalement, on s'entend plutôt bien, lui et moi...

— On croit rêver, glousse Cynthia. Je croyais que c'était un sale con maniaque et désagréable ?

— Oui, bien sûr, il est un peu maniaque, minauda Julie, mais bon, pas désagréable. Et puis, il est pas con du tout, je t'assure. Il est...

— Julie ?

— Quoi ?

— Tu ne serais pas en train de tomber amoureuse, des fois ?...

Il y eut un blanc dans le téléphone.

— Eh, Julie, tu m'entends ? insista Cynthia.

— Tu... Tu peux me reposer la question ? bafouilla Julie.

Mais Cynthia ne reposa pas la question. Julie entendit dans le téléphone trois mots de style administratif, puis plus rien. Cynthia venait de raccrocher. Crémieux, sans doute...

Julie pensa à Paris, à tout ce qu'elle avait laissé derrière elle. Il n'y avait pas si longtemps qu'elle s'était installée en Touraine et déjà il lui semblait avoir toujours vécu ici. Ses années noires se perdaient dans un souvenir flou, nébuleux, comme si elle avait cherché à les gommer de sa mémoire. Ma vie est ici... Des images surgirent, éclairs fugaces d'un passé qu'elle voulait révolu, la rue de Lévis, les petits boulots, l'autobus du soir, Gilou, tout ce qui avait été sa vie... Sans regret ni amertume, sans nostalgie aucune Julie sut qu'elle avait tourné une page de son histoire. J'entame un nouveau chapitre. Il sera ce que je saurai y mettre.

Pour l'instant, il n'y a pas à se plaindre, je ne suis pas en panne d'inspiration... Mais je ne divague pas. Moi, amoureuse d'Antoine ? Elle est folle... Je suis pas du tout amoureuse de lui, il manquerait plus que ça. On est en bons termes, c'est vrai, je l'apprécie, je l'aime bien, je le trouve plutôt pas mal... C'est la maternité qui lui monte à la tête, elle a raison de rester couchée, ça lui évitera de raconter n'importe quoi, pensa Julie, troublée...

Merde ! Quatre heures vingt-cinq ! Les enfants !

Julie fonça récupérer les petits à l'école.

A dix-neuf heures précises, tout le monde était sur le pont. Les enfants brillaient comme des sous neufs, Julie avait tout passé en revue, même les oreilles. Ludivine faisait merveille en petite fille modèle et n'eût été son caractère de cochon, Sébastien aurait pu prendre la suite du petit lord Fauntleroy. Julie elle-même était en tenue de soirée, chic décontracté, velours noir, chemisier blanc. La salle de bains d'Antoine ne trahirait pas Julie, qui avait soigneusement veillé à ne pas même laisser un cheveu, après s'être lavé la tête. Seul un soupçon de parfum flottait peut-être encore...

Pour les faire tenir en place jusqu'à l'arrivée des invités, Julie avait acheté une nouvelle cassette pour le Game Boy et une boîte de crayons de couleur. Pas question d'aller jouer dans le jardin, vous serez sales comme des peignes en moins de dix minutes.

Christiane fit une entrée fracassante au bras de Georges sur le coup de dix-neuf heures trente. Une robe en soie imprimée flamboyante rehaussait sa mine superbe, bronzée et réjouie. Georges avait opté pour un costume sombre et de bon goût.

— Bonjour mes petits trésors !

Les petits trésors l'accueillirent comme il se doit, en louchant néanmoins vers Georges, qui se tenait en retrait, un peu gêné, avec des paquets-cadeaux sous le bras. Christiane embrassa Julie, qu'elle complimenta chaleureusement pour les enfants qui étaient jolis comme des cœurs, on dirait même qu'ils ont pris quelques grammes, ça ne leur fera pas de mal...

— Les enfants, je vous présente Georges, votre nouveau papy ! Venez l'embrasser.

Le nouveau papy, intimidé, ne bougea pas d'une semelle et ses futurs petits-enfants restèrent frappés de stupeur. Ils reculèrent prudemment pour se mettre à l'abri aux côtés de Julie.

— C'est une blague, murmura Sébastien aux oreilles de Julie.

— Pas du tout, allez lui dire bonjour, c'est très mal poli ce que vous faites ! dit Julie en les poussant vers Georges.

Christiane éclata de rire.

— Georges, ne restez pas là planté comme un piquet ! Et vous, venez ici, Georges a des cadeaux pour vous.

Le seul mot de cadeau agit toujours mieux que la plus perfectionnée des baguettes magiques. Les petits s'approchèrent de lui, bonjour monsieur, et attendirent leur dû.

— Tiens mon petit garçon et ça, c'est pour toi, ma petite fille, dit-il du ton le plus papy possible.

Il avait dû prendre des leçons de grand-père chez Victor Hugo. L'ensemble faisait daté, mais on lui sut gré de ses louables efforts. Il y a des progrès à faire, lui fit remarquer Christiane en riant. Un paquet pour chacun. Le troisième était destiné à Julie.

Du verre de Venise pour tout le monde, un petit chat pour Ludivine, un tigre pour Sébastien, une gazelle pour Julie. Oh ! que c'est joli, s'exclamat-on, parce qu'il le fallait bien, justement, ça tombait bien, tout le monde rêvait d'un verre de Venise. C'est pas grave, c'est l'intention qui compte. Les enfants remercièrent poliment, Julie, touchée de ce petit geste amical, embrassa Christiane et souhaita la bienvenue à Georges dans sa nouvelle famille.

Du coup, Georges accepta un fond de whisky et ces dames se servirent un doigt de porto. Les enfants buvaient un jus d'orange et tout le monde attendait Antoine.

Sébastien reprit son air tendu des grands jours, le sourcil froncé, les lèvres pincées.

— Qu'est-ce que tu as encore ? demanda Christiane en attaquant les cacahuètes.

— C'est le judo. Je vais me faire massacrer. J'ai ma première compétition demain.

— Tu parles que tu vas te faire massacrer ! dit Julie. Le maître m'a dit que tu étais un surdoué et que tu avais une force herculéenne !

Le public apprécia. Insensible au compliment, Sébastien opposa que oui, mais ça fait pas assez longtemps que j'en fais.

— Tu vas tous les ratatiner, affirma Julie.

— Les uns après les autres, continua Christiane.

— Savoir maîtriser ses nerfs, intervint Georges, qui avait tâté de la boxe française dans sa lointaine jeunesse.

— J'ai même pas encore la ceinture jaune !

— Justement. Tu l'as pas, mais tu la vaux largement. L'adversaire ne se méfiera pas et paf ! Tu le massacres !

L'argument de Julie le dérida un peu.

— Allez, dit Christiane, c'est jour de fête, il sera toujours temps de te faire du souci demain !

Sébastien sourit à sa grand-mère. Mais il ne pouvait empêcher le trac de grossir au fur et à mesure que l'échéance se rapprochait. Il fonça chercher son Game Boy histoire de se changer les idées et Ludivine fayota un peu, en prenant ses crayons de couleur pour dessiner les si jolies choses apportées par Mamie et le monsieur.

— Papy, rectifia Christiane. Ou Georges, c'est comme tu veux.

Elle en était aux moustaches du petit chat lorsque Antoine arriva.

— Papa, hurla-t-elle en lâchant les crayons pour aller l'embrasser, il était si rare de le voir rentrer à la maison pour le dîner.

— C'est mon fils, expliqua Christiane.

— Comme il vous ressemble, remarqua Georges.

— ... ? Vous trouvez vraiment ? C'est rare qu'on me le fasse remarquer. Mais enfin, si vous le dites...

Julie débarrassa Antoine du gros sac qu'il avait à la main et lui proposa un verre.

— Qu'est-ce qu'il y a dans le sac ? demanda Ludivine.

— Ton cadeau. Je l'ai trouvé. Trois magasins, avant de trouver !

Christiane se pinça, dites-moi que je rêve...

— Toi, tu as fait trois magasins de jouets ?

L'insultante surprise de Christiane crispa Antoine, qui leva les yeux au ciel avant de tourner les talons pour aller embrasser Sébastien. Ludivine consola le cœur du fils meurtri d'un spontané « yaouuuh, génial ! » et fila enfiler son déguisement de petite sirène, avec palmes pour les pieds.

— Eh ! je suis là, dit-il à son fils. Tiens, c'est pour toi.

Absorbé par sa partie, Sébastien répondit distraitement d'un évasif merci, avant de poser le paquet-cadeau. Il avait pris la précaution de mettre la console sur pause pour ne pas massacrer sa partie.

— Tu l'ouvres pas? demanda Antoine, déçu.

Julie le regarda presque tendrement, pauvre Antoine, et vint à son secours, en expliquant qu'il se concentrait pour sa compétition de judo.

— C'est demain à quinze heures. Vous venez, bien sûr?

Un golf de foutu. Demain j'ai une compète avec Maxime...

— Demain quinze heures? fit-il gêné. Oui... Bien sûr que je viens!

— Merci, apprécia Sébastien, qui du coup laissa le Game Boy pour ouvrir le paquet-cadeau.

Papa s'était fendu. Une boîte de petit chimiste avec deux cents expériences. Re-merci, baiser filial suivi d'un baiser paternel.

— Génial, dit Julie, deux cents façons de faire sauter la maison. Vous êtes bien assuré?

Georges observait la scène, un peu empoté. Il se sentait de trop au milieu de cette intimité familiale et ne savait pas quoi faire de sa grande carcasse bien élevée, à attendre que l'on veuille bien s'occuper de lui. Il avait l'impression de pénétrer comme par effraction au milieu de cette fête de famille.

— Ça ne te dérange pas que Georges reste planté comme un crétin au beau milieu du salon?

Antoine, confus, se précipita.

— Excusez-moi... Enchanté. Antoine Desliles.

— Je vous en prie, moi de même, Georges Balard.

Christiane les admira, aussi guindés l'un que l'autre. Elle fit ce qu'il fallait pour les mettre à l'aise.

— C'est ton futur papa!

Cramoisis tous les deux, ils échangèrent des

sourires de congratulations, sous l'œil réjoui des enfants.

— Je vous demande pardon? bafouilla opportunément Antoine.

Georges prit une mine de circonstance, l'air avantageux mais néanmoins réservé qui convient au jeune fiancé que l'on présente à la famille.

— Il est un peu académique quand il fait découvrir Venise, mais avec le temps, ça doit pouvoir s'arranger.

— Pas académique. Carrément scolaire. Il faut dire que votre mère ne fait pas la différence entre la place Saint-Marc et un paquet de lessive!

Tout le monde se mit à rire de bon cœur, même Ludivine qui n'avait rien compris. Bienvenue dans la famille Desliles.

Antoine et Julie échangèrent des sourires complices. Depuis le temps que Christiane leur expliquait qu'elle était débordée, qu'elle n'avait pas une minute à elle. Et puis Venise... Elle aurait pu leur dire, tout de même...

— Et... vous allez vous marier?

— Ça te pose un problème? demanda Christiane, sous le regard vaguement tendu de Georges.

— Pas à moi, non, c'est plutôt pour vous que je m'inquiète, dit-il à son futur papa, qui répondit en souriant qu'il saurait se débrouiller...

Christiane prit Julie à témoin:

— Il sait vendre sa mère, celui-là...

Tout le monde trinqua et Antoine renouvela à Georges ses meilleurs vœux, avant de s'éclipser pour se changer et se faire beau pour l'occasion.

— Me dis pas que tu dînes là? le titilla Christiane.

— Eh ben si, justement!

Sébastien derrière ses éprouvettes, Ludivine empêtrée dans ses palmes applaudirent à tout rompre leur père, ce héros, qui prenait la direction de la salle de bains, pour se changer en beau-fils nouvellement intronisé. Un tendre et mystérieux sourire éclaira le visage de Julie, dont les yeux bleus brillaient d'un éclat que Christiane ne leur avait jamais vu.

— Lui aussi, il a l'air en pleine forme, convint Christiane. Trois magasins de jouets, pas de golf ce week-end... Et maintenant, il dîne chez lui...

Christiane interrogea Julie du regard qui lui répondit d'un sourire avant d'annoncer :

— Madame est servie.

Le dîner fut d'une gaieté que n'avait pas connue cette maison depuis bien longtemps. Antoine était d'une humeur de rêve. Il passa toute la soirée sans trouver un seul motif de mauvaise humeur ou de mécontentement. Il se montra disert, aimable avec sa mère, charmant avec Julie, qu'il complimenta pour la qualité de sa cuisine. Georges un peu pompette s'autorisa une histoire drôle vaguement égrillarde et se fit engueuler par sa promise... cuitée, gloussa-t-il. Heureusement, les enfants étaient couchés. Christiane raconta Venise et Julie sut habilement éviter la séance photos avec commentaires à l'appui, un digestif dans le jardin, peut-être, il fait si bon, ce soir...

Vers minuit, on se sépara. Antoine raccompagna Christiane et Georges jusqu'à la grille. Il se sentait heureux. Il n'avait même pas mal à sa maudite fesse.

— Alors, elle n'est pas épatante, Julie ? triompha Christiane.

— Si, maman, si, elle est épatante, admit-il, agacé d'être obligé de l'admettre.

— Et c'est qui qu'a eu raison de t'empêcher de la virer ?

Antoine soupira. Déjà, quand il était tout petit, elle l'énervait à triompher lourdement.

— Georges, faites-moi plaisir, quand vous serez en voyage de noces, donnez des cours de français à ma mère !

Ils s'embrassèrent tous les trois, et Antoine, ému, les regarda partir sous la lune, main dans la main, comme des amoureux seuls au monde.

Fait exceptionnel, Antoine aida Julie à ranger la cuisine et à remettre de l'ordre dans la salle à manger. Il avait envie de parler. En veine de confidences, il lui raconta un peu de sa vie passée, même les mauvais souvenirs. Peut-être parlait-il tout seul après tout, à voix haute, pour lui-même. Julie lui donna gentiment la réplique en récurant ses casseroles, elle relançait le monologue quand Antoine semblait s'enfoncer trop profond dans ses souvenirs. Elle le ramena en surface en lui mettant un torchon dans la main, essuyez-moi ça s'il vous plaît... Antoine la remercia d'un sourire pour sa patience, gêné de s'être laissé aller à ouvrir son cœur et son âme, comme ça, dans la cuisine à une heure du matin. Il faut toujours se méfier des cuisines, surtout la nuit...

Julie en apprit beaucoup sur Antoine cette nuit-là. Elle soupçonnait depuis déjà longtemps que sous la dure carapace de l'avocat râleur, impatient et désagréable, se cachait un Antoine insoupçonné, généreux, gentil, fragile, peut-être... C'est terrible les hommes fragiles, ça vous fait craquer le cœur des filles encore mieux qu'une mandoline...

Ils changèrent de sujet, pour briser la gêne qui s'installait au milieu des casseroles et des piles d'assiettes. On parla de Georges, évidemment. Ça lui faisait tout drôle à Antoine d'avoir un nouveau papa. C'est comme ça les familles modernes, lui expliqua Julie, on va de vrai papa en fausse maman, de petits-enfants en demi-frères, de vraie belle-sœur en futur ex-beau-frère. On appelle ça des familles mosaïques. Ça fait plein de monde dans les maisons, on ne s'ennuie pas. Antoine n'était pas sûr de n'y trouver que des avantages, mais enfin, il faut bien s'adapter au progrès. Et puis il est bien ce Georges, Christiane a l'air heureuse, et les enfants ont bien besoin d'un grand-père, ils n'ont pas tellement de famille...

Julie proposa d'écouter un peu de musique avant de monter se coucher, au casque, pour ne pas réveiller les enfants. Elle choisit encore une fois *la Force du Destin*. L'ouverture. C'est beau, ça s'écoute facilement, et Antoine n'était peut-être pas un adepte du *bel canto*. Ils s'installèrent chacun à un bout du canapé, le casque sur la tête, avec l'air pénétré qui convient à l'écoute des chefs-d'œuvre.

— C'est beau, reconnut Antoine.

Julie l'interrogea d'un haussement de sourcils, elle n'avait rien entendu.

— Je dis : c'est beau, fit-il en haussant le ton.

— C'est vrai, elle est magnifique cette ouverture, hurla Julie pour couvrir la musique qui s'échappait du casque.

Ils éclatèrent de rire, conscients d'être vaguement ridicules, à se faire des commentaires idiots en hurlant avec leurs oreilles de Mickey sur la tête. Ils avaient sommeil, mais aucun d'eux n'osa bouger, on n'interrompt pas facilement les moments d'état de grâce. La fin de l'ouverture leur offrit une opportunité, qu'ils regrettaient déjà d'avoir saisie. On est si bien comme ça, à écouter de la musique...

Ils se souhaitèrent une bonne nuit sur le palier du premier, sans se disputer la salle de bains.

— Merci Julie, dit Antoine en souriant, presque ému.

— Mais de quoi ?

— De la magnifique soirée que vous nous avez offerte à tous.

— C'est rien. Ça m'a vraiment fait plaisir de vous mitonner des petits plats. J'adore ça. Mais je ferais pas ça tous les jours ! Allez, bonne nuit.

— Bonne nuit, Julie, dit Antoine gentiment en la regardant regagner sa chambre.

16

Sébastien était nerveux.

Puisque je vous dis que je vais me faire massacrer, répétait-il à Julie qui affichait le calme du coach avant l'épreuve. Sous ses airs de dur à cuire, Sébastien cachait une âme sensible, d'une émotivité prête à céder comme un barrage sous la pression. Tout comme son père, s'attendrit Julie. Elle aussi avait la trouille au ventre, avec cette compétition de l'après-midi. Qu'il se fasse casser la figure, ça pouvait arriver, ce n'était pas le plus grave. Elle craignait plus les blessures d'amour-propre, l'ego de son petit chéri mis à mal par une grosse brute, la déception terrible d'une défaite sans gloire. La compétition de judo prenait des allures d'affaire d'État. Christiane et Georges avaient appelé pour soutenir le champion, et remercier Julie pour la soirée de la veille, Vous vous êtes donné un mal! Elle le cachait tant qu'elle pouvait, mais elle était anxieuse, peut-être plus encore que son poulain.

Depuis le matin, elle l'avait préparé, bichonné, conditionné tant et plus. Le calme tendu et concentré qui précède les batailles avait atteint jusqu'à Ludivine, qui sut rester discrète et attentive. Antoine lui-même fut exemplaire, il n'écouta pas les sirènes du golf, qui murmuraient à ses oreilles qu'aujourd'hui il avait ses chances de mettre la pâtée à Maxime... Maxime qui l'avait appelé sur le coup de neuf heures, pour dire qu'ils avaient un départ à onze heures pour la compète, ce serait dommage de pas en profiter, il fait un temps idéal... Le salaud, on ne peut jamais compter sur ses amis. Antoine, nouvellement pénétré de son rôle de père, avait répondu que non, le petit ne comprendrait pas... Pour le coup, c'était Maxime qui n'y comprenait plus rien.

A quatorze heures trente, la salle de judo était pleine à craquer. Les parents, les amis et supporters étaient tous là. Antoine, Julie et Ludivine représentaient le fan club de Sébastien. Les combattants, à genoux sur leur tatami, cherchaient dans la salle le soutien des familles, un regard, un petit signe d'encouragement, quelque chose, n'importe quoi. Un tout-petit pleurait comme une Madeleine, j' veux pas y aller ! Moi non plus, je veux pas y aller, pensa Antoine, j'ai peur !

— Décontractez-vous, Antoine, vous êtes tendu comme une arbalète, dit Julie qui n'en menait pas plus large.

Ludivine s'ennuyait sur son siège et balançait ses jambes dans le vide pour passer le temps.

— Quand c'est qu'ils commencent ?

— Je sais pas, arrête de gigoter, s'énerva Antoine.

Lui-même se tortillait comme un ver sur son siège inconfortable en faisant des grimaces.

— Qu'est-ce qu'il y a, demanda Julie, vous vous êtes fait mal ?

— Non, c'est psychosomatique. Dès que j'ai une contrariété, ma sciatique redémarre !

Julie rigola, ça détendit le climat.

— Mais c'est qu'on est sensible !

Antoine ne releva pas, ce n'était pas le moment.

Il se contenta de lever les yeux au ciel en souriant. Elle le mettait en boîte tout le temps, Julie...

Là-bas, dans l'arène, le mouvement s'accélérait. Le professeur de judo inspectait ses troupes et pointait les absents. On fit silence dans la salle. Julie ne quittait pas Sébastien des yeux. Antoine la regarda.

— Quoi ? Qu'est-ce que j'ai ?

— Vous pouvez toujours vous fiche de moi, vous n'avez pas l'air beaucoup plus décontractée que moi !

— Normal, l'angoisse du coach !

— Oui, bien sûr, fit Antoine.

Les premiers combats commencèrent, dans un silence total. Sébastien lança des appels au secours. Sur un signe de Julie, il aurait sûrement détalé comme un lapin. Mais il ne reçut d'elle que des doigts en V. V comme victoire, ou V comme victime ?

Ludivine s'ennuyait tellement qu'elle osa mettre en marche le Game Boy dont Sébastien lui avait confié la garde. Julie regardait distraitement les combats successifs, sous l'œil d'Antoine, qui l'observait, songeur. Aussi longtemps qu'elle le put, elle fit semblant de ne pas s'en apercevoir. Puis elle tourna la tête et leurs regards se croisèrent... Troublée et gênée, elle détourna rapidement les yeux. Antoine parut se plonger dans une profonde méditation. Pour dissiper le malaise, ils cherchèrent Sébastien et lui firent chacun un signe d'encouragement, vas-y mon gars, t'es le meilleur... Il venait de passer deux tours avec succès. La main d'Antoine effleura celle de Julie.

— Pardon, dit-il gêné en retirant sa main comme s'il venait de prendre du jus dans les doigts.

Julie, aussi gênée que lui, répondit évasivement :

— C'est pas grave, il n'y a pas de mal...

Ils s'ingéniaient l'un et l'autre à rester immobiles, pour ne pas avoir à se regarder. Aucun ne pouvait prendre la fuite, ils étaient côte à côte dans la salle surchargée. Le gong les sauva, sonnant le combat décisif. Le professeur de judo cria haut et fort : Desliles Sébastien contre Sarfati Tristan.

Blême, raide et digne, Sébastien se leva. L'adversaire arborait une ceinture orange.

Une douleur fulgurante traversa la fesse d'Antoine, dont le visage se tordit sous le regard inquiet de Julie. Elle faillit lui prendre la main.

— Papa, dit Ludivine d'une toute petite voix, j'ai envie de faire caca...

— Ah non, pas maintenant, grimaça-t-il.

— Viens, je t'emmène, dit Julie.

Lâchement soulagée de pouvoir saisir ce prétexte pour ne pas regarder le combat, largement aussi anxieuse que son poulain, Julie perturba sans broncher toute la rangée de spectateurs, sans jeter un regard vers le lieu du drame. Elle ne vit rien, mais entendait le bruit sourd des corps qui tombent.

— Alors, fit-elle inquiète quand elles revinrent quelques minutes plus tard.

Antoine d'une voix sombre diagnostiqua un désastre. Il est foutu, c'est sûr...

— Ce que vous êtes défaitiste, alors, c'est pas vrai. Vas-y Sébastien, cria-t-elle, soutenue par Ludivine toute réjouie.

Sébastien se battait avec courage, de l'avis familial il se débrouillait même très bien, jusqu'à ce qu'un coup parfaitement illicite vînt s'abattre sur son nez.

— Il saigne, y a plein de sang, hurla Ludivine.

— C'est rien, c'est pas grave, lui dit Julie pour tenter de la calmer, c'est presque fini.

Antoine voulut exiger qu'on arrête ce massacre,

on n'allait tout de même pas laisser son fils se faire démolir sans intervenir, je vais lui dire, moi, à ce connard de prof...

— Calmez-vous, Antoine, dit Julie sans quitter Sébastien des yeux, il faut le laisser finir. Il serait mortifié si on intervenait.

Ils subirent la joute dans un silence mortel, jusqu'à ce que cette saleté de prof consente enfin à libérer le pauvre petit, pissant le sang comme un boxeur qui vient de livrer le combat de trop. Vainqueur, Tristan Sarfati, évidemment, sous les applaudissements du public et les sifflets muets d'Antoine et de Julie. Ludivine pleurait.

Les trois supporters essayèrent de se frayer un chemin dans la foule compacte des parents. Antoine boitillait douloureusement en ouvrant le passage à Julie et Ludivine. Julie avait trop à faire, un blessé, un malade et une pleureuse, pour s'occuper des quelques regards obliques qui convergeaient vers elle. C'est pas le moment.

Ils rejoignirent en coulisse un Sébastien au bord des larmes, humilié, qui venait de décider d'arrêter le judo. Le médecin de garde était en train de lui tâter le nez. Rien de bien grave, mais il vaut peut-être mieux passer une radio...

— On attend quand même la proclamation des résultats, dit Julie, il y en a pour cinq minutes.

— Sûrement pas, on s'en va, dit Antoine en prenant Sébastien dans ses bras.

Ludivine examinait soigneusement les taches de sang sur la belle tenue toute neuve, et en oublia ses larmes.

— Tu t'es bien défendu, dit Julie admirative, c'était pas de la tarte, ce combat. La prochaine fois, je suis sûre que c'est toi qui gagnes !

Sébastien haussa les épaules l'air désolé. Il n'avait pas prononcé une parole.

— Bon, vous venez ? s'impatienta Antoine, il faut qu'on aille à l'hôpital.

Julie expliqua qu'il fallait être beau joueur et respecter la dure loi du sport. On attend la remise des coupes.

Ils regagnèrent leurs places dans les tribunes et Sébastien rejoignit ses camarades, non sans avoir remarqué que son sang versé forçait le respect et lui conférait un prestige tout particulier auprès des minables qui n'avaient pas même encaissé une pichenette. Ses épaules semblèrent plus larges et sa démarche plus chaloupée qu'à l'accoutumée.

Le professeur demanda le silence.

— Premier, Sarfati, Tristan.

Remise de coupe, applaudissements. On remarqua quelques sifflets, dont l'origine ne put être clairement établie.

Deuxième Di Marco, Dominique. Re-coupe, re-applaudissements. Pas d'incidents à signaler.

Troisième, Desliles, Sébastien. Coupe, applaudissements. Rugissements dans la tribune. Même origine floue que les sifflets susnommés.

La famille Desliles était aussi fière de Sébastien que madame Armstrong le jour où son petit Neil mit le pied sur la Lune. Antoine regardait son fils avec une infinie tendresse. Un homme, mon fils est en train de devenir un homme. Il fut à deux doigts d'écraser une larme. Sébastien qui couvait sa coupe comme un trésor se sentait inondé de bonheur. Il avait enfin forcé l'intérêt et l'admiration de son père. Et ça, Julie n'y était pas étrangère… Lorsqu'ils quittèrent la salle pour foncer à l'hôpital, Ludivine jeta un œil par-ci par-là, pour voir s'il n'y avait pas une ou deux copines d'école à qui raconter que C'est mon frère, il a eu une coupe… Mais il n'y avait personne. Elle devrait patienter jusqu'à lundi…

On reçut Sébastien aux urgences avec tous les égards dus à son rang. D'autant plus que Julie lui avait utilement conseillé de garder sur lui son kimono taché de sang. Il regardait son trophée avec amour, couvé du regard par toute la famille attendrie. Il n'entendait même pas Julie, qui lui répétait inlassablement de garder la tête en l'air, sinon ça va encore saigner. Fasciné par sa coupe, il n'entendit pas non plus Antoine qui lui redisait encore et encore à quel point il était fier...

— Je vous l'avais bien dit qu'il n'y avait pas de souci à se faire! Arriver troisième quand on est ceinture blanche, c'est l'as des as, Sébastien!

Il répondit par un sourire en caressant sa coupe.

Ils attendirent près d'une heure avant qu'on ne vienne chercher le petit pour sa radio. C'est ça les urgences, surtout le week-end, il ne faut pas être pressé. Ils patientèrent entre une crise d'urticaire, une rage de dents à qui l'on annonça que c'était pas le bon hôpital, pour les urgences dentaires, c'est pas ici, un accident de bricolage, un problème de barbecue, une cuite sévère, deux points de suture pour le petit qui est tombé de son vélo dans le jardin et un vrai blessé.

— Garde la tête en l'air, garde la tête en l'air...

Antoine admira en souriant le dévouement et l'infinie patience de Julie, qui lui rendait parfois son sourire.

Pendant qu'on radiographiait Sébastien, Ludivine qui s'ennuyait à mourir eut encore envie de faire caca, histoire de s'occuper un peu.

— Tu peux pas attendre, merde, c'est vraiment pas le moment, s'énerva Antoine, qui se leva quand même pour l'accompagner.

Le médecin revint à ce moment-là, ses radios à la main, suivi de Sébastien qui n'avait pas lâché sa coupe.

— Madame Desliles ? fit-il à l'adresse de Julie qui devint cramoisie.

Gênée, elle tourna la tête vers Antoine, lui-même quelque peu mal à l'aise. Ludivine trouva ça marrant.

— Euh, non, se reprit Julie, c'est lui, le papa.

— Pardonnez-moi, fit le médecin. Monsieur Desliles ?

Antoine confirma d'un sourire et confia la petite à Julie. Ils échangèrent un regard tout à la fois complice et étrangement empoté qui n'échappa guère au médecin.

Julie et Ludivine partirent direction les toilettes, Antoine et Sébastien suivirent le docteur et ses radios.

Il n'avait pas de fracture, juste un bon coup sur le nez, on put rentrer à la maison...

Dans la voiture, tout le monde commenta allégrement le magnifique tournoi de Sébastien, qui vivait le plus beau jour de sa vie. De temps à autre, Julie regardait Antoine et Antoine regardait Julie. Ils détournaient les yeux très vite, car la bévue du médecin n'avait pas encore dissipé tous ses effets.

A la surprise générale, Antoine proposa de fêter dignement la victoire de Sébastien par un dîner au restaurant.

— Y aura des frites ? demanda Ludivine.

— Y aura des frites.

— Et du ketchup ?

— Et du ketchup.

Une soirée ouaouh super géniale en perspective.

Pour les enfants, le restaurant était un lieu mythique, lointain, rare, doté d'une magie mystérieuse, d'autant plus précieuse qu'ils ne mangeaient jamais ailleurs qu'à la maison. Rien que le mot

Restaurant allumait dans leurs yeux des petites étoiles, pleines de la promesse d'un bonheur ineffable. Le Restaurant. Avec papa. Et Julie.

Julie se reposait dans sa chambre, tandis que les enfants, lavés, astiqués, habillés comme pour aller au bal, jouaient sagement dans le salon en attendant l'heure du départ. Ne faites pas les fous, vous allez salir vos beaux habits. Et toi, tu vas saigner du nez. Ils avaient obéi sans broncher, savourant à l'avance le moment d'exception qui se préparait.

Antoine dans sa salle de bains s'était fait beau. En tenue de sport chic spécial dîner du samedi soir avec les enfants, il monta frapper à la porte de Julie.

— Vous êtes prête ?

— Non, allez-y sans moi, dit-elle presque maussade.

Elle put lire la déception et l'inquiétude dans le regard d'Antoine.

— Qu'est-ce qu'il y a, ça ne va pas ?

— Mais si, ça va très bien. Je suis seulement un peu fatiguée.

Antoine ne pouvait se satisfaire de cette explication approximative, aussi crédible qu'un mensonge éhonté. Assise sur son lit, des livres ouverts devant elle, Julie semblait soucieuse, presque triste. Absente pour tout dire.

Ce pauvre Antoine qui était si content...

— Comment ça, vous êtes fatiguée ? Qu'est-ce que c'est que cette histoire ?

— Oui, je suis fatiguée. Ça ne vous arrive jamais, à vous ? dit-elle agacée.

— Pas un jour comme aujourd'hui. Allez, debout !

Il s'approcha d'elle, l'air aussi réjoui que possible, et referma les livres éparpillés sur le lit.

— Je n'ai pas envie d'y aller, je vous dis. Allez-y en famille, tranquillement, moi, je vais me reposer.

Elle soupira, et se tourna vers la fenêtre, en attendant qu'Antoine veuille bien sortir. Mais il ne bougea pas. Un peu troublé par cette réaction inattendue, il tournait dans la chambre, cherchant ses mots. A sa propre surprise, le refus de Julie l'attristait plus qu'il ne l'aurait cru. Si elle ne vient pas, notre petite fête est fichue.

— C'est donc ça, reprit-il doucement... Si on va au restaurant en famille, vous venez aussi... Vous êtes de la famille !

Cette remarque lui alla droit au cœur, mais elle ne bougea pas. Pourquoi il ne veut rien comprendre, cet idiot ? Elle mourait d'envie de bondir du lit pour partir avec eux, « fêter ça en famille... » Mais elle s'obstinait à penser qu'elle avait raison de les laisser tous les trois. Pourquoi ? Parce que.

— Bon allez, dépêchez-vous. Il est hors de question qu'on fête ça sans vous, dit Antoine d'une voix autoritaire, pour briser la gêne qui les prenait tous les deux.

Julie bondit du lit et le regarda bien en face.

— J'ai pas envie ! Vous êtes têtu !

— Au moins autant que vous, dit-il en souriant. Allez, faites-moi plaisir...

Ebranlée, elle ne savait plus quoi lui dire, quel argument lui opposer pour l'obliger à aller dîner seul avec ses enfants. Elle allait flancher, c'est sûr.

— Les gosses vont pas vouloir y aller, si vous venez pas.

Elle lui sourit, vaincue. S'il la prend par les sentiments... Mais c'est du chantage aux enfants, ça, c'est dégueulasse, ça se fait pas...

— Je suppose que je n'ai pas le choix ?

— Non, dit Antoine une lueur de triomphe dans le regard. S'il vous plaît, allez...

Il la regarda tendrement. Jamais auparavant il

ne l'avait regardée comme ça. A mi-chemin du bonheur et des larmes, Julie partit fouiller dans son armoire, sans un mot, pour se donner une contenance.

— Habillez-vous, on vous attend.

Antoine sortit et referma la porte de la chambre.

Julie resta seule, à tripoter distraitement ses vêtements.

Amoureuse. Je suis amoureuse. Pas la peine de faire semblant. Ça fait longtemps. Même quand il était intenable, j'étais déjà amoureuse. D'ailleurs Cynthia avait tout compris, même avant moi. Qu'est-ce qui t'arrive, ma pauvre Julie ? C'est ridicule de tomber amoureuse de son patron. Pourtant, je ne rêve pas, c'est lui qui m'y encourage, vous êtes de la famille, c'est bien lui qui l'a dit...

Habillée, maquillée, elle se regarda dans son miroir. Tu devrais être heureuse, c'est bien ça que tu voulais.

Elle n'en était plus très sûre. La peur le partageait à la joie. Je veux pas être malheureuse... Tout le monde l'attendait en bas, et elle qui n'osait pas descendre. Au lieu de prendre les déclarations d'Antoine avec la joie qui convient généralement dans ces cas-là, Julie était pétrifiée. Il a peut-être raison au fond, tu es vraiment une emmerdeuse... Tu devrais être folle de joie. Donc tu es folle de joie. Allez ouste ! Au boulot ! Elle se fit un petit signe d'encouragement dans le miroir, et descendit, aussi radieuse que possible, rejoindre la famille qui l'attendait au bas de l'escalier. L'ai-je bien descendu, dit-elle en rigolant sous un tonnerre d'applaudissements.

Antoine avait retenu une table dans l'une des meilleures auberges de Vouvray. Les enfants, intimidés, traversèrent en silence le restaurant. La grande salle, déjà pleine de dîneurs du samedi soir, tous bien habillés, bruissait du murmure des conversations échangées à voix basse, comme il sied à ce genre d'établissement. Julie avait retrouvé sa bonne humeur et suivit le maître d'hôtel, ragaillardie, souriante, indifférente aux quelques regards curieux qui se posèrent sur elle et qu'Antoine fit mine de ne pas remarquer. On la gratifia d'un respectueux madame en l'invitant à s'asseoir. Elle rendit au maître d'hôtel un chaleureux sourire.

Le dîner fut celui d'une famille unie qui fête entre soi un événement que les autres ne peuvent pas comprendre. Le héros du jour, fier de ses blessures autant que de sa victoire, commenta pour la vingtième fois son combat, sous le regard tendre de Julie et d'Antoine. Les enfants mangèrent les meilleures frites de leur vie, même le ketchup était meilleur qu'à la maison. Julie ne put refuser le champagne offert par Antoine, tout ça, c'est grâce à vous, lui dit-il, c'est vous qui avez fait de Sébastien un vrai petit champion.

— Et moi alors, protesta Ludivine, qui trouvait que ça commençait à bien faire.

— Toi tu seras un vrai petit rat. C'est vrai qu'elle danse bien, assura Julie.

Au dessert, on apporta un gâteau décoré d'un énorme *Bravo Sébastien*. Certaines tables voisines y allèrent de leurs applaudissements. Sébastien, ravi et confus, accepta l'hommage. Ludivine déplora l'absence de bougies mais le trouva bon quand même, ce gâteau.

Il était presque onze heures, les enfants oubliaient qu'ils avaient sommeil. Ils découvraient les petites joies simples de la vie de famille, un papa disponible, attentif, qui savait les écouter et qui avait l'air d'être heureux avec eux. C'était une première. Ils surent que Julie n'était pas étrangère à cette métamorphose. Il faudrait jamais qu'elle parte, Julie...

Les petits s'endormirent dans la voiture. Antoine et Julie ne parlèrent pas beaucoup. Mais ils se sentaient heureux, légers, reconnaissants l'un envers l'autre de cette soirée qui les avait rendus plus proches. Antoine grâce à Julie avait redécouvert ses enfants, il comprenait enfin qu'être père pouvait signifier autre chose que des soucis et des emmerdements. Il se découvrait une générosité, une patience, une capacité d'écoute qui lui étaient inconnues. Antoine n'était pas ce vieux garçon égoïste que raillait si souvent Christiane. Julie puisait dans cette famille d'adoption une plénitude qui lui était jusqu'à ce jour demeurée étrangère. Ils avaient envie pour tout ça de se dire merci, mais la pudeur les retenait. Ils savaient l'un et l'autre crier très fort, ils étaient imbattables pour se disputer comme des chiffonniers, mais dire les mots les plus simples, ils n'y arrivaient pas. Leur silence parlait pour eux et ils échangèrent un grand sourire quand Antoine gara la voiture devant la maison.

Ils essayèrent de réveiller les enfants le plus doucement possible pour les monter dans leur chambre. Sébastien souleva une paupière en maugréant et suivit Julie comme un zombie. Antoine prit Ludivine dans ses bras, elle se rendormit aussitôt.

— Laissez, je m'en occupe, dit Antoine.

Julie le laissa coucher seul les enfants. A peine au lit, Ludivine, du fond de son sommeil, demanda à son père de raconter une histoire. Il reprit *Jacques et le Haricot magique* là où il l'avait laissé la dernière fois, il y a déjà trop longtemps...

Il sortit tout doucement et referma la porte sans bruit. Sur le palier, il croisa Julie qui montait se coucher.

— On se fait un petit coup de Verdi ? proposa-t-il gentiment.

Julie le remercia en souriant pour cette honnête proposition. Mais elle déclina l'offre, il était tard, elle allait se coucher.

— Juste une ouverture, implora Antoine.

— Non, vous êtes gentil… Bonne nuit.

Antoine la regarda prendre le chemin de sa chambre.

— Vous voulez prendre ma sal… la salle de bains ? demanda-t-il aimablement.

Julie fut sensible à la correction grammaticale, et plus émue qu'il n'y paraissait au ton étrangement tendre d'Antoine.

— C'est pas trop tôt, fit-elle, agressive, pour dissimuler son embarras.

— Vous ne pouvez pas vous en empêcher, hein ? dit Antoine, tout chose lui aussi.

— Eh non !

Elle s'enferma dans la salle de bains et lui claqua la porte au nez. Pensif, il regagna sa chambre, en méditant sur les surprises de la vie.

17

Le dimanche matin, on a bien le droit de faire la grasse matinée. Surtout après une mémorable compétition de judo et un dîner au restaurant. Les petits ne s'en privèrent pas et ne débarquèrent dans la cuisine que sur le coup de neuf heures. Julie avait déjà tout préparé, un vrai brunch de cérémonie. Des monceaux de croissants, pains au chocolat et baguettes fraîches trônaient au milieu de la table fleurie, encadrés par les boîtes de céréales, les confitures maison et le chocolat chaud. Julie fit même des œufs à la coque et des mouillettes. Ils passèrent tous les trois près d'une heure à table. Antoine dormait toujours.

Pour les faire patienter, Julie proposa un jeu des sept familles, en pyjama, on s'habillera après. Et même si vous voulez, on peut jouer dans ma chambre. Les propositions furent approuvées à l'unanimité.

Être admis dans la chambre des grandes personnes, c'est toujours une joie. On éprouve le sentiment délicieux de pénétrer dans un sanctuaire rempli de trésors cachés. C'est l'autre côté du miroir. Insensiblement, on finit par obtenir le droit de fouiller partout, dans tous les tiroirs, on trouve des merveilles, des choses qu'on n'a pas le droit de toucher mais qu'on touche quand même.

Une chambre de grande personne, c'est la caverne d'Ali Baba, mais en mieux. Ludivine et Sébastien allaient rarement chez Julie, c'est l'emploi du temps qui ne s'y prêtait pas. Ils entrèrent dans la chambre avec une certaine retenue, presque de la timidité. Au bout de cinq minutes, le jeu des sept familles était éparpillé partout dans la chambre, Sébastien faisait du trampoline sur le lit et Ludivine explorait les recoins de l'armoire. Julie les laissa faire, en souriant au raz de marée qui venait de ruiner son logis.

Elle eut une idée de génie qui sut mettre fin au saccage de sa chambre. Si on allait réveiller votre papa ? Les enfants accueillirent la proposition avec perplexité, retenus par la crainte d'une colère paternelle. Julie les rassura, il est tout de même dix heures et demie. Ils finirent pas trouver l'idée géniale.

Tous les trois sur la pointe des pieds, pour ménager leurs effets, ils se postèrent derrière la porte d'Antoine. Julie donna le top départ, à trois vous y allez.

Tous sur papaaaa !

Antoine brutalement réveillé poussa un cri de bête blessée, qui cloua net les enfants pétrifiés.

— Ma sciatique, s'excusa-t-il en grimaçant de douleur.

Les enfants tout déconfits, déçus, navrés, restèrent sur le lit sans bouger en contemplant leur œuvre. Antoine leur sourit autant qu'il le put, et Julie alla ouvrir les volets, pour faire diversion. Il fait un temps splendide !

— Ça alors, pour une farce, c'est une farce, fit Antoine dans un effort désespéré. Venez me faire un gros baiser.

Les enfants ne se le firent pas dire deux fois, et hop ! sur papa. Les petits genoux maigres de Ludivine et les coudes pointus de Sébastien appuyèrent cruellement là où ça fait le plus mal, mais Antoine sut rester stoïque. Il se vengea seulement d'un coup d'œil assassin en direction de Julie.

— Vous voulez votre petit déjeuner au lit ? fit-elle en guise d'excuse.

— Non, ça ira, grogna-t-il, je descends.

Dans la cuisine, le trio infernal fit à Antoine une fête dont il se serait bien passé. Et que je te hurle dans les oreilles, Papa regarde ma partie de Game Boy, elle est super, et dis papa, tu m'avais promis un cadeau, et quand est-ce qu'on va chez Mickey, reprenez donc un croissant, je les ai achetés exprès pour vous... Antoine supporta tout, avec le sourire, prenant sur lui pour ne pas envoyer tout le monde valdinguer. Il aimait prendre son petit déjeuner dans le calme, tout seul à écouter la radio. Et les enfants qui ne savaient même pas estimer à leur juste valeur les efforts qu'il faisait pour ne pas leur intimer l'ordre de fiche le camp de cette cuisine... Seule Julie sut comprendre et lui sourit avec reconnaissance.

La sciatique avait frappé très fort ce jour-là et Antoine remonta se coucher en maugréant. Pas de golf aujourd'hui. Pas même une petite demi-heure de practice. Sombre dimanche. Malgré son refus obstiné, Julie appela le docteur Comète, disponible sept jours sur sept, nuit et jour, dimanches et jours fériés.

Une demi-heure plus tard, il était là, fringant, l'œil bleu marine, la mèche blonde en bataille, en tenue de golf, parce que lui, le salaud, il a pas mal aux fesses et qu'il va pouvoir jouer cet après-midi. Avec Maxime, si ça se trouve.

— Non, pas cet après-midi, ma belle-mère vient déjeuner.

— Bien fait, dit Antoine.

— Hé hé, tu vas voir comment je vais te soigner, moi, montre ta fesse, menaça-t-il l'air sadique.

Les enfants gloussaient dans un coin, d'abord parce qu'ils aimaient bien le docteur Comète, ils le trouvaient rigolo. Et puis voir papa au lit avec la trouille du docteur, ça les vengeait de bien des avanies. Julie, elle, s'était pudiquement trouvé une occupation dans la cuisine. Le docteur palpa Antoine qui se mit à hurler.

— Douillet comme une jeune fille, hein? Et là quand j'appuie, ça fait mal aussi?

— Oui, ça fait mal aussi.

Comète demanda aux enfants d'appeler Julie. Ils se précipitèrent tous les deux dans l'escalier, c'est à moi qu'il l'a demandé, mais nan, j' te dis que c'est à moi... Le docteur profita sournoisement de leur absence pour injecter à Antoine une confortable dose d'anti-inflammatoires, une de ces saletés de piqûres dont on se passerait bien, tellement elles font mal.

Julie entra dans la chambre escortée de Ludivine en larmes et Sébastien renfrogné. Un drame avait sûrement eu lieu dans l'escalier, pour qu'ils remontent dans cet état.

— Merci à tous les deux, insista le docteur, d'être allés chercher mademoiselle...

— Julie, vous pouvez m'appeler Julie.

— Ma chère Julie, fit Comète la seringue à la main, est-ce que vous savez faire les piqûres?

— Bien sûr, répondit-elle réjouie.

— Ah non, protesta Antoine, non, ça c'est hors de question!

Comète poursuivit sans même lui jeter un regard.

— Vous lui faites une injection matin et soir pendant six jours. Voilà l'ordonnance.

— Avec plaisir, docteur, fit Julie en souriant à Antoine, qui répéta que c'était hors de question. Mais personne ne voulait l'écouter, c'est un comble!

Comète soupira.

— Il me semble t'avoir déjà prévenu. Quand on a les lombaires fragiles comme toi, on fait de la gym!

— C'est pas les lombaires, c'est ma sciatique.

— Ta sciatique, c'est les lombaires, rigola Comète. Allez, soigne-toi bien!

— C'est ça. Mes amitiés à ta belle-mère.

Antoine se retourna dans son lit, la tête sous l'oreiller.

Julie raccompagna le médecin, qui s'attarda cinq minutes pour un brin de causette et une ou deux prises de judo avec Sébastien, sous le regard toujours aussi admiratif de Ludivine.

Julie revint à son malade, pour voir s'il ne manquait de rien. Il n'avait besoin de rien, sauf d'engueuler Julie.

— Quelle idée à la con!

— Quelle idée à la con?

Ludivine sentencieuse observa qu'il ne faut pas dire con. Julie approuva.

— C'est vous qui leur avez dit de me sauter dessus, grogna Antoine.

— Je ne pouvais pas savoir que vous avez les lombaires fragiles, s'excusa-t-elle.

— Oui, n'empêche que c'est quand même une idée à la con!

Ludivine s'apprêtait à une nouvelle intervention que n'aurait pas désapprouvée l'Académie française, mais Julie ne lui en laissa pas le loisir. Elle aussi avait envie d'engueuler Antoine.

— C'est une idée à la con que de vous faire réveiller par vos enfants un dimanche matin à dix heures et demie?

Antoine furieux se redressa dans son lit pour lui dire sa façon de penser. Il n'en résulta qu'un douloureux aïe aïe aïe, que j'ai mal. Ludivine en profita pour placer son couplet. Faut pas dire con.

Julie jugea qu'il ne fallait pas fatiguer le malade outre mesure, et lui présenta ses excuses.

— J'ai encore fait une boulette, excusez-moi.

Dans ces conditions, il devenait difficile de poursuivre la dispute. Antoine déçu en fut pour ses frais. Dommage, ce sport l'amusait assez. Mais Julie n'avait plus envie de jouer.

— Vous voulez que je vous aide à vous habiller ? demanda-t-elle avec indulgence.

— Surtout pas ! rugit Antoine... Merci, j'y arriverai bien tout seul.

Julie n'insista pas, lassée du numéro de vertu outragée que lui servait Antoine.

— Venez les enfants. Apparemment, votre papa n'est pas du matin.

L'après-midi, comme il faisait très beau, on installa Antoine dans le jardin, sur un matelas à l'ombre d'un arbre. Il en rajouta un peu dans la douleur, amusé de voir Julie et les enfants le traiter comme un trésor fragile. Ludivine lui apporta des journaux et des livres, Julie lui mit à portée de main sur une petite table médicaments et boissons fraîches, Sébastien insista pour le couvrir d'un plaid de pique-nique, c'est mieux quand on est malade. La sollicitude inquiète et dévouée de sa famille lui procura de ces petites joies simples sur lesquelles il avait jusque-là oublié de s'étendre. Il découvrit le bonheur de regarder jouer ses enfants dans l'herbe comme des petits chats. Tout ça à cause d'une sciatique. Ou grâce à Julie. Ce que c'est que la vie, quand même...

Julie, Sébastien et Ludivine, pieds nus sur la

pelouse, jouaient à faire la bagarre. Sébastien condescendant apprit aux filles les rudiments du judo. Les deux filles bras tendus et jambes pliées écoutaient les doctes conseils du prof, hilare de leur incompétence.

Ludivine en eut très vite assez du judo, c'est pas marrant. Elle proposa de jouer à Beetlejuice. Julie ferait le fantôme. Ça revenait à jouer à chat, mais en donnant au chat le nom du film qu'ils avaient regardé cette semaine. Ludivine avait eu très peur. Mais elle adorait avoir peur.

— Vous savez faire peur? demanda Ludivine de sa petite voix flûtée.

Julie répondit par une horrible grimace et la poursuivit en criant sur la pelouse, c'est moi Beetlejuice! Coursée par le fantôme, Ludivine avait vraiment très peur. Elle traversa la pelouse ventre à terre pour se mettre à l'abri, et Sébastien hurlait que lui, on ne l'attraperait pas. Il grimpa dans un arbre en se moquant de sa sœur. Elle est nulle, ta cachette.

Julie essoufflée, rouge et transpirante, riait autant qu'eux.

— Pouce, j'en peux plus, moi! implora-t-elle.

Mais les enfants n'eurent pas pitié d'elle. Eh, Julie, tu nous attrapes? Allez, essaie de nous attraper. Elle se remit vaillamment à galoper dans le jardin, attention je vais vous manger. Les enfants hurlaient de trouille et de bonheur. C'est les voisins qui devaient être contents.

De son matelas de malade, Antoine riait tout seul à les regarder. C'est drôle, les jeux d'enfants. Ils inventent des trucs auxquels ils croient dur comme fer et qu'ils oublient dans la seconde qui suit.

Il les observait comme par effraction. Ils étaient si absorbés dans leurs jeux qu'ils l'avaient oublié sous son arbre. Comme s'il n'était pas là. Il n'en prit pas ombrage. Au contraire. C'est peut-être un peu ça, le bonheur, les enfants qui jouent sans vergogne, sans penser à leur pauvre papa abandonné avec sa fesse malade.

Il les voyait rarement comme ça les enfants. Aussi gais, aussi libres. Avec les autres nounous et les précédentes fiancées, c'était un peu plus guindé, distant parfois. Julie sait les faire rire. Et en plus elle aime ça. Elle s'amuse autant qu'eux. Il reconnut en son for intérieur que Julie était devenue indispensable dans cette maison. Elle en était l'âme, la cheville ouvrière, celle qui s'occupe de tout et de tout le monde, celle sur qui on peut compter sans réserve. Bon, bien sûr, elle est un peu casse-pieds, parfois, cette manie de toujours le contredire, Antoine. Mais quoi, il n'avait pas non plus bon caractère. Et Julie savait quoi en faire de son mauvais caractère, à Antoine, elle se le mettait dans la poche avec une pirouette...

— Venez ici, demanda-t-il du fond de son lit de douleur, je vais vous prendre en photo. Non, Julie, pas avec le drap sur la tête! (Il immortalisa les trois clowns hilares, rouges et suants.) Ça sera pas terrible la photo, mais ça ne fait rien, je vous aime bien quand même.

A l'heure du goûter, Antoine se laissa tenter par une petite tartine avec du miel. Dans votre état, ça ne peut vous faire que du bien. Il regarda avec tendresse Julie beurrer ses tartines et touiller le chocolat devant les enfants qui se battaient pour être servis chacun le premier... Quel beau dimanche à la campagne, dit Antoine rêveur et bucolique en écoutant les petits oiseaux.

— C'est pas des petits oiseaux, c'est des hirondelles, rectifia Julie.

— Oui sauf que les hirondelles, c'est des petits oiseaux, et que des petits oiseaux, il y en a aussi.

On sonna à la porte du jardin.

Les enfants coururent ouvrir. C'était Maxime, retour du golf, qui venait s'enquérir d'Antoine. De loin, il aperçut Julie, qui s'affairait auprès du malade. Il la détailla longuement, avec une curiosité bien légitime, plaida-t-il en lui-même. Après tout Antoine s'était mis dans tous ses états à cause d'elle au moins une bonne dizaine de fois, elle méritait bien un examen attentif. Avant d'avoir pu dire bonjour, il dut patiemment écouter le récit des exploits de Sébastien. C'est très bien, bravo, je suis très fier de toi.

Julie l'accueillit comme il se doit, ravie de le rencontrer enfin. Elle en avait tellement entendu parler, de l'associé d'Antoine...

— Bonjour, Julie Toronto, fit-elle tout sourire en lui tendant la main.

— Alors, c'est vous, la fameuse Julie ?

La fameuse Julie. Le compliment la toucha agréablement.

— Il y a des posters de moi partout dans le bureau ?

— Un mur entier, dit Maxime en souriant.

Il se dirigea vers ce pauvre Antoine, cloué sous son arbre. Cloué, peut-être, mais pas l'air si malheureux.

— Eh bien ! Tu es dans un bel état, toi, compatit Maxime.

Faussement bougon, Antoine se plaignit :

— C'est à cause de Julie, c'est de sa faute.

— Il cafte, en plus, déplora Julie.

Elle fit mine de ne pas voir Antoine lever les yeux au ciel et proposa aimablement quelque chose à boire à monsieur... ?

— Maxime.

— Ah, c'est vous le fameux Maxime ? fit-elle exagérément surprise.

Ils éclatèrent de rire tous les deux, contents de

leur humour respectif, qu'Antoine ne trouva pas drôle du tout. Les laissant seuls, Julie fila à la cuisine chercher à boire pour Maxime, complètement déshydraté après ses dix-huit trous.

— Elle est rigolote, dit-il en riant.

Antoine approuva sans insister.

— Non, c'est vrai, elle a l'air plutôt sympa. Et... tu l'as culbutée ?

La brutale franchise de la question fit sursauter Antoine, qui ne s'attendait pas à ça.

— Ça va pas, toi, fit-il offusqué, en grimaçant de douleur.

— Pourquoi, s'étonna Maxime, j'essayerais bien, moi, à ta place... Juste par curiosité.

— Tu as la curiosité malsaine, toi, le coupa sèchement Antoine.

Maxime fut surpris. D'ordinaire, Antoine ne faisait pas preuve d'autant de pruderie quand on le lançait sur le sujet. Il était même très bavard et ne manquait jamais de tenir Maxime informé de ses petites histoires, dans une complicité de garçons qui les réjouissait tous les deux. La question était d'autant moins incongrue que les dames qui passaient par la maison d'Antoine finissaient la plupart du temps dans son lit. Maxime n'insista pas. Il changea de sujet et énerva Antoine avec ses performances golfiques.

Julie revint avec un grand plateau chargé de verres et de boissons fraîches et Maxime se précipita pour l'aider. Elle leur trouva un drôle d'air à tous les deux, ils la regardaient bizarrement... Sans chercher à comprendre, elle leur servit à boire et retourna jouer avec les enfants.

Le soir, dans son lit, Antoine poursuivait consciencieusement la lecture des livres de pédiatrie prêtés par Julie. Mais il était distrait, il se concentrait mal. La question de Maxime concernant Julie lui trottait dans la tête insidieusement. Il fut lui-même surpris de la brutalité de sa réaction, et s'en voulut un peu, il n'avait pas voulu froisser son ami. D'autant que la question n'était pas si déplacée, après tout... Mais c'était traiter Julie avec une trivialité qui lui faisait injure à lui-même. Et à elle. Oui, ça doit être ça...

Tandis qu'il se livrait à ses réflexions, Julie préparait les médicaments et la piqûre. Elle redouta un peu d'avoir à entrer dans la chambre d'Antoine tard le soir, alors que les enfants dormaient. D'habitude, elle le voyait toujours cravaté jusqu'aux oreilles, déguisé en avocat, protégé par sa fonction sociale et son statut d'employeur. Il demeurait entre eux une certaine distance, que la cordialité de leurs rapports n'avait pas diminuée d'un iota. En d'autres temps, ça ne l'aurait pas gênée de rentrer dans sa chambre. Mais aujourd'hui, elle se sentait intimidée. L'idée de pénétrer dans son intimité, le voir chez lui en pyjama, vulnérable, descendu de son piédestal, tel qu'il était « pas pour de faux », comme disait Ludivine...

Heureusement, elle avait la seringue. Une arme redoutable et surtout, un bouclier imparable. Elle frappa à la porte et entra aussitôt.

— C'est l'heure de la piqûre, fit-elle en riant, un rien sadique.

Ayant remarqué le livre ouvert, elle se moqua gentiment d'Antoine :

— On lit en cachette, à ce que je vois...

Antoine protesta.

— Mais pas du tout.

L'éternel petit jeu auquel ils se livraient comme chien et chat qui font semblant de se détester masqua habilement le sentiment de gêne qui les travaillait tous les deux.

Julie était debout au pied du lit, la seringue à la

main. Antoine n'avait plus envie de jouer. Il pensa à Maxime et regarda longuement Julie, du même air bizarre que cet après-midi.

— Pourquoi vous me regardez comme ça ? demanda Julie.

Mal à l'aise, Antoine répondit qu'il ne la regardait pas comme ça.

Mais Julie insista.

— Mais si, je vois bien. Vous avez quelque chose à me dire, vous. Ou à me demander. Allez-y je vous écoute...

— Vous n'allez pas le prendre mal ? fit-il en remontant sa couverture.

Julie sur la défensive attendait qu'il se décide.

— Allez, je vous écoute...

Elle ne reçut pour toute réponse que le silence contrit d'Antoine.

— Alors, ça vient ? Parce qu'il va bientôt faire jour.

— Non, c'est idiot, se ravisa-t-il, et complètement indiscret. Allez, on y va, pour cette piqûre.

— Ah, non, dit Julie qui s'impatientait, maintenant, c'est trop tard... Allez, un petit effort...

Antoine lui sourit avant de se lancer.

— Bien que ça ne me regarde pas, je voulais vous demander... Vous avez déjà eu des aventures ?

Julie lui sourit, tout à la fois surprise et soulagée, et s'assit au bord du lit. Elle le regarda longuement avant de répondre, comme pour essayer de savoir où il voulait en venir. L'air penaud d'Antoine qui regrettait sa question l'avait émue. Elle lui répondit le plus simplement du monde.

— Evidemment, que j'ai eu des aventures ! Je suis une femme, vous savez. J'ai mes règles, je peux tomber amoureuse, faire l'amour... Comme tout le monde... Pourquoi vous me demandez ça ?

Parce que je suis le roi des cons, pensa Antoine

qui se sentait ridicule. Il grogna en fronçant les sourcils.

— Ce Gilou, là, qui appelle tout le temps...

— Qui appelle tout le temps ! rigola Julie. Il a appelé deux fois !

La nuit propice aux confidences et le naturel de Julie incitèrent Antoine à aller jusqu'au bout.

— C'est une de vos aventures ?

— Oui, fit Julie rêveusement... Vous savez, j'ai beau mesurer un mètre trente-deux, je vis une vie normale... Je sais bien qu'il y a toujours des gens pour ricaner derrière mon dos, je sais aussi que souvent les hommes que je rencontre veulent assouvir un fantasme, mais bon... Je suis heureuse... J'essaye de l'être, en tout cas...

Julie se tut, comme plongée subitement dans une profonde méditation. Elle semblait poursuivre intérieurement son monologue et se livrer à des réflexions qui ne regardaient personne. Antoine baissa les yeux, songeur. Julie forçait l'admiration. Il fut pris d'une formidable envie de l'embrasser et de lui dire merci pour ces quelques mots simples, prononcés sans aigreur ni amertume. Mais avec dignité. Il avait envie de lui demander pardon, je suis un imbécile, c'est pas du tout ce que vous croyez... Mais aucun mot ne réussit à sortir.

C'est Julie qui se reprit la première. Du ton espiègle qu'il lui connaissait bien elle demanda à Antoine si elle avait bien répondu à sa question. Il hocha la tête sans la regarder.

— Bon, alors, tournez-vous, maintenant... dit-elle d'une voix autoritaire.

— C'est pas la peine, ça va mieux, là.

— Tournez-vous, je vous dis.

— Non, mais je n'aime pas les piqûres.

— Et moi, j'adore les faire.

Antoine la regarda, faussement inquiet. Tout rentrait dans l'ordre, ils jouaient de nouveau à leur petit jeu favori, comme si rien ne s'était passé.

— Ecoutez, dit Julie, j'ai passé mon brevet de secourisme chez les guides. C'est pour vous dire que vous n'avez rien à craindre. Allez, tournez-vous !

— Tournez-vous, vous, implora Antoine.

Julie s'exécuta en riant de ses pudeurs de jeune fille. Quand elle se retourna, Antoine offrit à son regard les quelques centimètres carrés de fesse indispensables à la bonne marche des opérations, mais pas un de plus.

— Touchez pas le nerf, hein, s'inquiéta-t-il le nez dans l'oreiller.

— Mais non, le rassura Julie, je divise la fesse en quatre et... paf !

Et paf. Antoine souffrit en silence. La piqûre terminée, Julie lui donna une petite tape amicale à l'endroit de l'injection.

— Vous avez de belles fesses ! fit-elle à Antoine stupéfait.

Elle lui souhaita une bonne nuit et remonta chez elle.

Ni l'un ni l'autre ne trouva facilement le sommeil. Chacun dans sa chambre pensait à la conversation qu'ils venaient d'avoir et cette soudaine franchise tenant à des sujets si personnels posait plus de questions qu'elle n'en résolvait. Mais, bah, demain est un autre jour, se dit Julie en éteignant sa lumière...

18

Antoine resta couché près d'une semaine. Il avait découvert le plaisir de ne rien faire et de se laisser dorloter. Comme tous les malades, il avait trouvé des compensations à son inaction forcée et à la douleur, qui, pour être psychosomatique, n'en était pas moins réelle. Faible, vulnérable, dépendant, il exerçait une douce tyrannie sur Julie qui prenait grand plaisir à obéir aux ordres de son exigeant malade. Toutes les cinq minutes, il trouvait quelque chose à lui demander.

Ces vacances forcées lui firent le plus grand bien. Antoine d'ordinaire survolté avait pris le temps de vivre, d'écouter ses enfants, et de découvrir Julie, qui lui devenait chaque jour plus nécessaire. Quand il fut sur pied, Julie le regarda partir à son bureau avec une certaine mélancolie. Elle avait trouvé bien du plaisir à cette curieuse parenthèse, où Antoine avait eu tellement besoin d'elle. Maintenant, il reprenait sa liberté et retrouverait cette vie où il n'y avait pas beaucoup de place pour elle. D'ailleurs, quelle importance, Julie n'était pas ici pour s'occuper d'Antoine, mais des enfants.

Elle méditait ainsi en regardant les photos qu'Antoine avait prises le dimanche précédent. On les voyait tous les trois, Sébastien, Ludivine et elle faisant les clowns dans le jardin. Un bien beau dimanche, de si jolies photos. Antoine avait choisi pour son bureau une photo des enfants. Mais sans Julie...

Quelques jours plus tard, elle annonça la nouvelle aux enfants. C'est mon anniversaire, on va faire la fête. Dîner dans le salon, en grande tenue. Je vous fais un vrai repas de gala, c'est moi qui invite. Avec papa ? Avec papa. Sébastien et Ludivine applaudirent avec enthousiasme, réjouis de cette bonne nouvelle, occasion de faire la fête et de se coucher tard. Toute la journée, Julie s'était affairée dans sa cuisine, avait mis le champagne au frais, cuit le gâteau au chocolat, sorti une belle nappe brodée. Spécialement pour Antoine qui adorait ça, elle avait préparé elle-même un foie gras truffé, qu'elle était partie acheter dans l'une des meilleures maisons de Tours.

Les petits, en rentrant de l'école, s'étaient mystérieusement retranchés dans leur chambre. Ils firent à Julie la surprise de prendre leur bain tout seuls, comme des grands, et de s'habiller beau pour la cérémonie. Julie remarqua que l'opération leur avait pris beaucoup de temps. Ils répondirent en riant d'un air de conspirateurs. Ils avaient sûrement des choses à cacher...

En fin de journée, quand tout fut prêt, Julie prit elle aussi le temps de se faire belle, dans la salle de bains d'Antoine, avant qu'il ne rentre. Elle redescendit maquillée, coiffée, en tenue habillée et accepta en souriant les compliments des enfants.

Peu avant huit heures, les enfants surexcités entendirent Antoine garer la voiture devant la maison.

— C'est papa ! C'est papa ! crièrent d'une même voix Sébastien et Ludivine.

Julie courut à la cuisine vérifier son champagne et ses petits plats.

Antoine selon son habitude posa sa serviette

dans l'entrée et prit son courrier sur la console avant d'entrer dans le salon. Les enfants lui sautèrent au cou en trépignant comme des puces.

— Mais qu'est-ce qui se passe ici ? Vous dînez dans le salon ?

Ludivine se mit à rire, tout heureuse de cette bonne surprise et de l'étonnement de son père.

— Evidemment, dit Sébastien, c'est l'anniversaire de Julie.

— Merde, c'est pas vrai, dit-il, effondré, elle aurait pu me le dire, quand même ! Où elle est ?

Les enfants subodorèrent que quelque chose clochait et lui indiquèrent la cuisine sans un mot. Antoine ouvrit brutalement la porte.

— Pourquoi vous ne m'avez pas dit que c'était votre anniversaire ? lui dit-il d'une voix franchement désagréable.

Julie sursauta, surprise du ton peu amène d'Antoine. Un jour d'anniversaire, il pourrait faire un effort...

— Pourquoi, lui dit-elle, vous vouliez me faire un cadeau ?

Un petit sourire mollement accroché sur les lèvres, il se mit à tourner autour de la table avec sa tête des grands jours. Julie feignit d'ignorer son manège, et installa ses amuse-gueule sur un ravier en évitant de le regarder. S'il a décidé de faire la tête, c'est son problème.

— J'ai un dîner ce soir, dit-il d'une voix lugubre.

Il ne put que constater la déception de Julie. Elle se voyait gros comme une maison, il lui sembla même qu'elle avait un peu pâli. Mais elle se reprit très vite, comme elle savait si bien le faire. Farfouillant dans ses raviers, sans regarder Antoine planté devant elle, elle lui répondit, aussi indifférente que possible.

— Tant pis, c'est pas grave...

— Non, c'est pas grave, reprit Antoine, presque agressif.

Il aurait préféré qu'elle l'engueule franchement, qu'elle lui dise qu'il était un goujat et un sale type d'avoir oublié son anniversaire. Mais elle ne dit rien, et c'était pire que tout. Il restait là, muet, avec tous les mots qu'il voulait dire et qui ne sortaient pas. Tout ça pour un dîner à la con dont il n'avait même pas envie. Mais maintenant, c'était trop tard, le mal était fait, il fallait l'assumer...

Julie ne le regardait pas mais sentit son regard planté sur elle.

— Pourquoi vous me regardez comme ça ? Puisque je vous dis que ce n'est pas grave. Où est le problème ?

— Mais il n'y a aucun problème, s'énerva Antoine.

Julie s'efforça de sourire. Ne vous en faites pas, je vais le fêter avec les enfants. Elle lui fut reconnaissante de son air désolé. Elle avait trop d'indulgence pour lui, elle lui passait tout, à Antoine. Même quand il ne le méritait pas.

— Mais enfin, lui dit-il en soupirant, ce genre de choses, ça s'annonce, quand même !

— C'est ça, c'est de ma faute ! Vous savez quoi ? Dans pile un an, c'est mon anniversaire. Vous êtes prévenu assez longtemps à l'avance ?

Il n'insista pas. C'était pas la peine en plus de la mettre en colère. Le malheureux Antoine se sentait atrocement mal, il s'en voulait comme c'est pas possible. C'est épouvantable de faire des choses pareilles, ça ne s'oublie pas, un anniversaire. Surtout l'anniversaire de Julie. Alors pourquoi tu ne lui dis pas, couillon ? Parce que j'ose pas. Et quand Antoine n'ose pas, il se recroqueville, se mure dans le silence et la mauvaise humeur et culpabilise les autres de ses propres fautes. Il faisait ça très bien, la plupart du temps. Sauf que là, il était largement aussi désolé que Julie. Ce malentendu ridicule les rendait tous les deux malheureux. Sans compter les enfants.

Il prit la fuite dans sa salle de bains. Une bonne douche lui ferait du bien. Mais il se fit alpaguer par Sébastien, aussi amène que la statue du Commandeur.

— Tu dînes pas là ?

— Mais non, dit Antoine comme on appelle au secours. Je ne savais même pas que c'était son anniversaire ! Elle ne m'a même pas prévenu !

Il prit son fils à témoin, lui au moins pourrait peut-être comprendre. Mais non. La mine sinistre, Sébastien dit que Julie allait être très triste... Antoine s'enfonça un peu plus.

— Tu pouvais m'appeler, toi aussi !

Mais l'argument n'avait pas convaincu Sébastien qui jeta à son père un regard lourd de sens.

— Allez, laisse-moi me doucher, s'il te plaît, dit lâchement Antoine pour ne plus avoir à subir cette détresse muette, qui lui était comme autant de coups de poignard.

Sébastien obéit. Il redescendit dans le salon. Il en voulait mortellement à son père d'avoir gâché l'anniversaire de Julie.

Il fila dans la cuisine et Julie l'accueillit aussi gaiement que possible.

— Tiens, puisque tu es là, tu vas m'aider. Mets donc les serviettes sur la table !

— Julie...

Elle savait bien ce qu'il allait lui dire. Elle ne voulait pas l'entendre. Surtout, qu'il ne parle pas... Il avait l'air un peu triste, lui aussi, pas aussi gai que l'aurait exigé un soir de fête, en tout cas.

— Les serviettes, tu les roules et tu les mets dans les verres. Ça fait plus fête. Allez, file...

Il hésita avant d'obéir à Julie.

— Tu sais, on va bien rigoler, tous les trois...

— Evidemment, qu'on va bien rigoler, le rassura Julie.

Antoine aurait voulu ne jamais sortir de sa douche. Affronter les accusations muettes des enfants, le regard triste de Julie, il ne s'en sentait pas le courage. Il était comme un voleur pris sur le fait, un coupable démasqué qui n'a rien à dire pour sa défense. Tout ça à cause d'un dîner avec madame Cuisinor... Il aurait voulu être déjà loin, à l'abri dans sa voiture, les laisser seuls tous les trois, puisqu'il n'y avait rien d'autre à faire... Il tenta bien de se débarrasser du problème : bon, après tout, c'est l'anniversaire de la nounou de mes enfants, je suis pas là. Et alors, c'est pas un drame. J'en connais pas beaucoup qui se sentent obligés de faire des ronds de jambe pour leur nurse. Sauf que là, c'est pas pareil. Je ne me sens pas obligé. J'ai envie d'être là, à la maison, avec eux. Bon anniversaire, ma petite Julie...

Julie restait obstinément cloîtrée dans sa cuisine, assommée par la terrible indifférence d'Antoine. Elle ne l'aurait pas cru capable d'un coup pareil. C'était pour lui qu'elle avait organisé cette petite fête. Pour elle-même, pour les enfants aussi. Mais surtout pour lui. Il la lui balayait d'un revers de la main, sa petite fête. Tu t'es fait des illusions, ma pauvre fille... Qu'est-ce que tu croyais, qu'il allait te sauter au cou, fou de joie, bon anniversaire, ma petite Julie ? Et puis quoi, encore ? Il s'en fout complètement, tu fais partie des meubles, du moment que tu t'occupes bien des enfants... Allez, c'est mon anniversaire quand même...

Justement, Cynthia téléphona pour le lui souhaiter, son anniversaire.

— Merci, dit Julie la voix triste.

Cynthia comprit que Julie avait des soucis. Mais non, rien, je t'assure.

— Tu sais quoi? reprit Cynthia, Crémieux veut t'engager. Oui, toi-même personnellement. C'est pas une bonne nouvelle, ça?

Julie ne sut quoi répondre. Depuis six ans qu'elle cherchait à faire la comptable, il fallait que ça arrive maintenant. Elle n'y était pas préparée.

— Je sais pas, il faut que je réfléchisse...

— Réfléchis pas trop longtemps, les places sont chères, par les temps qui courent... Allez, bon anniversaire!

On sonna à la porte, Sébastien courut ouvrir, des fois que ça serait un invité surprise. Ce fut en effet une surprise. Une dame. Grande, blonde, intimidante. Bonjour, madame.

— Bonjour. Je suppose que vous êtes le fils d'Antoine? J'ai rendez-vous avec votre papa.

Sébastien la conduisit jusqu'au salon, sans un mot. Il n'avait pas envie de lui parler à celle-là, il soupçonnait une nouvelle fiancée dans cette grande créature élégante et distante. Il décida qu'elle lui convenait pas.

Julie était dans le salon et manqua de lâcher son ravier de petits amuse-gueule. C'est donc ça, le dîner d'Antoine. Un coup de massue sur la tête. Un coup de poignard. Le sol qui se dérobe sous les pieds. Enfin toutes les bêtises qui peuvent venir à l'esprit dans ces cas-là, pour dire l'indicible. Antoine ne reste pas pour fêter mon anniversaire parce qu'il préfère dîner avec cette belle dame. C'est clair.

La dame en souriant demanda si Antoine était là. Il prend sa douche, dit Sébastien avant de disparaître dans sa chambre. Il préféra prendre la fuite, laisser Julie et Ludivine se dépatouiller seules avec elle.

— Entrez, dit aimablement Julie. Installez-vous dans le salon, il va arriver.

Ludivine regardait de loin, assise à une table avec ses crayons de couleur. Elle n'avait pas envie de parler à la dame. A cette dame qui lui adressa un cérémonieux « Bonsoir, mademoiselle » auquel elle ne daigna pas répondre. L'accueil était un peu frais. Les enfants sont si timides, parfois...

— Je peux vous offrir quelque chose à boire ? demanda Julie en se forçant à sourire.

— Non, vous êtes gentille, merci...

Non, vous êtes gentille, merci. Ce ton vaguement condescendant d'une femme qui croit que le monde lui appartient. Qu'Antoine lui appartient. Elle a raison, après tout, à sa place, je ferais peut-être pareil.

— Antoine ne devrait plus tarder, maintenant...

Julie disparut. La dame fit le tour du salon, pour admirer les meubles et la décoration. Sébastien revint, son Game Boy à la main, et s'assit ostensiblement dans le canapé sans un regard pour l'intruse. Il se plongea immédiatement dans sa partie. Il remarqua avec satisfaction que la dame semblait trouver le silence un peu pesant. Elle eut beau faire l'aimable, admirer les jolis dessins de Ludivine, les enfants ne lui adressèrent pas la parole. Julie débouchait le champagne dans la cuisine et Antoine à l'étage du dessus finissait de s'habiller. Joyeux anniversaire.

Antoine descendit l'escalier en rasant les murs. La dame menait tant bien que mal son entreprise de séduction auprès des enfants. Il la regarda un instant avant de rentrer dans le salon. Il est vraiment con, ce Maxime, elle est pas si bien que ça. Et puis il aurait pu lui demander son avis avant de lui flanquer cette fille dans les pattes. Juste ce soir. Même si Cuisinor est un gros client. C'est vrai aussi que c'était un dîner d'affaires, elle restait malgré tout une cliente potentielle. Mais il n'y avait pas urgence... Le désarroi d'Antoine avait cédé la place à une franche mauvaise humeur. Se laisser toujours imposer des trucs qu'on n'a pas envie de faire, ça finit par être désagréable. Ma vraie place est ici et maintenant. Ce que je fais, c'est pire qu'une désertion...

— Bonsoir, Estelle. Vous avez fait connaissance, à ce que je vois?

— Oui, répondit Estelle, très mondaine, vos enfants sont adorables...

Antoine leur jeta un coup d'œil, aux adorables. A les voir, on devinait aisément qu'Estelle était une reine de la psychologie. Ou une menteuse.

— On y va? demanda-t-il comme s'il partait se faire couper la tête.

— Je vous attends, acquiesça la belle madame Cuisinor.

Ils allaient partir, quand Antoine se ravisa. Excusez-moi un instant, j'arrive.

Il surgit dans la cuisine alors que Julie se servait une coupe de champagne.

— A la mienne, fit-elle en levant son verre sous le nez d'Antoine.

Il recommença son manège, à tournicoter dans cette cuisine sans pouvoir prononcer un mot. C'était pourtant simple, ce qu'il avait à lui dire. Bon anniversaire, et pardonnez-moi, je ne l'ai pas fait exprès. Mais jamais elle ne le croirait. Tout ce qu'il se borna à faire, c'est la regarder avec des yeux de merlan frit.

— Bon, ben, j'y vais.

— Bon, ben, allez-y.

Il eut presque envie de rire. Même dans une situation aussi absurde, elle arrivait à être drôle...

Mais tout ça c'était de sa faute. Il referma la porte qui était restée entrouverte. C'est pas ce crétin de Vaudoyer qui disait toujours que la meilleure défense c'est l'attaque ?

— Vous auriez pu me prévenir, quand même, lui dit-il offusqué, comme si elle avait fait exprès de ne pas l'inviter.

Voilà, il était vexé.

— Je vous ai demandé ce matin si vous dîniez là.

Julie s'impatientait. Elle en avait assez de ce cirque. Il faut savoir assumer ses choix, on peut pas être partout à la fois. Faire le joli cœur avec les belles clientes et goûter aux joies simples de la vie de famille. Elle n'avait qu'une envie, maintenant, c'est qu'il s'en aille, avec sa belle fille toute neuve, sa fiancée inédite qui s'installerait bientôt à l'étage noble de la maison. Elle ne voulait pas avoir à supporter plus longtemps la terrible humiliation qu'Antoine venait de lui infliger. Et devant les enfants, encore.

— Allez-vous-en, maintenant. Nous, on va dîner. C'est pas grave, Je vous assure.

— Non, c'est pas grave, lui dit Antoine sur un ton de reproche.

C'est pas grave, mais c'est pas malin. Avec ses surprises à la con, voilà dans quelle situation elle nous met. C'est de sa faute. Elle n'avait qu'à le dire, que c'était son anniversaire.

Julie buvait sa coupe de champagne. Les petites bulles lui feraient sans doute du bien.

— C'est bien ce que je dis, dit-elle la voix guillerette après avoir vidé la coupe, c'est pas grave !

— Vous savez que vous avez un ton particulièrement exaspérant, ce soir ? l'engueula Antoine qui ne trouvait pas d'autre porte de sortie.

— Moi ?

— Oui, vous.

Elle se mit à rire, soufflée par le culot d'Antoine. C'est moi qui suis exaspérante...

— A l'avenir, je vais me surveiller.

— Bon, cette fois, j'y vais, dit-il sans bouger d'un pied.

— C'est ça, allez-y. Bonne soirée, insista Julie puisqu'il ne bougeait toujours pas.

Mais il attend quoi? Il attendait peut-être un miracle, mais qui ne vint pas.

— Merci, dit-il d'un ton pincé.

Il sortit, mécontent, fâché après la terre entière, après lui-même, après Julie. Il ne lui avait même pas souhaité un bon anniversaire. La situation ne s'y prêtait peut-être pas tout à fait.

Il emmena Estelle, liquéfié devant les accusations muettes des enfants qui allaient passer à table.

Il avait retenu chez Barrier, où il avait ses habitudes. L'une des meilleures tables de la région. Normalement, il aurait dû passer une bonne soirée. Il serra quelques mains, sans remarquer les regards connaisseurs qui se posaient sur sa belle invitée. Il voulait rentrer à la maison. Il trouvait la belle Estelle aussi sexy qu'un dépôt de bilan. Elle n'arrêtait pas de parler, chiffre d'affaires, concurrence, cuisines, dommages et intérêts, achats, ventes. Assez! C'était vraiment gâcher le pinard d'exception qu'il avait cru bon de commander. Elle parlait toute seule, dans un monologue satisfait que rien ne pouvait arrêter. Antoine l'écoutait distraitement, la tête ailleurs, dans son salon. Bon anniversaire, Julie.

Je veux rentrer chez moi. J'en ai marre. Il en avait marre des *executive women* de choc, marre de ces fausses blondes qui ont toutes le même cul, toutes sanglées pareil dans le même tailleur Saint Laurent acheté en solde, marre de cette connasse blonde, si elle lui plaît tant que ça à Maxime, il a qu'à se la prendre, marre d'être là à chipoter son sandre de Loire aux petits légumes. Marre des petits légumes. Il voulait un gâteau d'anniversaire.

Il saisit au hasard une bribe du discours sans fin de sa convive, assise face à lui, son sourire de chasseresse carnassière inexorablement accroché sur les lèvres.

— On a réussi à prouver qu'ils nous avaient copié douze modèles en trois ans. Vous savez combien on a obtenu ?

— Mmm ? Non.

Non, il n'en savait rien, et si elle savait ce que je m'en fous !

— A l'époque, hein. Je vous parle de ça, c'était il y a cinq ans...

Parce que tu sévissais déjà, il y a cinq ans, à foutre le bordel dans les cuisines... Mais qu'est-ce qui ressemble plus à une cuisine qu'une autre cuisine... Je veux la mienne, de cuisine...

— Un million et demi de dommages et intérêts !

— Vous aviez un bon avocat, admira Antoine poliment.

— Je suis sûre que vous êtes meilleur, dit Estelle la voix suave.

Au regard plein de promesse, elle joignit le geste, en lui prenant la main.

Il lui dit merci la voix crispée. La sciatique, psychosomatique ou pas, venait encore de le frapper.

— Ça ne va pas ? s'inquiéta Estelle.

Il lui dit que si, si, et elle reprit son discours là où elle l'avait laissé.

— Le plus incroyable, c'est que deux ans plus tard, on s'associait avec eux. Après les avoir fait condamner.

Antoine hocha la tête d'un air entendu.

— La vie réserve bien des surprises, hein ?

Estelle éclata de rire.

— Vous en avez d'autres, des comme ça ?

C'est ça, fous-toi de ma gueule, en plus. Chez moi, je suis un salaud et ici je suis le roi des cons.

Vexé, il essaya de sourire.

— Je suis désolé...

Compréhensive, Estelle s'inquiéta.

— Il y a quelque chose qui ne va pas ?

— Ah oui, reconnut Antoine, enfin heureux de pouvoir faire une trêve dans cette comédie ridicule. Je suis désolé, mais ce soir, je suis... Je ne suis pas dans mon assiette.

Estelle, comblée par la confiance d'Antoine, avait le sentiment de tenir le bon bout. Le poisson mordait à l'hameçon. S'il baissait la garde pour lui découvrir ses vulnérabilités, c'est bien qu'il n'allait pas tarder à lui tomber dans les bras. En vraie femme de tête à qui rien ni personne ne résiste, elle affichait la satisfaction tranquille qui précède les victoires décisives. Celui-là, elle le voulait. Elle n'allait pas tarder à l'avoir.

— Qu'est-ce qui se passe ? demanda-t-elle d'une douce voix inquiète.

— Ah, je ne sais pas, je ne sais pas... fit Antoine, désemparé.

Il souffrait et le temps lui paraissait horriblement long. Ils en sont peut-être déjà au gâteau. Elle va souffler ses bougies...

— Ça vous ennuie si je passe un coup de téléphone ? demanda-t-il comme mû par une soudaine inspiration.

— Si ça peut vous décrisper, passez-en deux, même, répondit Estelle d'un ton désinvolte et rigolard.

Elle n'avait pas fini sa phrase qu'Antoine prenait la fuite pour se réfugier dans la cabine téléphonique. Ouf ! Il respirait mieux. Bon anniversaire, ma petite Julie...

A la maison, la gaieté forcée de Julie et les efforts des enfants ne réussirent pas vraiment à donner au dîner la couleur d'une vraie fête. C'était un anniversaire complètement raté, un enterrement pour tout dire. Ils avaient tous les trois chipoté dans leur assiette, en essayant de parler pour faire joyeux, mais ça ne marchait pas du tout. L'absence d'Antoine était plus pesante encore que sa présence si franchement envahissante lorsqu'il était de mauvaise humeur. L'oreille aux aguets, ils surveillaient le moindre bruit, dans l'espoir improbable d'un retour inopiné du Grand Absent. Même s'il rentrait d'une humeur de chien, on l'accueillerait avec un indicible bonheur. Parce que lui seul pouvait donner un peu d'air à la lourde atmosphère qui étouffait le salon. Julie était fermée comme une huître, en proie à une inconsolable tristesse qui étonna même les enfants. Après tout, on aurait pu rigoler tous les trois comme on le fait d'habitude...

L'image du couple formé par Antoine et cette belle dame prénommée Estelle était plantée dans la tête de Julie. Beau couple, assurément. Elle était malheureuse, déçue dans ses espérances, noyée dans un incommensurable chagrin. Elle fut bien obligée d'admettre qu'elle aimait Antoine et que si elle continuait comme ça, elle allait vraiment souffrir le martyre. Voir Estelle, tous les jours, tous les matins, c'était pas supportable. Parce qu'il était bien évident qu'elle finirait par venir s'installer ici, Estelle. Toutes ces cachoteries, ces dîners, ces absences avaient un nom : Estelle. Même si Antoine sortait moins depuis quelque temps, même s'il était parfois d'une gentillesse que Julie en venait à prendre pour de la tendresse, la vérité vraie avait nom Estelle. Julie se jura ses grands dieux qu'elle n'était pas jalouse.

D'ailleurs, Antoine ne m'a jamais rien promis,

pas même de me souhaiter mon anniversaire. Il ne me doit rien, Antoine. Tout cela n'était qu'un rêve...

Le dîner prenait pour Julie des allures de supplice, une sinistre farce qu'elle était bien obligée de mener à son terme. Les enfants seraient tristes si on ne soufflait pas les bougies. Les bougies, c'est ce qu'ils préfèrent, les enfants, dans les anniversaires. Elle leur sourit, comme pour les supplier d'être gais. Ne soyez pas tristes à cause de moi, tout ça n'est pas grave...

— Allez attention, les enfants, je vais chercher le gâteau ! Toi, Sébastien, tu vas éteindre la lumière.

— Chouette ! fit Sébastien sans conviction en se levant pour se mettre en sentinelle près de l'interrupteur.

Ludivine suçait son pouce et s'endormait un peu. Julie revint dans le salon plongé dans la pénombre, portant son gâteau au chocolat. Ludivine pensivement compta les bougies. Trois grandes et deux petites.

— Jo-yeux z'an-ni-ver-saire, jo-yeux z'an-ni-versaire...

Julie marmonnait machinalement.

— Dites donc, je ne vais quand même pas chanter toute seule ? dit-elle avec une gaieté forcée qui n'échappa guère aux enfants.

Ils reprirent sans conviction, *jo-yeux-z'an-ni-versaire*... Eux aussi en avaient assez. Puisqu'il n'y avait pas de fête, autant en finir tout de suite.

Julie souffla ses trente-deux ans.

Les enfants l'embrassèrent en la serrant très fort, bon anniversaire, Julie. Ils lui donnèrent chacun un joli dessin préparé spécialement pour l'occasion, elle les en remercia avec une intensité qui les mit presque mal à l'aise. Elle était près d'éclater en sanglots.

Les enfants d'habitude si prompts à se précipiter pour dire allô le premier laissèrent Julie décrocher quand le téléphone sonna, alors qu'ils terminaient péniblement leur part de gâteau au chocolat.

— Allô Julie ? C'est Antoine.

Bien loin de lui faire plaisir, cet appel d'Antoine du fond de son restaurant fit à Julie l'effet du couteau que l'on enfonce un peu plus dans la plaie à vif. Elle n'en mesura que mieux le sentiment d'abandon et de solitude qui l'obsédait depuis le début de la soirée. Elle se força pour articuler quelques paroles polies. Ah ? vous passez une bonne soirée ? furent les seuls mots qu'elle réussit à exprimer, d'une façon mécanique. Elle aurait mieux fait de laisser Sébastien répondre.

— Excellente, merci, dit Antoine du même ton convenu.

Ça lui faisait une belle jambe, à Julie. C'est pour ça qu'il appelait, pour qu'on s'inquiète pas pour lui, pour qu'on se rassure, tout va bien avec Estelle, merci. Ses remords, s'il en avait, il pouvait les garder pour lui. Ça changerait plus rien, maintenant.

— Qu'est-ce que je pourrais faire qui vous obligerait ? lui demanda Julie un peu crispée.

— Rien.

— Ah bon.

Rien ne trahit mieux les sentiments que la voix nue dans le téléphone. Le moindre fléchissement d'intonation, les modulations involontaires, les hésitations, les soupirs, les silences prennent une résonance particulière et l'imagination fait le reste. Julie eut le sentiment d'un Antoine qui se sentant coupable d'indifférence et de grossièreté venait à distance faire un effort pour se dédouaner et offrir un petit plaisir à la nounou des enfants. La voix sèche de Julie pouvait nourrir toutes les présomptions de sale caractère qu'on lui attribuait parfois. Ni l'un ni l'autre ne fit le moindre effort pour infirmer ces impressions désastreuses. Le téléphone est un exécrable *go-between*, qui trahit les confidences que l'on veut bien confier à son oreille insensible.

Antoine marmonna un calamiteux bon anniversaire, qu'il crut pourtant en toute bonne foi chaleureux. A force d'avoir trop répété la scène mentalement, il affrontait mal l'épreuve du direct. Il rata son entrée.

— Merci, c'est très gentil, répondit Julie, parce que dans ces cas-là, c'est ça qu'il faut répondre.

Antoine tenta de cacher sa déception. Il avait espéré mieux. Mais quoi, au fait ? Une explosion de joie ? L'absolution dans la joie et l'allégresse ? Dans sa naïveté égoïste, il avait bêtement pensé que le bonheur, c'est simple comme un coup de fil. Sauf que pas du tout. C'est de la publicité mensongère.

— Bon, bon, conclut-il pour meubler le silence. Vous… vous ne dites rien ?

— J'ai dit merci, c'est très gentil.

Julie ne le vit pas lever les yeux au ciel. Mais elle l'entendit soupirer.

— Bon, eh bien bonne soirée.

— Merci. Vous aussi.

Le téléphone, dans son incommensurable patience, transmettait des grésillements et une conversation lointaine qui parasitait la ligne. Mais d'Antoine ou de Julie, point. Silence à chaque bout. Chacun attendait l'autre au bout du fil.

— Ben alors, vous raccrochez ? aboya Antoine.

— Allez-y, vous !

Il raccrocha le téléphone comme on donne un coup de massue. Julie resta à l'autre bout, à écouter le lointain bip bip qui ramenait Antoine à sa dulcinée.

19

Les enfants obéirent à Julie sans discuter quand elle leur dit qu'il était l'heure d'aller se coucher. Ils l'aimaient assez pour ne pas la contrarier plus, elle avait déjà l'air si triste.

— Pourquoi elle est triste, Julie, interrogea Ludivine qui n'était pas sûre d'avoir tout compris.

— Parce que.

— Oui, mais parce que quoi ?

— Mais tu m'énerves, à la fin, dors maintenant, s'énerva Sébastien.

Elle se tut en boudant et revint à la charge quelques instants plus tard.

— C'est à cause de papa ?

— Oui, fit-il laconique.

Il n'avait pas envie de s'étendre sur le sujet et de toute façon, Ludivine ne comprenait jamais rien.

— Et alors, c'est pas grave. On a bien rigolé quand même.

— T'as raison, c'est pas grave. Fous-moi la paix et dors.

Ils s'endormirent rapidement, en s'interrogeant l'un et l'autre sur cette curieuse soirée dont ils redoutaient des conséquences irréparables. Bon anniversaire, Julie...

La maison n'avait jamais paru aussi vide, aussi silencieuse. Le silence du néant. Julie débarrassa en prenant soin d'effacer toute trace de ce qui aurait dû être une joyeuse soirée d'anniversaire. Elle jeta les restes du repas, même ce qui restait de gâteau, et même les bougies. Elle vida le champagne dans l'évier. Il ne restait plus rien.

Assise dans le canapé, elle contempla le salon. Ça ferait bientôt trois mois qu'elle vivait ici et jamais elle n'avait pris le temps de regarder les choses. Les meubles font partie des meubles et on ne les regarde jamais. On a tort. Jour après jour, ils s'imprègnent de la présence des êtres, ils vivent au rythme de leur propriétaire et gardent la mémoire des événements. Julie pour la première fois fit l'inventaire des traces visibles de son passage dans cette grande pièce qu'elle avait trouvée un peu froide à son arrivée. Il y avait maintenant des plantes vertes, des fleurs dans les vases, des photos d'elle avec les enfants, quelques traces sous la table d'une peinture rouge qui avait refusé de partir, un jour où ils avaient joué à se déguiser en Indiens, un carreau qui n'avait pas tout à fait le même transparent que les autres, souvenir d'un jour de foot, et puis des livres, ceux lus ou pas par Antoine. Et surtout, il y avait la meilleure part d'elle-même. Et des souvenirs qui n'étaient qu'une imposture.

Alors seulement, Julie se mit à pleurer doucement. Elle prit le casque pour écouter de la musique. Les quatre derniers lieder de Richard Strauss, qu'elle aimait bien parce que Verdi, ça commençait à bien faire. Elle avait bien choisi. Il n'y a pas plus mélancolique, comme musique. De la tristesse à l'état pur, poignante et définitive. Propice à prendre les décisions douloureuses qu'impose parfois la vie.

Elle était bien, ici, elle l'avait assez dit. Elle aimait les enfants qui le lui rendaient bien, elle aimait bien Christiane. Et elle aimait Antoine. Elle avait cru tellement de choses, elle avait cru discerner par-ci par-là comme un geste, un signe d'intérêt, une preuve d'amitié, peut-être plus parfois. Mais ce n'était qu'un leurre. J'ai rêvé. J'ai inventé des choses qui n'existent pas. Un mirage, en somme.

Que lui restait-il aujourd'hui ? Rien qu'un mensonge, une humiliation insupportable, et l'indifférence d'Antoine qu'elle recevait comme une gifle.

Elle s'enferma dans la musique en essayant de ne plus penser à rien. Faire le vide en attendant demain...

Antoine rentra tard.

Le dîner avait traîné en longueur, il y avait trop de monde dans ce restaurant. Il dut supporter son tête-à-tête avec Estelle pendant de longues heures. Il pénétra dans la maison sur la pointe des pieds, heureux finalement de ne pas avoir à affronter la famille et surtout Julie, vivant reproche de ses maladresses et de sa couardise. Demain, cette soirée désastreuse ne serait plus qu'un mauvais souvenir...

Mais il y avait de la lumière dans le salon et Julie était là, à écouter de la musique, son casque sur les oreilles. Elle ne pouvait pas le voir et Antoine resta à l'entrée du salon, à l'observer clandestinement. Repliée sur elle-même, un coussin serré sur son ventre, elle semblait loin, très loin. Il fut bouleversé par ce spectacle où il n'y avait pas de place pour lui. Il était heureux de la voir, sa petite Julie, si heureux. Et jamais il ne le lui disait. Mais il n'était pas certain d'être capable de l'affronter maintenant, il s'était si mal conduit envers elle.

Julie sentit une présence et tourna la tête vers la porte du salon. Elle ôta les écouteurs et essaya de faire bonne figure. Elle ne voulait surtout pas qu'il sache à quel point elle était meurtrie. Être calme, neutre, détachée.

— Vous n'êtes pas couchée ? demanda Antoine à voix basse.

— Non.

Il était mal à l'aise et n'avait qu'une envie, prendre la fuite, se cacher, oublier cette soirée catastrophique. Dormir.

— Eh bien, moi, j'y vais, dit-il un peu lâchement.

Ce soir, il n'était pas d'humeur à se livrer à leur exercice favori, la dispute d'avant le coucher. Les polémiques nocturnes à propos de tout et n'importe quoi, une brosse à dents, un livre, les menus des enfants, c'était pour les bons jours, quand on est de bonne humeur et que l'on a envie de rigoler un peu en faisant semblant de se disputer. Bonne nuit, Julie.

Il allait monter l'escalier quand Julie le rappela.

— Antoine, je voudrais vous parler.

Il serra les dents, sur le qui-vive, prêt à prendre un coup violent sur la tête. Julie était nerveuse, crispée, de toute évidence quelque chose la torturait. L'anniversaire raté ne pouvait pas en être la cause.

— Antoine, je crois que je vais partir.

Il avait bien raison de redouter que le ciel lui tombe sur la tête. Parce que c'est exactement ce qui était en train de se produire. Il s'attendait à tout, mais pas à ça.

— Partir ? Mais enfin pourquoi ? dit-il presque effrayé.

Julie le regarda et lui sourit, l'air désabusé. Pourquoi ? S'il ne sait pas pourquoi, c'est que j'ai raison de partir... Elle se lança dans des explications qu'il prendrait comme il voudrait, ça n'avait plus beaucoup d'importance. Nounou, c'était pas son métier, juste un accident de parcours. Bien sûr qu'elle était triste. J'ai un cœur, vous savez. On ne vit pas avec des enfants pendant des mois sans s'attacher, on les aime, forcément. Ils lui manqueraient, c'est sûr... Et moi, pensait Antoine, est-ce que moi aussi, je vous manquerai ?... Mais il resta muet, à regarder Julie, pensif, passif, sonné.

— On me propose un poste de comptable, dit-elle d'une voix qui se voulait convaincue.

— Ah oui, bien sûr, acquiesça Antoine en hochant la tête.

Evidemment c'était son intérêt, à Julie. Comptable, c'est mieux que nounou. Elle avait raison de penser à son avenir. Même si elle nous plante là tous les trois et que je préfère qu'elle reste. Je veux pas qu'elle s'en aille. Ce fut pour Antoine comme une révélation. Il n'y avait jamais pensé auparavant, n'avait jamais envisagé cette éventualité, mais là, maintenant, ça s'imposait comme une évidence. Il ne voulait pas qu'elle s'en aille. Il ne savait pas très bien pourquoi, mais la maison sans Julie, c'était exactement impossible.

Julie attendait un mot d'Antoine, une remarque, une réflexion, une petite phrase gentille, quelque chose comme : Je préférerais que vous restiez avec nous. Mais non rien. Muet. Indifférent. Christiane passera une annonce demain dans le journal et dans quarante-huit heures il y aura une nouvelle nounou. Ou plutôt une nouvelle fiancée. Estelle. De toute façon, il n'a plus besoin de moi. Il ne me retient pas. Tu as raison de partir, ma fille. Prends la fuite, dès demain, et oublie. Le mieux à faire maintenant, c'était de se retirer noblement et de monter se coucher sans un mot. Mais elle n'y tint pas. Elle avait besoin de savoir.

— Finalement, c'est pas très grave, si je m'en vais. Vous n'allez bientôt plus avoir besoin de moi... ?

— Pourquoi ? demanda Antoine surpris.

— La jeune femme qui est venue vous chercher...

— Elle est pas nounou, protesta-t-il, ne voyant vraiment pas ce qu'Estelle venait faire là-dedans.

Julie se tortillait les mains, regrettant déjà de s'être lancée dans cette discussion, dont elle redoutait qu'Antoine ne la prenne comme de l'inquisition, une scène de jalousie, ou de la curiosité déplacée. Mais c'était trop tard, il fallait continuer. Et elle voulait tellement savoir, avant de s'en aller.

— Elle n'est pas nounou, mais...

— Mais quoi ? la coupa-t-il un rien désagréable.

— Elle va venir s'installer ici, non ?

Julie lui eût-elle demandé s'il envisageait de se marier prochainement avec lady Di qu'il n'aurait pas eu l'air plus étonné.

— Pas du tout, fit-il, absolument formel, il n'en a jamais été question !

Julie marqua le pas, troublée. Son scénario s'écroulait comme un château de cartes, soufflé par le ton d'Antoine, qui à l'évidence ne mentait pas. Mais si c'est pas Estelle, ce sera une autre, une grande plante, belle, intelligente et snob, c'est comme ça qu'il les aime. Ça laisse pas beaucoup de place pour les petites Julie...

Julie, quoique ébranlée, garda le cap.

— Oui, mais enfin... On me propose un poste de comptable, je peux pas refuser...

— Comptable, comptable ! Moi aussi, je peux avoir besoin d'une comptable !

Soupçonneuse, Julie lui fit répéter ce qu'il venait de dire.

— Vous, vous pouvez avoir besoin d'une comptable ?

— Ben oui, à mon cabinet !

Antoine regarda Julie en soupirant d'aise, satisfait de son mensonge.

Julie ne répondit pas. Elle méditait sur les nouveaux éléments versés au dossier. Pas d'Estelle à la maison, comptable chez Antoine... Elle décida que les arguments étaient insuffisants. Même comptable chez Antoine, elle aurait à subir les fiancées. Et ça, Julie savait qu'elle ne le supporterait pas. Elle secoua la tête:

— Non, Antoine, non. C'est trop tard, maintenant...

— Vous êtes sûre? demanda-t-il d'un ton suppliant. Et les enfants, ils vont être tristes, les enfants... Et puis...

— Et puis, dit Julie avidement.

— Et puis ils vont être tristes, conclut-il.

Julie soupira, déçue. Mais confortée dans l'idée qu'il fallait qu'elle s'en aille au plus vite.

— Moi aussi, je vais être triste, mais qu'est-ce que vous voulez...

Une moue fataliste signifia à Antoine, que triste ou pas, c'est comme ça, c'est la vie.

— Je ne peux pas vous retenir, hein? demanda-t-il tristement.

— Ben... Non.

Il chercha quelque chose à dire, comme on sort l'as gagnant de sa manche, la phrase définitive qui pourrait tout changer, l'empêcher de partir...

— Mais vous savez, elle va pas venir s'installer ici!

Il réussit à arracher à Julie un petit sourire, mais pas la reddition qu'il attendait. Elle se leva d'un air résolu, pour mettre un terme à ce tête-à-tête qui ne servait à rien.

— De toute façon, c'est vos oignons. Vous faites ce que vous voulez!

Antoine encaissa cette fin de non-recevoir sans insister davantage.

— Bon, je vais me coucher, dit Antoine, comme

quelqu'un qui reconnaît sa défaite. Vous voulez la salle de bains ?

— Non, dit Julie en souriant, j'irai après.

Antoine sortit sans un regard et la laissa seule au beau milieu du salon. Mais il revint sur ses pas pour lui souhaiter une bonne nuit, comme on lance un adieu définitif à quelqu'un qu'on ne reverra pas. Julie lui rendit son bonsoir, d'une voix étranglée qu'elle aurait aimée plus assurée.

Elle attendit qu'il soit monté jusqu'au premier étage avant de prendre le téléphone. Elle ne voulait surtout pas se laisser une nuit de réflexion, qui la conduirait peut-être à changer d'avis. Elle avait pris une décision, il fallait s'y tenir. Elle appela Gilou, qui eut la bonne surprise d'apprendre qu'une fois encore il était bon pour rentrer chez sa mère.

Julie proposa de rester trois jours, le temps d'attendre le retour de Christiane, partie quelques jours dans le Midi avec Georges.

Elle n'allait tout de même pas le planter là dès le lendemain matin. Et puis elle voulait prendre le temps de fournir une explication plausible aux enfants, qu'ils n'aient surtout pas l'impression qu'elle les abandonnait. Elle ne l'aurait pas supporté. Mais le choc fut plus douloureux qu'elle ne l'avait imaginé. Ludivine pleura beaucoup, Sébastien usa de ses armes habituelles, la bouderie rageuse et solitaire, mais ni larmes ni supplications. « On veut pas que tu partes », lui répétèrent-ils à plusieurs reprises et sur tous les tons. Malgré les explications de Julie, ils eurent comme le sentiment vague d'une trahison, car rien ne justifiait ce départ. Elle eut un pincement au cœur, elle se rappelait la scène qu'ils avaient faite à Antoine la première fois qu'il l'avait fichue à la porte... Elle aurait dû partir à ce moment-là. Elle aurait dû le savoir, pourtant, que quand on a été virée une fois, il ne faut pas se laisser attendrir, il faut s'en aller. C'est Christiane qui l'avait retenue... Mais aujourd'hui, il n'y a pas de Christiane. C'est moi qui pars, sans me retourner. Crémieux. Dans quelques jours, elle vivrait huit heures par jour avec Crémieux. C'est bien ça que tu voulais ? Tu voulais être comptable, eh bien tu seras comptable. Et là, c'est lui qui est demandeur, elle n'avait rien imploré, rien demandé. Voilà, c'est ça, la force du Destin. Verdi, il est un peu gonflant, un peu pompeux, mais il a parfois raison.

Elle se trouva mille raisons d'être contente, revoir Paris au mois de mai, son appartement qu'elle aimait bien, sa rue de Lévis favorite, Cynthia et son gros ventre de future maman, les dîners dans la cuisine, les hirondelles au-dessus du Sacré-Cœur. C'est vrai que je suis parisienne dans l'âme, une vraie citadine qui respire mieux sur le bitume, je serai comme tout le monde, serrée dans l'autobus du petit matin qui vous emmène au boulot, toujours pressée parce que pas assez de temps. Je serai comptable à Paris. Allez, essaya-t-elle de se convaincre, une fois partie, j'oublierai très vite tout ça. Une parenthèse, une simple parenthèse dans une vie. Dans une semaine, j'aurai tout oublié, parce que avec le temps...

Les trois derniers jours furent pesants pour tout le monde. Les choses qui se terminent sont toujours tristes, alors mieux vaut en finir vite. Et justement, les trois jours ne passèrent pas vite. Ils furent moroses. Antoine prit le parti de la fuite, il ne dîna pas une seule fois à la maison. Les enfants avaient le cœur gros et Julie aussi. Ils n'avaient pas envie de se quitter, mais ils savaient tous que c'était inéluctable. Tout cela était absurde. Il suffirait de dire j'ai changé d'avis et toute la maisonnée retrouverait le sourire. Mais rien ne pourrait faire qu'Antoine soit autrement qu'il n'est. On ne fabrique pas de l'amour comme on tricote des chaussettes.

Julie souffrit le martyre. Quand Antoine partait travailler le matin, elle attendait son retour. Et quand il était là, elle le fuyait, et partait se réfugier dans sa chambre. Ils se croisaient et se parlaient à peine. Antoine se borna à lui demander et lui redemander encore, alors vous êtes bien sûre, vous partez ? Oui, elle partait. Mais elle changeait dix fois d'avis dans la journée. Avec chaque fois les meilleures raisons du monde. Je reste, je pars, je reviens, je repars. Ma pauvre Julie, tu perds la tête.

Rien ne marchait plus dans cette maison. Elle brûlait les frites, oublia même de racheter du ketchup. Les enfants, inquiets, durent même l'attendre à l'école jusqu'à presque cinq heures. Elle s'était trompée d'heure, c'était bien la première fois. Tu as raison de laisser tomber, tu es nulle, tu sais plus rien faire, tu n'as plus le mode d'emploi. Va-t'en faire la comptable, c'est beaucoup mieux ainsi.

Les fleurs orphelines fanaient dans les vases. Les livres abandonnés gardèrent pour eux leur science. Dehors, le jardin esseulé espérait pour revivre Julie et les enfants. Mais Julie n'entendit pas les appels muets de toute la maisonnée. Elle partait, irrévocablement.

— On veut pas que tu partes, répétaient les enfants.

Ce fut ça, le plus dur. Elle en pleurait, le soir, toute seule dans sa chambre...

Le matin fatidique arriva, cruel, définitif, lourd comme une condamnation.

A huit heures, Julie était prête et attendait tout

le monde dans l'entrée. Elle ne serait pas partie sans dire au revoir aux enfants. Antoine descendit le premier, cachant sa tristesse et son embarras sous la mine contrariée d'une mauvaise humeur tenace.

— Qu'est-ce qu'il y a ? demanda Julie.

— Rien, se défendit Antoine, alors que tout portait à croire le contraire.

— C'est pas la peine de crier ! fit Julie d'une voix tonitruante.

— Je ne crie pas !

— Si, vous avez crié !

Il fallait bien qu'ils en profitent un peu, de leur petit jeu idiot, c'est-pas-moi-c'est-toi, c'est-çui-qui-dit-qui-y-est, c'était la dernière fois. On ne joue plus. Pour se donner une contenance, Antoine lança dans l'escalier, on y va les enfants ? De toute façon, il ne savait pas quoi dire.

Les enfants déboulèrent, prêts pour l'école et pour le grand adieu. Ils essayèrent bien un dernier on veut pas que tu partes, mais sans conviction. Le cœur n'y était plus vraiment, ils savaient que ça ne servirait à rien. Pas la peine de s'époumoner. Jusqu'à la fin, ils eurent le sentiment désagréable qu'on leur cachait quelque chose. Le départ de Julie, que rien ne laissait présager trois jours auparavant, était la conséquence d'un drame obscur dont on les tenait soigneusement à l'écart. L'anniversaire raté avait quelque chose à voir avec ce désastre, mais il ne pouvait tout expliquer. Le mystère opaque qui entourait cette désertion augmentait encore leur malaise. Sébastien subodorait la responsabilité de leur père, mais ne savait comment la situer. Décidément, le départ de la plus gentille des nounous qu'ils avaient jamais eue laisserait le goût amer de l'inaccomplissement, des aventures brutalement interrompues qui ne seraient jamais menées à leur terme. Jamais ils ne connaîtraient la fin de l'histoire...

Ils s'embrassèrent très fort, en se tenant longuement serrés, sans un mot, mais leurs effusions débordaient de tous les mots qu'ils ne s'étaient pas dits.

— Tu reviendras nous voir ? demanda Ludivine d'une toute petite voix pleine d'espoir.

— Bien sûr, ma chérie, la rassura Julie d'une voix étranglée.

A Sébastien qui la regardait elle lança un pudique Salut, toi, qui leur épargnerait les longues embrassades qu'il supportait mal. Sébastien n'était pas un adepte des grandes démonstrations. Mais ses yeux disaient assez sa profonde tristesse. Ils montèrent dans la voiture et Antoine les emmena à l'école, comme si de rien n'était. Julie les regarda partir. De loin, elle leur fit un dernier petit signe d'adieu avant de prendre le chemin du retour.

20

La maison était pleine à craquer de l'absence de Julie.

Partout, dans chaque pièce, dans chaque recoin, son absence était palpable, oppressante, démesurée. Le silence était plus épais qu'il ne l'avait jamais été. Elle était bavarde, Julie, elle parlait tout le temps. Aujourd'hui, Antoine et les enfants observaient un silence qui leur faisait à tous trois bourdonner les oreilles. Maintenant qu'il était trop tard, ils se rendaient bien compte qu'elle avait été plus qu'une nounou, la petite Julie. Plus encore qu'un ange tutélaire. Elle avait apporté avec elle tout ce qui avait manqué à cette maison pendant des années. Une vraie présence de femme, qu'on ne voit pas tant qu'elle remplit son rôle, mais qui manque cruellement quand elle n'est plus là.

Les reproches muets des enfants rendaient Antoine complètement fou. Il était d'une humeur massacrante. Tout l'énervait, on ne pouvait plus lui parler. Si les enfants avaient oublié à quel point il pouvait leur rendre la vie impossible, il se chargeait de le leur rappeler. Et pourtant! Il avait tellement envie de leur dire que c'était pas de sa faute, qu'il l'avait pas fait exprès, qu'il regrettait. Il voulait presque leur demander pardon. Ils étaient si malheureux. Et lui aussi était malheureux. Et c'est maintenant qu'il s'en apercevait ! Julie lui manquait horriblement. Il voulait l'entendre rigoler dans la cuisine avec les enfants, il voulait se disputer avec elle pour des petits riens, il voulait l'entendre lui demander sur un ton de reproche s'il dînait là ce soir, il voulait, il voulait... Il voulait quoi, au juste ? Il voulait qu'elle revienne....

Tout accusait Antoine d'avoir laissé partir Julie. Les fleurs dans les vases, les ustensiles dans la cuisine, encore à la place que leur avait assignée Julie, les livres de pédiatrie qu'elle avait oubliés, le casque orphelin de Verdi et de Julie, le trophée de Sébastien. Ça voulait dire quoi, tout ça, ça voulait dire quoi ? Pourquoi Julie lui manquait-elle autant ?

Dix fois, cent fois il repassa le film des événements qui avaient entraîné son départ. L'anniversaire. Le jour fatidique de l'anniversaire. Mais qu'est-ce qu'il aurait pu faire, le pauvre Antoine, elle n'avait rien dit, il ne savait pas que c'était son anniversaire. Elle a fêté ses trente-deux ans. Elle ne les fait pas. Et lui pauvre imbécile qui faisait le joli cœur avec Estelle. Qu'est-ce qu'elle avait imaginé à propos d'Estelle ? Elle le voyait vraiment au bras de madame Cuisinor ? Il aurait pu la retenir, s'il voulait pas qu'elle parte. Il aurait pu miauler sous ses fenêtres, j' veux pas qu' tu t'en ailles. Mais pas un mot n'était sorti. Il n'avait rien dit.

Antoine se traînait comme une âme en peine. Il allait travailler sans conviction et suivait ses dossiers de loin, de trop loin. Il s'enfermait dans son bureau et ne prenait personne au téléphone. Il refusa même de parler au bâtonnier, dont il était le chouchou au barreau. Antoine ne prenait même plus soin de sa carrière, qui comptait tant pour lui.

Même le golf ne l'amusait plus. Grâce à ça, il y

en avait au moins un de content. Maxime, qui le battait à plate couture. Ce pauvre Antoine ne touchait plus une balle.

Il dormait mal. Il savait qu'au cours de ses trop rares heures de sommeil, il rêvait de Julie. C'était lointain, nébuleux. Mais bien réel. Julie était au cœur de ses rêves.

Un soir, il rentra un peu plus tard que d'habitude. Il avait trop bu, il avait mal à la tête, il était déprimé. En entrant dans le salon, il vit de dos la nounou d'occasion qui gardait les enfants. Assise à la même place que Julie, le casque sur les oreilles.

— Qu'est-ce que vous écoutez ?

— Une compil des Stones, un enregistrement pirate rapporté de Hong Kong par un pote steward qui voudrait être DJ.

— Ah bon, soupira Antoine indifférent.

Il avait envie de s'asseoir sur le canapé et d'écouter Verdi avec Julie. Mais qu'est-ce qui m'arrive, bon Dieu de merde...

Il se déshabilla dans la salle de bains, sa salle de bains, et se regarda dans la glace, au fond des yeux. Droit devant le miroir de l'armoire à pharmacie, Antoine Desliles se cherchait et ne se trouvait plus. Qu'est-ce qui m'arrive ? Qui suis-je, moi Antoine Desliles ? Les yeux dans ses yeux, il se regarda en répétant Antoine Desliles, Antoine Desliles, Antoine Desliles... Mais il ne trouva pas la réponse. Il ne savait plus qui il était, il croyait se connaître et découvrait quelqu'un d'autre.

Quelqu'un qui avait envie de Julie Toronto, nounou-comptable de son état, un mètre trente-deux à tout casser. Envie de Julie.

Il eut honte. C'est de la curiosité malsaine. Il l'avait dit à Maxime.

Jamais au grand jamais, il n'avait fait preuve de curiosité malsaine. Jamais. Je suis normal, désespérément normal. J'ai des fantasmes d'une banalité affligeante. Je suis un petit-bourgeois sans imagination. Un petit bout de porte-jarretelles entrevu ici ou là et hop ! je suis content pour trois semaines.

Ça me suffit. Pas l'ombre d'un soupçon de déviance. Tellement normal que les fiancées foutaient le camp, elles finissaient par le trouver ennuyeux. Je suis ennuyeux parce que je m'ennuie. C'est leur faute. Pas la mienne. Est-ce que Julie le trouvait ennuyeux ? Il lui sembla que non.

Il se souvenait de sa réaction offusquée quand Maxime lui avait demandé s'il avait culbuté Julie. Ça va pas, non ? Non, ça ne va pas du tout. La question n'était pas si bête, après tout. Ni si déplacée. La preuve, il la posait aujourd'hui, tout seul devant sa glace, dans sa salle de bains. Antoine Desliles, Antoine Desliles, Antoine Desliles... Qu'est-ce qui t'arrive, mon pauvre vieux ?

Il n'arriva pas à s'endormir, évidemment. Il pensait à Julie. Il pensait à... Il pensait à Julie. Il voulait Julie.

C'est absurde. Il tenta de chasser de son esprit ces pensées parfaitement déplacées. Juste une occasion perdue de plonger dans l'inconnu. C'est pour ça que tu y penses.

Pense plutôt à Estelle. Je m'en fous d'Estelle, elle me plaît pas. Aux belles golfeuses du dimanche. Non, non et non. Aux jolies madame Bovary tourangelles qui n'attendent qu'un signe... Non, elles pleurnichent trop. A toutes les jolies dames de Maxime, alors. Mais non. Ça ne va pas.

Non, ça ne va pas. Pendant des heures, il essaya de s'inventer un objet de désir. Immanquablement, c'est le visage de Julie qui s'imposait sans qu'on lui demande rien. Julie et ses yeux bleus. Julie et son sourire désarmant. Julie et son humour à la noix. Julie et son sale caractère. Julie, toujours Julie. Il aurait mieux fait de la foutre à la porte dès le premier soir, quand il la trouvait trop petite.

Antoine comprit qu'il devenait fou. Il était hanté par un désir inavouable. Ça ne se fait pas. C'est... C'est de la perversion. Antoine était devenu un pervers.

Le lendemain matin en arrivant au bureau, il donna ordre à Isabelle de ne pas le déranger pendant une bonne demi-heure, il avait des coups de fil importants à passer. Elle lui trouva une drôle de tête, à son patron, chiffonné, renfrogné, hagard, la tête de quelqu'un qui n'a pas dormi. Et ça ne ressemblait pas à un lendemain de fête.

Il tournait égaré autour de son téléphone. Je suis malade, dingue, malsain. Aller voir Pierre. Le psy. Celui qui l'avait soigné lors de sa désastreuse arrivée en Touraine, quelques années plus tôt. C'était devenu un ami, avec le temps. Il pourra peut-être me sortir de là.

— Allô Pierre, c'est Antoine, je peux passer te voir ?

Pierre proposa un dîner. Non, c'est pas l'ami, qui te parle, c'est un malade, un grand malade. Faut que je te voie tout de suite.

Pierre Duret remit sa casquette de psy et trouva un créneau pour ce patient qui ne pouvait pas attendre.

— Isabelle, j'ai un rendez-vous urgent, je rentre après le déjeuner. Annulez tous mes rendez-vous.

Ebahie, elle le regarda partir comme s'il avait le feu aux fesses. Il avait pourtant une matinée chargée, c'était pas vraiment le moment de fiche le camp comme ça...

Pierre Duret et sa maigreur aristocratique reçurent Antoine avec la courtoisie de l'ami, mêlée à la curiosité du médecin, qui se demanda si Antoine venait de rencontrer le diable en personne, pour avoir une tête pareille.

D'un geste, il lui indiqua le divan. Non, non, pas le divan.

— Ça t'ennuie, si je m'assois ?

— Tu fais comme tu veux, acquiesça le médecin en reprenant sa place derrière son bureau.

Il sortit le petit carnet qui lui servait à prendre des notes ou à faire semblant, et Antoine s'assit en face de lui, en se triturant les doigts, le regard fuyant. Il ne parlait pas. Seul son visage crispé indiquait la détresse qui l'avait conduit jusqu'ici.

— Qu'est-ce qui t'amène ? demanda doucement le médecin en gribouillant son petit carnet.

— Je crois que je ne suis pas bien. Je suis habité par une curiosité malsaine...

— Allons bon, raconte-moi ça...

Et Antoine raconta son histoire, dans le cadre des trois quarts d'heure réglementaires. Il regardait par terre en se tordant les mains. Son visage était moite d'une sueur malsaine. C'était Raskolnikov passant les aveux complets de son crime odieux. Pas moins. Blême, il libéra son âme. Il releva la tête seulement lorsqu'il eut terminé sa terrible histoire.

— Mouais, fit le psy en guise de conclusion.

Il referma le petit carnet, couvert de petits dessins ridicules.

— Alors ? demanda anxieusement Antoine qui s'attendait au pire.

Le médecin le regarda longuement avant de se prononcer. Comment peut-on se mettre tout seul dans un état pareil ?

— Alors, tu veux que je te dise ? dit le médecin en souriant.

— Vas-y, je suis prêt à tout.

Pierre se mit à rire, pour décontracter Antoine, qui se voyait déjà dans un hôpital psychiatrique.

— Tu n'es pas malsain, imbécile. Tu es amoureux.

Antoine resta sans voix. Amoureux. Amoureux de Julie. Il interrogea Pierre du regard pour confirmation. Tu es sûr de ce que tu avances ? Evidemment. C'était aussi bête que ça. Il n'avait pas voulu l'admettre, mais c'était bien ça. Soulagé, mais un peu honteux quand même de son incommensurable stupidité, il remercia Pierre et regagna son bureau.

Cette révélation ne résolvait rien. Amoureux, peut-être, mais amoureux largué, ça c'est sûr. Et responsable d'un épouvantable gâchis. Julie était partie sur un horrible malentendu. Antoine Desliles, tu n'es qu'un imbécile.

Isabelle le vit traverser le couloir comme une flèche.

— Et surtout, foutez-moi la paix, je suis occupé.

Fébrilement, il se rua sur son Minitel. Toronto. Julie. Paris. Adresse et téléphone. Il pourrait peut-être l'appeler. Juste pour dire bonjour. Prendre de ses nouvelles. Il composa le numéro. A la troisième sonnerie, il raccrocha.

Seul dans son bureau, Antoine eut un moment d'accablement. Ses nerfs le lâchaient. Il se sentait fatigué, vidé, déprimé et la sciatique choisissait juste ce moment pour venir l'accabler un peu plus. Julie, Julie, Julie.

Il surgit de son bureau comme un diable et retraversa le couloir à fond de train. Il lança de loin à Isabelle qu'il serait absent jusqu'au lendemain.

— Oui, mes rendez-vous, je sais. Annulez tout.

Malgré la douleur qui lui tiraillait la jambe, il se carra au volant de sa voiture et prit la direction de l'autoroute. Dans une heure trente, il serait à Paris.

Il avala les kilomètres à près de cent quatre-vingts à l'heure, en état d'urgence, sans penser à rien d'autre que faire vite, le plus vite possible. Et surtout, ne pas se faire piquer par les radars, ça perdrait du temps. L'autoroute était dégagée, en semaine il n'y a pas beaucoup de monde dans le sens province-Paris, juste quelques camions assez intelligents pour rester dans la file de droite. Un accident sur le bord de la route lui rappela qu'il devrait faire attention, tout de même. Pas le temps, faire vite. Le péage de Mantes lui mit les nerfs en pelote. Un con devant lui qui trouvait pas sa monnaie. Et vas-y que je prends mon temps pour chercher les piécettes. Heureusement encore que les centimes n'existent plus. Il se grouille ce con ? Antoine recula brutalement pour prendre la caisse d'à côté, où ça allait plus vite. Un poids lourd vindicatif lui exprima tout le bien qu'il pensait de lui. Je t'emmerde, je suis pressé.

Le tunnel de Saint-Cloud, c'est pratique, ça descend tout seul. Sauf quand il y a du monde. Et là, il y en avait, du monde, ça faisait tomber la moyenne. Normal, c'était le début de l'après-midi, à cette heure, ils ont fini de bouffer, ils reprennent le volant. Ses appels de phares reçurent pour toute réponse des gestes éloquents et pas forcément sympathiques. C'est fou ce que les gens sont grossiers, au volant.

Périphérique extérieur. Pas terrible. Antoine trépigne. Mettre autant de temps pour faire quelques kilomètres dans Paris que deux cents kilomètres d'autoroute, ça agace.

Et ça laisse du temps pour cogiter. Pour se demander ce qu'on fait là. Antoine avait un passage à vide, là, derrière un camion qui s'obstinait à ne pas vouloir bouger. Il se sentit ridicule et vaguement déprimé.

Il se perdit un peu dans le dédale du vieux XVIIe. Des petites rues avec des sens interdits partout. Il avait quitté Paris depuis si longtemps qu'il n'avait plus le mode d'emploi. Ben oui, je suis un peu plouc. Juste un avocat de province qui ferait mieux de rentrer chez lui.

Mais il était arrivé. Rue de Lévis. Il vérifia l'adresse. C'était bien ça. Un vieil immeuble, haussmannien de deuxième main, décati, mais noble, de beaux restes. Il chercha le nom sur le panneau. Un monde fou, dans cet immeuble. Les appartements avaient dû être découpés en tronçons pour mettre plus de monde. Et il lut : Toronto Julie, cinquième gauche.

Cinquième sans ascenseur, soupira Antoine. Il avait si mal à la fesse. Un vieux fond de trac accéléra son pouls, il était à deux doigts de ne pas oser. Il imagina le pire en montant l'escalier. Se faire claquer la porte au nez. Le ridicule qui tue et une histoire d'amour qui meurt. Essoufflé sur le palier, il se donna quelques secondes de réflexion, le temps de reprendre son souffle et trouver la contenance appropriée. Sobre, digne, souriant.

Il sonna à la porte et attendit. Il entendit des pas, du bruit à l'intérieur. Elle est là, elle vient ouvrir. Je vais lui dire...

Mais il ne dit rien du tout. Dans l'encadrement de la porte, se tenait un garçon d'une trentaine d'années, plutôt pas mal fait de sa personne. Un peu débraillé. Gilou. C'est sûrement Gilou.

— Pardon, excusez-moi, je me suis trompé, bafouilla Antoine.

— Y a pas de mal, dit le garçon en refermant la porte sur l'enthousiasme romantique d'Antoine qui retomba brutalement dans la réalité.

Elle s'est remise avec Gilou. Ça n'a pas traîné.

Mais c'était sûr, j'aurais dû y penser. Il avait pensé à tout sauf à ça.

Il redescendit difficilement l'escalier, la jambe raide, le cœur lourd, les illusions en berne. Fini de faire le con, je rentre.

Julie sortit de sa chambre.

Elle se réinstallait chez elle et Gilou allait bientôt partir.

— C'était qui ?

— Un type.

Elle sursauta à ce seul mot. Un type. Un type comment ? Gilou haussa les épaules, un type sans importance, une erreur.

— Un type qui boite.

Un type qui boite. Julie écarquilla les yeux et ouvrit la bouche comme pour crier. Elle se rua sur la porte et jeta un œil dans la cage d'escalier, avant de dévaler les marches. Sur le palier du second, un homme marchait en boitillant. Il avait une jambe raide. Ou une sciatique.

— Antoine !

Il s'arrêta net et se retourna pour la regarder. Julie. Face à face, ils se mangèrent des yeux sans rien dire, pour savourer en silence cet instant qu'ils savaient inoubliable. Julie descendit lentement quelques marches, jusqu'à être à hauteur d'Antoine qui lui sourit, très ému.

— Comment on fait ? demanda-t-il intimidé.

Julie lui sourit et passa ses bras autour du cou d'Antoine, qui l'enlaça tendrement.

— Comme tout le monde…

Cinéma et TV

Livre après livre, film après film, J'ai lu édifie l'étonnante bibliothèque du cinéma et de la TV.

Les titres sont présentés par ordre alphabétique.

Abyss
CARD Orson Scott 2657/4
L'accompagnatrice
BERBEROVA Nina 3362/4
Adieu ma concubine
LEE Lilian 3633/4
Alice au pays des merveilles
CARROLL Lewis 3486/2
Alien
FOSTER Alan Dean 1115/3
AlienS
FOSTER Alan Dean 2105/4
Alien 3
FOSTER Alan Dean 3294/4
L'ami Maupassant
de MAUPASSANT Guy 2047/2
Les amies de ma femme
ADLER Philippe 2439/3
Les amitiés particulières
PEYREFITTE Roger 17/4
Angie
WING Avra 3829/3
L'année de l'éveil
JULIET Charles 2866/3
L'autre
CHEDID Andrée 2730/3
Backdraft
MITCHELL Kirk 2996/4
Beignets de tomates vertes
FLAGG Fannie 3315/7
Bel-Ami
de MAUPASSANT Guy 3366/3
La belle Romaine
MORAVIA Alberto 1712/5
Blade Runner
DICK Philip K. 1768/3
Beverly Hills
GILDEN Mel 3637/4, 3638/4 3716/4, 3860/4 & 3861/4 3958 & 3959 (juillet 95)
SMITH K.T. 3717/4
Bleu comme l'enfer
DJIAN Philippe 1971/4
Body
ARNSTON Harrison 3479/5
Bonjour la galère !
ADLER Philippe 1868/1
La brute
des CARS Guy 47/3
Carrie
KING Stephen 835/3
Charlemagne ou la jeunesse du monde
JULLIAN Marcel 3854/3
Charlie
KING Stephen 2089/5
La Chartreuse de Parme
STENDHAL 2755/5
Le Château des Oliviers
HÉBRARD Frédérique 3677/7
Chiens perdus sans collier
CESBRON Gilbert 6/2
Christine
KING Stephen 1866/4
La Ciociara
MORAVIA Alberto 1656/4
Le club de la chance
TAN Amy 3589/4
Les cœurs brûlés
JAUBERT & SILBERT 3992/4
Conan le barbare
HOWARD Robert E. 1449/3 (avec Sprague de Camp)
Conan le destructeur
HOWARD Robert E. 1689/2 (avec R.Jordan)
Le crime de Mathilde
des CARS Guy 2375/4
Croc-Blanc
LONDON Jack 2887/3
Cujo
KING Stephen 1590/4
Cyrano de Bergerac
ROSTAND Edmond 3137/3
Dans la ligne de mire
COLLINS Max Alban 3626/5
Danse avec les loups
BLAKE Michael 2958/4
Délivrance
DICKEYJames 531/3
La demoiselle d'Avignon
HEBRARD Frédérique 2620/4
Demolition Man
OSBORNE Richard 3628/4
Le dernier des Mohicans
COOPER Fenimore J. 2990/5
2001-l'odyssée de l'espace
CLARKE Arthur C. 349/2
Le diable au corps
RADIGUET Raymond 2969/1
Elisa
FERNANDEZ-RÉCATALA 3980/4
Entre Ciel et Terre
SINGER Michaël 3630/4
L'Espagnol
CLAVEL Bernard 309/4
E.T. L'extra-terrestre
SPIELBERG Steven 1378/3
E.T. La planète verte
SPIELBERG Steven 1980/3
Etat second
YGLESIAS Rafael 3629/6
L'été en pente douce
PELOT Pierre 3249/3
Farinelli
CORBIAU Andrée 3955/3
Des fleurs pour Algernon
KEYES Daniel 427/3
Forrest Gump
Winston Groom 3816/4
Le Fugitif
DILLARD J.-M. 3585/4
Frankenstein
SHELLEY Mary 3567/3
Germinal
ZOLA Emile 901/3
Geronimo
CONLEY Robert J. 3714/3
Le grand chemin
HUBERT Jean-Loup 3425/3
L'homme sans visage
HOLLAND Isabelle 3518/3
Hook
BROOKS Terry 3298/4
Horizons lointains
MASSIE Sonja 3356/6
L'impure
des CARS Guy 173/4
Isaura
GUIMARAES Bernardo 2200/2
J'étais empereur de Chine
PU-YI 2327/6
Le jardin secret
BURNETT F. H.3655/4
JF partagerait appartement
LUTZ John 3335/4

4014

Composition Interligne B-Liège
Achevé d'imprimer en Europe (France)
par Brodard et Taupin à La Flèche (Sarthe)
le 18 septembre 1995. 1899M-5
Dépôt légal sept. 1995. ISBN 2-277-24014-1
Éditions J'ai lu
27, rue Cassette, 75006 Paris
Diffusion France et étranger : Flammarion